Vassilis Alexakis

Paris-Athènes

Gallimard

La première édition de ce livre a paru en 1989,
aux Éditions du Seuil.

Né à Athènes, Vassilis Alexakis a fait des études de journalisme à Lille et s'est installé à Paris en 1968 peu après le coup d'État des colonels grecs. Il a travaillé pour plusieurs journaux français, dont *Le Monde*, et collaboré à France Culture. Son premier roman, écrit en français, a paru en 1974. Depuis le rétablissement de la démocratie dans son pays, il écrit aussi bien en grec qu'en français et a reçu le prix Médicis 1995 pour *La langue maternelle*. Il vit aujourd'hui entre Paris, Athènes et l'île de Tinos en Grèce.

À mon père

1

Le silence

Je ne sais pas quand j'ai commencé à écrire ce livre. Je sais que nous sommes le 9 aujourd'hui, je regarde dans mon agenda, le dimanche 9 novembre 1986, jour de la Saint-Théodore, eh bien non, je suis en train de me tromper d'une semaine, nous ne sommes que le 2, jour des Défunts. J'aurais préféré commencer le 9 : Théodore est un nom grec. Mais tant pis, le jour des Défunts n'est pas mal non plus.

En fait, ce n'est pas aujourd'hui que j'ai commencé ce livre. C'était il y a un an, peut-être. C'était peut-être il y a vingt-cinq ans, lorsque j'ai quitté la Grèce. J'avais dix-sept ans. Je ne me souviens plus à quelle heure partait le bateau. Il faisait jour, il faisait chaud. Je me souviens des lunettes de soleil que portait ma mère pour cacher ses larmes. J'avais une grande valise blanche, en faux cuir, d'autres bagages aussi. Pendant que j'avançais péniblement sur le quai, j'ai regardé mon ombre : elle m'a fait penser à une figurine comique, accoutrée d'une énorme jupe rectangulaire. Ai-je vraiment regardé mon ombre, ai-je vraiment eu cette impression ? Je ne le jure pas. C'est peut-être ce jour-là, en tout cas, que j'ai commencé ce livre. J'étais trop ému pour parler. À l'origine de chaque livre il y a, je crois, un silence.

Il y a eu d'autres silences depuis. L'année dernière, j'ai passé des heures et des jours les yeux fixés sur la page blanche sans réussir à tracer un seul mot : j'étais incapable de choisir entre le grec et le français. Je voulais justement écrire sur la difficulté de ce choix, mais comment écrire sans choisir ?

J'ai pensé à un sophisme qu'on nous avait appris à l'école grecque : un crocodile (pourquoi un crocodile ? Y a-t-il jamais eu des crocodiles en Grèce ?), ayant kidnappé un enfant, déclare à la mère de celui-ci :

— Je te le rendrai si tu devines à quoi je pense.

— Tu penses ne pas me le rendre, dit la mère.

— Tu as perdu, répond le crocodile, car si je pense ne pas te le rendre, je ne te le rendrai pas, puisque je le pense. Si je pense te le rendre, tu n'as pas deviné juste, donc je ne te le rendrai pas.

— C'est toi qui as perdu, rétorque la mère, car ou bien tu penses me le rendre et dans ce cas tu me le rendras, puisque telle est ton intention, ou bien tu penses ne pas me le rendre, auquel cas j'ai deviné juste et tu dois me le rendre quand même.

Mon impuissance devant la page blanche me mettait en rage. Un peu pour me consoler, je me disais — mais dans quelle langue ? — qu'il n'y avait aucune raison de noircir le papier, qu'il exprimait très bien, tel qu'il était, ma situation.

Dans la petite rue où j'habite, dans le XVe arrondissement de Paris, un café arabe fait face à un cours de danse, qui n'est séparé du trottoir que par une baie vitrée. On voit très bien les danseuses, le store qui est censé les protéger n'étant jamais baissé, mais on n'entend guère la musique. En revanche, on entend très fort la musique du café, dont la porte est ouverte en permanence. Cette image insolite de jeunes femmes apprenant la danse moderne ou classique sur un fond de musique arabe, qui pourrait trouver une place dans un film de Buster Keaton ou de Jacques Tati, me rend mélancolique.

Ainsi, j'éprouve une certaine mélancolie chaque fois que je reviens de Grèce. Je suis surpris d'entendre les chauffeurs de taxi d'Orly m'adresser la parole en français, comme si j'avais du mal à admettre que je suis bel et bien revenu. Je suis surpris de m'entendre moi-même parler français. J'ai d'ailleurs du mal à trouver le ton juste, quelque difficulté à articuler clairement, ce qui explique que je remets à plus tard le premier coup de téléphone que je dois passer. Quand je finis par le donner, j'ai encore l'impression d'entendre quelqu'un d'autre parler à travers moi, utiliser ma voix : je me fais l'effet d'un acteur qui se voit à l'écran en version doublée.

Pourtant, j'ai passé à peu près la moitié de ma vie à Paris. Je travaille depuis vingt ans pour des journaux de langue française, et c'est dans cette langue que j'ai écrit la plupart de mes livres. C'est en français que je parle le plus souvent avec mes enfants, qui sont nés ici.

Je suis venu en France au début des années soixante, pour suivre les cours de l'École de journalisme de Lille. Je ne pensais pas y rester, à l'époque. J'étais pressé de bien apprendre la langue, non pour m'intégrer à la société française, mais pour achever au plus tôt mes études et repartir en Grèce. Mieux j'apprenais la langue cependant, plus j'avais envie de m'en servir, comme d'une voiture neuve acquise au prix de beaucoup de difficultés.

Je ne sais pas ce que j'aurais fait après mon service militaire si l'armée n'avait pris le pouvoir en Grèce. Le coup d'État eut lieu en avril 1967. J'ai vécu un an sous les colonels : cela m'a suffi. Je suis donc revenu en France à la fin de 1968. En un sens, ce n'était pas difficile de choisir entre la France de 68 et la Grèce de 67, entre ces deux printemps. En un sens seulement, car je me suis vivement reproché par la suite de m'être éloigné de la Grèce, de l'avoir oubliée à l'époque où elle avait le plus besoin qu'on se souvienne d'elle. C'est peut-être lorsque j'ai pris conscience de cet éloignement que j'ai commencé ce livre. Depuis, j'ai de grandes conversations muettes avec moi-même sur mon attitude au cours de cette période, je m'interroge, j'essaie de me comprendre. Je ne me comprends pas.

Les militaires se sont dessaisis du pouvoir en 1974, au bout de sept ans. Ces années ont joué un rôle si déterminant dans ma vie que je n'ai pas songé à quitter la France. Mon second fils est né en 1974. Il a fait des débuts assez difficiles dans l'existence : il refusait obstinément de s'alimenter, il donnait un peu l'impression d'être venu au monde à contrecœur. C'est cette même année qu'a paru mon premier roman écrit en français, et j'en avais un autre en chantier. J'ai voulu participer à la fête qui a suivi la chute de la junte, mais je suis arrivé trop tard à Athènes : on ne parlait déjà plus que de l'éventualité d'un conflit avec la Turquie au sujet de Chypre. J'étais revenu en France quelques mois après les événements de 68 : en vivant à cheval sur deux pays, j'ai réussi à rater les rares occasions que fournit l'Histoire de se réjouir.

Je parlais peu de mon enfance et de la Grèce quand j'écrivais en français. Je m'en suis rendu compte brusquement, un jour où je me promenais sur le boulevard des Capucines. J'ai pensé que personne dans ce pays ne m'avait connu enfant, que je n'avais aucune place dans la mémoire des autres, qu'ils n'en avaient pas non plus dans la mienne puisque leur enfance m'était totalement étrangère. Les seuls Français que je connaisse depuis toujours sont mes enfants.

J'ai réalisé aussi que j'avais pas mal oublié ma langue maternelle. Je cherchais mes mots et, souvent, le premier mot qui me venait à l'esprit était français. Le génitif pluriel me posait parfois de sérieux problèmes. Mon grec s'était sclérosé, rouillé. Je connaissais la langue et pourtant j'avais du mal à m'en servir, comme d'une machine dont j'aurais égaré le mode d'emploi. Je me suis aperçu en même temps que la langue avait énormément changé depuis que je l'avais quittée, qu'elle s'était débarrassée de beaucoup de mots et avait créé d'innombrables nouveautés, surtout après la fin de la dictature. Il a donc fallu que je réapprenne, en quelque sorte, ma langue maternelle : ça n'a pas été facile, ça m'a pris des années, mais enfin, j'y suis arrivé.

Je continuais cependant à écrire en français. Je le faisais par habitude et par goût. J'avais besoin de parler de la vie que je menais ici. J'aurais difficilement pu raconter en grec l'immeuble à loyer normalisé où j'ai vécu pendant douze ans, le métro, le bistrot du coin. C'est en français que tout cela résonnait en moi. De même, il me serait difficile d'évoquer directement en français un dîner grec : les personnages perdraient toute crédibilité à mes propres yeux, ils auraient l'air de fonctionnaires de la Communauté européenne. J'utilisais le grec pour parler de la Grèce où j'allais de plus en plus souvent.

En voyageant ainsi d'un pays à l'autre, d'une langue à l'autre, d'un moi à l'autre, j'ai cru trouver un certain équilibre. J'ai tenté l'expérience de me traduire moi-même une fois du grec au français, une fois du français au grec : cela m'a posé moins de problèmes que je ne m'y attendais. Je ne saurais dire quel degré de parenté existe entre les deux langues. Il m'a semblé néanmoins que j'avais trouvé dans l'une comme dans l'autre les mots qui me convenaient, un territoire qui me ressemblait, une espèce de petite patrie bien personnelle. On m'a parlé d'un écrivain étranger qui a fini par épouser sa traductrice française : « Eh bien, ai-je pensé, moi, je suis ma propre femme ! » J'ai été assez heureux pendant un moment. Je n'avais le sentiment ni de me trahir, en utilisant deux langues, ni de les trahir.

— Ah bon ? Vous écrivez en français ? me disait-on quelquefois d'un air pincé et vaguement réprobateur, comme si je commettais un acte contre nature. Ça doit être dur ! Il y a tellement de nuances !

Ce genre de réflexion ne m'ennuyait pas trop. Je pensais que les Français comprendraient mieux qu'on puisse écrire dans leur langue s'ils avaient eux-mêmes davantage le goût des langues étrangères, s'ils étaient convaincus qu'il existe des nuances dans les autres langues aussi.

Par contre, j'ai été prodigieusement énervé par un linguiste bien connu qui a affirmé, lors d'un colloque réunissant des écrivains francophones, qu'on ne peut écrire une œuvre originale que dans sa langue maternelle. Je n'ai pas l'impression que mon passage au français, pour difficile qu'il fût et douloureux à bien des égards, a réduit mon imagination, limité ma liberté, atténué mon plaisir d'écrire. C'est le contraire qui est vrai : le français a augmenté mon plaisir, il m'a ouvert de nouveaux espaces de liberté. Il ne m'a nullement contraint à raconter des histoires qui me seraient étrangères. Certes, j'ai parfois l'impression pendant que j'écris que le français songe déjà à la suite du texte, qu'il va me faire des suggestions aussitôt que j'aurai terminé la phrase en cours. Je peux les rejeter bien sûr, mais généralement elles vont dans le sens que je désire. Je ne prétends pas seulement connaître le français, je prétends que le français me connaît aussi ! Je n'envie pas les auteurs qui n'ont jamais usé que d'une langue et fréquenté une seule culture. Si le résultat de mon travail est mauvais, ou plus simplement médiocre, ce n'est pas parce que j'écris dans une langue étrangère, mais en dépit du fait que j'écrive dans une langue étrangère. Je réclame en somme le droit d'être jugé avec une sévérité accrue.

J'ai constaté depuis que le point de vue de ce linguiste est plus répandu que je ne le croyais. On se réjouit que le français conquière des étrangers, mais on n'est nullement convaincu que ceux-ci puissent à leur tour conquérir la langue. On les considère davantage comme des représentants d'une autre culture, des ambassadeurs d'un au-delà, que comme des créateurs originaux, des auteurs à part entière. On attend d'eux un surcroît d'exotisme. On leur demande surtout des nouvelles de leur pays.

Je me souviens de certaines fêtes parisiennes un peu ennuyeuses où, vers deux heures du matin, la maîtresse de maison demande avec insistance aux Grecs présents dans l'assistance de mettre un peu d'ambiance en dansant un sirtaki. J'entends encore sa voix :

— Mais allez-y ! Dansez-nous quelque chose ! Vous savez tellement mieux vous amuser que nous !

Je me suis heurté aux préjugés concernant les étrangers d'expression française lors de la publication de mon dernier livre, il y a un an et demi, un roman écrit en français, qu'on pourrait qualifier, pour simplifier, de parisien. Je crains de donner l'impression que la critique me fut défavorable : elle fut très élogieuse, au contraire. Je pense d'ailleurs qu'elle a eu raison ! Il me semble que j'ai fait quelques progrès en vingt ans ! Mais j'ai aussi enregistré des réserves discrètes, des marques d'incompréhension. On s'est étonné ici et là — même à Paris tout finit par se savoir — que j'écrive en français et que je ne parle pas nécessairement de la Grèce.

On aurait pu malgré tout s'en étonner plus tôt : c'était le quatrième roman que je faisais paraître en français. Il est vrai que personne n'était censé savoir que mes premiers livres étaient dus à un étranger — il me semble d'ailleurs que certains comptes rendus de presse disaient que j'étais d'origine grecque. Ce n'est qu'après avoir écrit un roman plutôt autobiographique en grec, et l'avoir traduit, qu'on a jugé surprenant que je m'exprime également en français.

Si l'on considère qu'il est impossible d'écrire aussi bien dans une langue étrangère que dans la sienne, il y a effectivement lieu de s'étonner que quelqu'un choisisse librement la première. Pourquoi choisirait-il de s'exprimer moins bien ? On comprend qu'il le fasse sous l'effet d'une contrainte, quand il n'a pas vraiment le choix. Je n'ai pour ma part aucune excuse d'écrire en français : je ne viens pas d'un pays francophone, ma langue maternelle n'est pas uniquement une langue orale, je n'ai pas rompu mes liens avec elle, enfin, il y a bien longtemps que la Grèce s'est débarrassée des colonels.

— Mais pourquoi écrivez-vous des romans français ? m'a dit un critique. Il y en a déjà tant sur le marché !

Je n'ai pas l'impression d'écrire les livres des autres. Que je m'exprime en grec ou en français, que l'action (quelle action ? Enfin, passons...) se situe à Athènes ou à Paris (j'ai naturellement besoin de parler des deux moitiés de ma vie), c'est toujours le même genre d'histoire que je raconte. Ou bien elle présente un intérêt quelconque dans les deux langues, ou bien elle n'en présente dans aucune. Du reste, le marché grec aussi est saturé de romans...

Mon éditeur lui-même m'a avoué sa perplexité : doit-il me ranger dans sa collection de littérature française ou étrangère ? Il a lui aussi le sentiment que mon bilinguisme est, comme on dit, mal perçu, passe mal.

Je n'éprouverais pas le besoin d'évoquer les réserves dont j'ai fait l'objet, si elles n'avaient suscité un drame en moi : pour la première fois j'ai pensé que je devrais peut-être quitter la France. Moi qui m'étais donné tant de mal jadis pour apprendre le français, j'en suis arrivé à regretter de ne pas l'ignorer davantage. Peut-on désapprendre une langue ? Peut-on apprendre à oublier ? Je savais bien qu'on le pouvait, puisque j'avais failli oublier le grec. Si je quittais la France, je finirais sûrement par prendre le même genre de distance avec le français. On ne peut pas aimer une langue, pas plus qu'une femme d'ailleurs, longtemps à distance. On peut maintenir les liens qu'on a avec elle un certain temps, au prix de beaucoup d'efforts, mais cela devient à la longue épuisant.

C'est à l'Institut français d'Athènes, vers dix ans, que j'ai appris les premiers rudiments du français. Lors d'une fête de fin d'année, déguisé en perroquet, j'avais récité un poème intitulé *Je suis Coco le bavard*. On m'avait fait des compliments pour ma prononciation. J'apprenais également l'anglais, dans un autre institut privé. Ces cours avaient lieu le soir, après l'école. Il faisait nuit noire quand je rentrais à la maison. Je voyais de loin la fenêtre éclairée de notre cuisine. Je sifflais toujours le même air pour prévenir ma mère de mon arrivée ; c'était un air allemand, *Lili Marlene*. Mes parents, comme tous les parents grecs, attachaient une grande importance à l'apprentissage des langues, ils savaient sans doute que la Grèce pouvait difficilement vivre repliée sur elle-même. Les langues étrangères représentaient une possibilité d'ouverture et de progrès. Mon premier professeur de français était une femme, elle s'appelait Aspromali, ce qui veut dire *aux cheveux blancs*. Sa sœur habitait au-dessus de chez nous, elle était dentiste.

L'idée que je pourrais être amené un jour à rompre avec le français m'a bouleversé. Renoncer à cette langue dans laquelle je m'exprimais depuis si longtemps serait fatalement prendre congé de moi-même. Je pensais que, si les Français me considéraient comme auteur grec, mes compatriotes seraient davantage fondés à me classer parmi les étrangers. En effet, j'avais peu écrit dans ma langue maternelle — plusieurs scénarios mais un seul roman — et les séjours que j'effectuais en Grèce, fréquents certes, étaient généralement de courte durée. Mon stylo me fit penser à une hampe à laquelle il manquait un petit drapeau. J'invoquais intérieurement le cas d'autres Grecs qui se sont exprimés dans une langue étrangère. Il en existe plusieurs, le plus célèbre étant Kazantzakis, qui vécut en France et composa certaines de ses œuvres en français. En revanche, je ne voyais guère d'auteurs français ayant usé d'une langue étrangère. La pauvreté de la terre et les conflits politiques expliquent que bien des Grecs ont dû s'expatrier au cours des siècles. La Grèce a toujours vécu un pied à l'étranger, un peu en dehors d'elle-même. J'étais peut-être en train de découvrir, tout simplement, la difficulté d'être grec. Mais tout cela ne me rassurait qu'à moitié.

Alors que j'avais cru trouver un équilibre entre deux pays et deux langues, j'ai eu la sensation que je marchais dans le vide. Comme dans un cauchemar, je me suis vu en train de traverser un gouffre sur un pont qui, en réalité, n'existait pas.

Il y a un an donc, j'ai essayé d'écrire, mais les mots se dérobaient comme s'ils craignaient d'être blessés par la pointe du stylo. *Je ne sais pas*, pensais-je, pourrait bien être un début de phrase intéressant, mais devais-je écrire *je ne sais pas* ou, en grec, *dèn xéro* ?

— Dans quelle langue tu t'adresses à toi-même ? m'a dit un ami. Dans quelle langue tu te comprends le mieux ?

Dans mon carnet de notes, j'utilise les deux — il me semble que le grec l'emporte sur le français, mais de peu. J'avais envie d'écrire en grec, probablement par dépit, parce que je me sentais en froid avec le français. Mais c'est précisément cette situation qui me préoccupait, l'aborder en grec aurait été une manière de la nier. J'avais besoin du français — c'est bien en français que je suis en train de raconter tout cela maintenant —, mais il était devenu inaccessible. Il n'y avait pas de langue en somme pour dire cela.

Je passais mes journées au lit, à boire du café et à fumer. C'était l'hiver. Peu de lumière entrait par la fenêtre, une lumière grisâtre, qui permettait de distinguer les objets, sans plus. Ils n'avaient aucune couleur. Je regardais longuement le téléphone. Je me suis demandé à quel moment j'avais cessé de dire « allô ? » en décrochant, depuis quand je répondais systématiquement, en grec, « *embros ?* ». J'écoutais les bruits de l'immeuble, le trafic du boulevard de Grenelle. Parfois les robinets de la baignoire émettaient un sifflement, suivi d'une espèce d'aspiration prolongée : je m'imaginais qu'une bête s'était trouvée coincée dans les tuyaux et qu'elle était en train de crever asphyxiée.

Je me suis souvenu d'une paysanne grecque à qui un touriste avait demandé quelques renseignements en grec. Elle se prit de sympathie pour lui et se mit à raconter ses ennuis. Lui, faisait de temps en temps « oui » de la tête. Quand il partit, la femme s'adressa à moi et me dit, d'un air à la fois surpris et ravi :

— Tu vois, cet étranger, non seulement il parle le grec, mais en plus il le comprend !

Je ne faisais rien. Attendais-je la nuit ? Ma femme, au temps où nous étions encore mariés, disait que je parlais en grec dans mon sommeil. Serions-nous restés plus longtemps ensemble si elle avait appris le grec ? Fallait-il voir dans notre séparation le signe avant-coureur d'une rupture avec la France ? Étaient-ce les quelques réticences suscitées par mon dernier roman qui m'avaient plongé dans ce désarroi ? Je me savais susceptible, mais l'étais-je à ce point ?

Je n'arrivais quand même pas à me sortir de cet état, je ne pouvais pas écrire. Une fois de plus, j'étais réduit au silence. « Il y a sûrement des trucs que j'ai besoin de comprendre », ai-je encore pensé. Cette réflexion m'a intrigué, j'ai eu l'impression de l'avoir empruntée à un roman de Chandler.

J'ai pensé aux Vietnamiens qui avaient occupé un moment le studio voisin : ils parlaient en vietnamien entre eux, mais au chat de gouttière qu'ils avaient adopté ils s'adressaient en français.

2

La tentation autobiographique

Est-ce que ça vaut la peine de raconter tout ça ? *Dèn xéro*. Maintenant j'ai commencé, bien sûr… Je suis en train d'explorer mon incertitude. Non, je n'ai pas trop de mal à écrire en français. Peut-être serai-je tenté, un moment ou un autre, de revenir au grec ? *Tha doumè :* on verra. Je regarde très souvent le réveil posé sur la bibliothèque. Je l'ai regardé à seize heures vingt, à seize heures cinquante-cinq, à dix-sept heures dix, à dix-sept heures dix-sept. Il va bientôt faire nuit. Entre deux phrases, il y a un tas de phrases raturées.

J'ai l'impression que le temps s'accélère entre vingt heures trente et vingt-deux heures vingt. C'est probablement le moment où j'écris le plus. La première fois où je regarde le réveil après avoir repris le travail vers vingt heures trente, il est toujours, au moins, vingt-deux heures vingt. On dirait qu'il n'est jamais vingt et une heures.

Je regarde le réveil avec l'anxiété de l'élève qui va devoir rendre bientôt sa copie et qui n'a encore rien écrit. J'ai peur d'avoir une mauvaise note. Je ne sais même pas quel est le sujet du contrôle que je suis en train de passer. Je le découvre au fur et à mesure, phrase après phrase. D'habitude, quand je commence une histoire, je sais à peu près ce que je vais dire, je discerne les principaux thèmes que je vais aborder. À présent, je ne discerne rien. J'ai l'impression d'être sur un bateau sans moteur, qui se déplace au gré des courants, au gré du vent. J'écris par curiosité, pour savoir où j'en suis, ce que j'en pense. J'écris pour avoir de mes nouvelles.

Depuis plusieurs années, je ne communique plus que par téléphone avec mes parents. Ma mère entend de moins en moins bien. De toute façon, on ne peut jamais rien dire au téléphone, les mots s'envolent, sitôt prononcés, ils ne laissent aucune trace. Les coups de téléphone me font penser à des lettres que j'ai à peine le temps de parcourir et qu'on m'arrache des mains aussitôt après.

Ma mère m'a rendu l'été dernier toutes les lettres, deux grands sacs en plastique pleins de lettres, que je lui avais envoyées de Lille. Elle ne savait plus quoi en faire, elle ne voulait pas les détruire, elle a pensé que je pourrais avoir besoin de les relire. J'ai dû prendre un taxi pour les porter au studio où j'habite à Athènes. En traversant le terrain vague qui sépare la maison de mes parents de la route, j'ai ressenti une grande fatigue. Il est dix-neuf heures.

Je pense de temps en temps au lecteur de ce récit. Je n'ai rien d'extraordinaire à raconter. Un ami marocain, à qui j'ai parlé de mon projet d'écrire un récit autobiographique, m'a dit :

— Mais tu n'es pas Linda de Suza !

C'est vrai. Mes livres n'ont jamais eu beaucoup de succès en France. Certes, il faudrait être de mauvaise foi pour ne pas reconnaître que mes ventes sont en progression : mon premier roman avait été diffusé à quatre cents exemplaires ; le dernier, dix ans plus tard, a atteint trois mille. J'admets cependant que cette évolution n'est pas assez spectaculaire pour faire l'objet d'un best-seller. Je n'ai pas encore parlé à mon éditeur de mon projet, mais c'est comme si je l'entendais :

— Tu ne prétends tout de même pas nous faire un succès en racontant la mévente de tes précédents bouquins !

Un auteur de romans policiers me disait qu'il pensait continuellement au lecteur pendant qu'il écrivait, qu'il s'efforçait de l'intéresser, de l'étonner. Je ne peux pas dire que je pense beaucoup au lecteur. Je crois que c'est à moi-même que je m'adresse d'abord. Je cherche une sorte d'apaisement. Chaque paragraphe achevé me procure une certaine paix. Chaque phrase est une minuscule trêve.

Écrire à la première personne m'ennuie un peu. Je me suis surpris en train de compter les alinéas qui commencent par « je » : il y en a beaucoup. J'ai déjà écrit à la première personne bien sûr, mais je ne parlais pas nécessairement de moi. Il m'est arrivé de me déguiser en femme. Il est vrai que la femme en question avait passé son enfance dans la même maison que moi, située au coin des rues Anacréon et Philarète, à Athènes... J'ai déjà évoqué, mais brièvement, l'itinéraire d'un Grec en France : je l'ai fait à la deuxième personne, je n'étais pas encore prêt à décliner mon identité d'immigré. C'est dire que je me suis souvent dévisagé, mais toujours à travers un masque. Le regard que je me porte à présent me met mal à l'aise. Je ne suis pas sûr que je gagne à être connu.

Je n'ai plus la liberté d'inventer mon histoire. L'exercice de cette liberté me donnait un réel plaisir. Un texte autobiographique, c'est peut-être un genre de roman écrit sans plaisir. Qui sait ? Cela finira peut-être par ressembler à un roman, avec des personnages qu'on perd de vue et qu'on retrouve à la fin. Si les vents me sont favorables, cela devrait ressembler à un roman.

Je continuais à écrire des articles en français, le plus souvent sur la littérature grecque, et à collaborer à une émission de France Culture, cependant je ne parvenais toujours pas à commencer le texte personnel que j'avais besoin d'écrire. Je n'essayais même plus de le commencer à vrai dire, je voulais l'oublier, le contourner sans plus céder à la fascination qu'exerçait sur moi cette espèce d'absence de moi-même. J'en avais assez de me poser des questions. Tel Marius, j'avais envie d'ailleurs. J'en rêvais comme on rêve parfois dans le métro que la rame ne s'arrêtera pas au terminus, qu'elle ira beaucoup plus loin que d'habitude. Je pensais plus précisément à l'Égypte et aux États-Unis, mais mes moyens ne me permettaient pas d'entreprendre ces expéditions. C'est alors que je reçus une invitation pour participer à une rencontre d'écrivains au Québec. Elle tombait bien, comme ces coups de téléphone qu'on reçoit juste à l'instant où on pense les donner. Le plus surprenant c'est que le thème choisi pour cette rencontre était la tentation autobiographique.

Je ne peux pas dire que j'aie suivi avec une grande attention les débats, qui eurent lieu dans la ville de Québec, dans un château transformé en hôtel situé au bord du Saint-Laurent. Nous étions une soixantaine, venus de divers pays, assis autour d'un rectangle formé par de petites tables mises bout à bout. Nous disposions de micros dont les fils étaient reliés à une boîte noire posée par terre, qui avait l'air d'une grosse araignée. J'étais invité en tant qu'auteur grec. Quand je me tenais bien droit sur mon siège, je voyais le Saint-Laurent. J'essayais de me rappeler dans quel roman de Jules Verne il est question de ce fleuve. Peut-être confondaisje le Saint-Laurent avec l'Orénoque ? C'était le début du printemps. Je regardais les uns, les autres... Surtout les femmes, bien sûr. Je me souviens d'une Brésilienne aux yeux gris, d'une Espagnole aux jambes superbes. J'avais l'impression d'être en classe. Les intervenants adoptaient volontiers un ton professoral. Ils exposaient longuement leurs idées sur les interférences entre le vécu et l'écrit, mais ne se livraient guère. Ils se tenaient à l'écart de leurs propos.

Un ami m'entraîne périodiquement à des déjeuners littéraires, qui ont lieu du côté de l'Opéra. Ils réunissent quatre, cinq, dix auteurs. J'ai dû déjeuner une bonne vingtaine de fois, au fil des ans, avec certains d'entre eux : j'ai toujours l'impression de ne pas les connaître. Ce ne sont pas des gens silencieux, pourtant : je les ai entendus deviser sur toutes sortes de questions, mais je n'ai pas le souvenir qu'ils aient jamais parlé de leur propre vie. Je ne saurai leur âge que le jour où ils auront un prix littéraire, ou un accident de voiture. Je ne les connais que de l'extérieur, de vue. J'ai le sentiment qu'ils ne m'ont jamais reçu que sur le pas de leur porte.

— Tu es marié, toi ? ai-je demandé une fois à l'un des membres de ce petit cercle.

Il répéta la question comme s'il avait du mal à en saisir le sens.

— Non, non, dit-il finalement.

Il paraissait réellement choqué par ma curiosité. Ce n'était pas uniquement de la curiosité, mais qu'importe... Je suis toujours surpris de la réticence des autres à parler d'eux-mêmes, peut-être parce que je viens d'un pays où l'on expose volontiers ses états d'âme, ses doutes et ses blessures.

Un auteur parisien condamna avec véhémence ceux qui étalent au grand jour leur vie privée. C'était quelqu'un qui condamnait facilement, je l'ai souvent entendu prononcer les mots « scandaleux », « inadmissible », etc. Était-ce son métier de professeur qui lui avait donné l'habitude de distribuer des notes ? Il recherchait la compagnie des autres, mais avait du mal à les approcher, à engager la conversation. Même sa façon de se mouvoir était un peu raide. Dans l'avion, il n'avait cessé de lire. Il était entré dans l'appareil avec plusieurs bouquins sous le bras.

— Je vais pouvoir rattraper mon retard ! m'avait-il annoncé, tout content.

J'étais captivé par notre dissemblance. Moi qui ne lis plus guère, j'ai surtout l'impression de ne pas vivre assez. J'ai pensé à cette anecdote qui se passe dans un café à Vienne où deux généraux grecs, en grande discussion, sont interpellés par leur voisin de table :

— Dites-moi, messieurs, ne seriez-vous pas des Turcs, par hasard ?

— Non, monsieur ! répond, indigné, l'un des généraux. Nous sommes exactement le contraire !

Je fus également déconcerté par un auteur qui parlait de tout avec énormément de facilité et d'assurance. Sa voix était monocorde, son ton un peu las. On aurait dit un agent de change expliquant les mécanismes de la Bourse à un public de petits porteurs.

— Ce n'est pas nécessairement par orgueil ou par vanité qu'on écrit son autobiographie, a-t-il dit, puisqu'on peut aussi raconter ses lâchetés et ses faiblesses.

Cette remarque m'a plu, sans me convaincre vraiment. Je crois que les critiques qu'on s'adresse à soi-même ne sont souvent que des éloges déguisés, des compliments à retardement. Parmi les innombrables citations entendues, je n'en ai retenu qu'une seule, elle est de Jean Guénot : « L'écrivain, c'est quelqu'un qui s'aime au point de se raconter aux autres pour leur bonheur. »

Il est vingt heures dix. Je vais aller à un cocktail de mariage, dans le XVIIIᵉ, métro Lamarck-Caulaincourt. Je laisse Alexios seul dans le studio, il regarde *Disney Channel*, sur la troisième chaîne. J'écris si lentement, si difficilement que je me sens déjà épuisé. J'ai rapporté un tas de notes du Canada, cela devrait aller plus vite... Le cocktail s'est terminé vers trois heures du matin. Je n'ai pas réussi à me détendre. Je suis resté debout tout au long de la soirée, impossible de m'asseoir. Alexios s'est réveillé quand je suis rentré, nous avons bavardé un peu. Ce matin il ne s'en souvenait plus du tout. Il vient de partir. J'ai téléphoné à ma mère, elle m'a dit que j'ai été baptisé un 2 février, c'est demain le 2 février. Il est midi.

Tout ce qui se disait au colloque m'incitait certes à penser au texte que je projetais d'écrire, mais je résistais vaillamment à cette pression. J'évitais de regarder les feuilles blanches qu'on nous distribuait au début de chaque réunion. Je crois que j'avais surtout besoin de me distraire. J'attendais avec une certaine impatience la fin des séances de travail.

Une grande femme blonde au front bombé fit une longue communication dans un langage savant auquel je n'ai pratiquement rien compris. Au milieu de son discours, elle laissa échapper une jolie phrase claire, simple, courte : c'était comme une bonne nouvelle qu'on vous annonce au cours d'un enterrement. « Je n'ai pas l'étoffe d'un intellectuel, pensai-je. Je n'ai que des incertitudes et des sentiments. » Une Algérienne parla des femmes de son pays qui ne peuvent s'exprimer librement qu'à la maison, entre elles. Brusquement, elle se mit à pleurer et quitta la salle. Une écrivaine québécoise — on dit là-bas couramment une écrivaine — improvisa un discours désordonné, confus. Elle avait bien du mal à achever ses phrases, à formuler la tension qu'on sentait en elle. Je me suis promis de lire un de ses livres, il me semble que les bons écrivains ne sont pas nécessairement brillants à l'oral.

Comme on avait beaucoup parlé du caractère plus ou moins autobiographique de divers romans célèbres, à commencer par *Madame Bovary*, j'ai pris le parti, pour me singulariser, de ne parler que de mes propres livres.

— Prenons par exemple le cas du *Sandwich*, ai-je commencé.

C'était mon premier roman.

— Passons maintenant aux *Girls du City-Boum-Boum* ; que remarquons-nous, en effet ?

Certains avaient l'air de prendre goût à ce petit numéro. Il m'amusait aussi, à vrai dire. J'ai dit pour finir que j'avais l'intention d'écrire un texte autobiographique, mais que je ne savais plus quelle langue utiliser, que je pensais l'intituler *Paris-Athènes*, plutôt qu'*Athènes-Paris*, que je ne comprenais pas pourquoi je préférais nettement le premier titre au second... Au fur et à mesure que je disais cela, j'ai senti que ma bonne humeur s'évanouissait, qu'elle s'effondrait comme un immeuble dynamité filmé au ralenti. « Je ne vais quand même pas me mettre à pleurer aussi », ai-je pensé.

Le plus mauvais élève de l'assemblée fut assurément le Belge, un grand gaillard au teint blafard et au regard doux, qui rappelait un peu le Christ peint par le Greco. Il somnolait pendant les séances. De temps en temps, il ouvrait les yeux et fixait d'un regard consterné la carafe d'eau posée sur sa table. Lorsque son tour de parler fut venu, il raconta simplement son dernier excès de boisson, qui datait de la veille au soir. Il buvait beaucoup. Il s'était fait remarquer dès l'arrivée au nouvel aéroport de Montréal en réclamant à boire. Il s'était mis à gueuler :

— Il n'y a pas de scotch dans ce bordel ? Si c'est comme ça, je me barre tout de suite, je reprends le premier avion pour l'Europe !

Ce fut la seule fois où je le vis en colère. Son visage s'était couvert de sueur. J'avais pensé que son front devait être glacé. Les autres invités feignaient de ne pas l'entendre, regardaient ailleurs. Ils paraissaient bien malheureux.

— Puisqu'on te dit qu'il n'y a rien à boire, il n'y a rien à boire ! lui avait dit un critique parisien d'une voix cassante.

Le critique ressemblait à Napoléon III. Sa veste bleu marine était couverte d'une quantité impressionnante de pellicules. On aurait dit que sa tête tombait en poussière.

— Je vais voir s'il y a quelque chose à boire, avais-je dit au Belge.

J'avais exploré l'aéroport, une énorme boîte en verre fumé posée en plein désert. L'intérieur était désert également. De grands drapeaux pendaient du plafond : j'avais cherché machinalement le drapeau grec. Tout était absolument propre, comme si rien n'avait encore servi, comme si personne n'avait jamais traversé le hall, comme si l'aéroport était à vendre. Il n'y avait rien à boire, effectivement.

Puis j'avais fait quelques pas à l'extérieur. Je traversais l'Atlantique pour la première fois. Je m'étais promis de lire un tas de livres sur le Canada avant de partir, j'en avais acheté quelques-uns, je n'en avais pas ouvert un seul. J'avais un peu l'impression d'entrer dans une salle de cinéma, sans même savoir quel film on projetait. La terre était si plate et si vide que le ciel paraissait immense. On ne voyait que lui. Même au milieu de la mer Égée, le ciel ne paraît jamais aussi grand, il est toujours masqué en partie par les îles. Là-bas, il n'y avait rien, excepté l'aéroport bien sûr, mais il était derrière mon dos.

Le Belge s'était encore fait remarquer à l'aéroport de Québec, cette fois-ci par sa disparition subite. Le bruit avait couru qu'il était complètement fauché. Nous le retrouvâmes tout bêtement à la réception de l'hôtel, installé sur un canapé aux formes si arrondies qu'il avait l'air d'un nuage.

— Il y a un dieu pour les ivrognes, mon ami ! m'avait-il dit.

Un chauffeur de taxi, qu'il avait connu lors d'un précédent séjour à Québec, l'avait conduit gracieusement jusqu'à l'hôtel.

— On t'a déjà invité ici ?

— Mais bien sûr ! J'ai des supporters dans ces contrées !

Et moi, pourquoi ne m'avait-on pas invité auparavant ? Pourquoi ne s'était-on pas rendu compte plus tôt de l'excellente qualité de mes ouvrages ? N'étais-je pas en droit de faire une scène aux organisateurs ? De leur reprocher leur manque de perspicacité ? De les traiter de tous les noms ? J'eus le fou rire dans l'ascenseur, sous le regard impassible de quelques jeunes gens qui me dépassaient d'une bonne tête.

Je fus très agréablement surpris par le logement qui m'avait été attribué : il était véritablement immense, l'entrée était immense, le salon était immense, la chambre à coucher n'était pas très grande, mais le lit était immense. Il fallait monter deux marches pour passer du salon à la chambre à coucher : ce petit détail me plut infiniment. Il y avait aussi une cuisine, à droite de l'entrée, et d'énormes placards un peu partout. Mon sac de voyage m'a paru ridiculement petit. Pour occuper décemment un tel local, j'aurais dû avoir au moins trois valises et une malle. « J'aurai beau étaler mes affaires un peu partout, ai-je pensé, la femme de chambre croira que personne n'habite ici, que ce sont simplement des affaires oubliées par le locataire précédent. » Je fus mal à l'aise au début, comme un choriste amateur parachuté dans un décor d'opéra, mais je m'y suis très vite habitué. Je me suis même demandé comment je pouvais vivre, à Paris, dans un espace aussi exigu. Ce qu'on a appris à considérer comme un luxe n'est probablement que le minimum dont nous avons besoin.

J'ai posé mon sac par terre, au milieu du salon ; j'ai été aux toilettes, la salle de bains aussi était immense, il n'y avait pas de balai à côté de la cuvette mais il n'était pas indispensable, la chasse d'eau déclenchait un véritable déluge, puis j'ai enlevé mes chaussures et mes chaussettes, je me suis couché à plat ventre sur le lit. J'avais besoin de dormir un peu et en même temps je voulais fumer, boire un café, prendre un bain, regarder par la fenêtre, essayer la télé, ranger mes affaires, téléphoner à Paris, consulter la brochure sur le Québec que j'avais aperçue sur la table basse du salon. Je me suis redressé un peu en prenant appui sur mes coudes, j'ai regardé par la fenêtre, je ne voyais que le ciel, un ciel très clair, ensoleillé, je me suis recouché, j'ai enfoui ma tête dans l'oreiller. Au bout de cinq minutes je me suis levé, j'ai allumé une cigarette, fait couler un bain et appelé Paris.

J'étais arrivé bien avant les autres à Roissy, pour réserver une place à l'écart du groupe. J'ai toujours eu cette attitude à l'égard des groupes, je me suis toujours arrangé pour ne pas en faire partie. Mon goût pour les aphorismes vient peut-être de là : je comprends l'esprit d'indépendance de ces petites phrases, leur refus de s'insérer dans un contexte. Les rares fois où mes parents m'ont envoyé en colonie de vacances, je suis tombé malade et au bout de quelques jours ils m'ont ramené à la maison.

Nous sommes une quinzaine d'enfants sous une grande tente, autour du moniteur qui inscrit nos nom et prénom sur une feuille de papier. Je ne veux pas lui dire mon prénom, j'estime qu'il doit se contenter du nom de famille. Mon attitude le déconcerte, ainsi que les autres enfants, il se met en colère. Je consens alors à lui donner l'initiale de mon prénom :

— Vous n'avez qu'à marquer V !

— On ne va pas t'appeler V ! dit-il.

— Ne m'appelez pas du tout, dis-je.

Est-ce qu'on se souvient mieux des gens qu'on a détestés que de ceux qu'on a aimés ? Le moniteur avait les cheveux coupés en brosse, des pommettes saillantes, des yeux gris, beaucoup de boutons sur les joues. Il ressemblait aux soldats allemands, tels qu'on les représentait dans *Le Jeune Héros*, feuilleton illustré pour enfants publié en Grèce dans les années cinquante.

Cette colonie était installée dans un bois de pins près d'Athènes. Durant des années, j'ai eu horreur de l'odeur du pin et de la résine. Ce n'est qu'après avoir quitté la Grèce que je l'ai dissociée du souvenir de ce séjour, que j'ai recommencé à l'apprécier. Je n'ai jamais autant aimé la Grèce qu'après l'avoir quittée.

À Québec, la présence des autres ne m'ennuyait pas. C'est plutôt la mienne qui me gênait, j'avais le sentiment de m'être assez entendu râler, maugréer, de m'être assez vu. Je n'avais nulle hâte de regagner ma chambre la nuit. Nous étions quelques-uns à traîner dans les bars, dans les boîtes jusqu'à des heures tardives : un écrivain noir du nom d'Akoumba, le Belge bien sûr, plusieurs poètes québécois, un journaliste et sa femme. La nuit mettait un terme à nos comédies d'auteurs, elle nous restituait notre visage. Le Belge, lui, ne disposait pas de masque. Il portait en permanence son visage de la nuit. C'était un homme désarmé. Je n'avais aucune peine à l'imaginer enfant dans une cour de récréation. Il ne devait pas aimer le football. Son copain, le chauffeur de taxi, dîna avec nous un soir. Il était assez jeune, aimait la poésie et la boxe. Je ne me souviens pas très bien de lui, pourtant il me semble qu'il était assis en face de moi. Je me souviens d'un écrivain d'un certain âge, qui avait posé le bras sur le dossier de la chaise de sa voisine. Petit à petit son bras s'était enhardi, il s'était rapproché des épaules de la jeune femme, il en avait épousé le contour sans toutefois la toucher. Au moment où l'écrivain regardait dans la direction opposée, la femme se leva et s'en alla. Lui, ne s'en rendit pas compte tout de suite. Ce n'est que lorsqu'il se tourna vers elle pour reprendre la discussion commencée qu'il constata son absence. Il regarda un long moment le vide qu'il était en train d'enlacer. Ce fut un dîner plutôt raté. Sans doute étions-nous trop nombreux. Je suis parti avant la fin du repas, j'avais donné rendez-vous à la Brésilienne, dans un bar.

Cinq ou six jeunes jouaient du jazz. À force d'entendre parler français, j'oubliais quelquefois que nous n'étions qu'à deux pas des États-Unis. Le pianiste était excellent. Le dos de sa chemise était trempé. Je regardais ses mains. Je pensais jadis que le meilleur moyen de séduire les femmes était de devenir un grand pianiste. J'ai étudié quelque temps le piano, chez Daphné. Je me souviens parfaitement de ses mains, de la forme de ses ongles, coupés très court. Je ne peux pas dire que je me souvienne de l'odeur de son appartement, mais je sais qu'il en avait une. Puis je suis tombé assez gravement malade et j'ai arrêté. Je n'ai pas eu de regrets car je savais que je n'étais pas doué pour la musique. Je n'avais d'autre ambition dans ce domaine que d'apprendre à jouer la valse de *La Traviata*. Cependant, j'ai continué à rêver que je donnais des récitals devant un public ravi, essentiellement féminin. La vue d'un piano fermé m'attriste toujours un peu. Est-ce parce que j'ai passé l'âge de rêver ? Est-ce à cause de son aspect funèbre ? Il me semble qu'aucun autre instrument de musique au repos ne produit autant de silence qu'un piano fermé.

— Il arrive que les mouches se prennent les pattes dans les cordes du bouzouki et les fassent vibrer, disait un musicien grec. Je crois alors que mon instrument me réclame, qu'il se plaint d'avoir été délaissé et aussitôt je le prends dans mes mains.

La Brésilienne n'est pas venue au rendez-vous. Cela ne m'a pas tellement surpris : depuis longtemps, j'ai associé le jazz à des histoires d'amour qui tournent court. C'est la musique des rendez-vous manqués.

Un autre soir, j'ai dîné avec Akoumba et l'Anglaise, une fille un peu triste qui vivait avec parcimonie. Elle ne se séparait jamais de son appareil photo, elle voulait absolument photo-graphier tous les auteurs. Nous n'étions déjà plus qu'une série de clichés dans un album à reliure vert amande. Elle nous a faussé compa-gnie dès la fin du repas.

— Je t'avais bien prévenu que ça ne marche-rait pas ! a dit Akoumba qui prétendait en sa-voir long sur les femmes.

Dans la nuit, j'ai reçu un appel téléphonique, mais personne n'a parlé.

— Je suis sûr que c'était l'Anglaise, ai-je dit à Akoumba le lendemain.

— Mais tu n'en sais rien !

— Si, si, insistai-je. Je l'ai reconnue à la qua-lité de son silence ! C'était un silence anglais !

Il y eut encore un soir. Akoumba riait tout le temps. Il riait en se pliant littéralement en deux, comme on rit dans les films muets. Je n'ai eu aucun mal à entraîner tout le monde à la boîte de l'hôtel — j'avais remarqué, dans le hall, une affichette annonçant un grand bal organisé par des marchands de bois. Seule la femme du journaliste n'a pas suivi, son mari l'a accompagnée jusqu'aux ascenseurs, il lui a tenu la main jusqu'à l'ouverture des portes. Un homme aux cheveux blancs chantait un succès de Nat King Cole en s'accompagnant au synthétiseur, placé au bout du comptoir. À l'autre bout, deux femmes buvaient de la bière.

— Vous êtes des syndicalistes ? nous ont-elles demandé.

Akoumba s'est remis à rire.

— Pourquoi des syndicalistes ? ai-je dit.

— Mais parce que vous portez tous la barbe !

Elles ont affirmé que tous les syndicalistes québécois portent la barbe. L'une s'appelait Martine, elle était professeur de mathématiques. Je ne sais plus comment s'appelait l'autre. Elles habitaient assez loin de Québec. Quelquefois, le samedi, elles venaient en ville, elles faisaient des courses, puis elles prenaient l'apéritif, puis elles dînaient dans un bon restaurant, elles ont souligné le fait qu'elles choisissaient un bon restaurant, puis elles allaient danser. Le journaliste parlait avec deux écrivaines, le Belge sirotait tranquillement son whisky, un vague sourire aux lèvres. De temps en temps il regardait dans notre direction et son sourire s'accentuait. Il ne parlait à personne, la compagnie de l'alcool semblait lui suffire.

— Il est en train de se foutre en l'air, m'a dit Akoumba.

Martine avait toutes les peines du monde à retenir mon nom. Elle m'a dit que le whisky canadien s'appelle *rye* : j'ai noté ça dans mon carnet. J'ai noté plusieurs particularités du parler québécois, tout en me demandant quel besoin j'avais de le faire alors que je n'étais même plus sûr d'avoir encore envie d'écrire en français. Selon Akoumba, l'hôtesse de l'air nous aurait souhaité, au moment du décollage, *une bonne envolée*. Une des personnes chargées de l'organisation du colloque employait souvent le mot *cher* :

— Bonjour, cher ! Bien dormi, cher ?

Elle prononçait *tu sais* en un seul mot, *t'sais*. Elle m'a appris le mot *tchum*, l'ami, le petit ami. J'ai noté qu'on préférait *dispendieux* à cher, ainsi que les expressions *piquer une débarque* (tomber) et l'anglicisme *prendre une marche* (se promener). Un matin j'ai entendu aux informations qu'un footballeur avait été expulsé du terrain parce qu'il s'était rendu coupable de *scènes disgracieuses*.

— T'as-tu bien dormi ? m'a demandé Martine le lendemain.

Je n'avais pas encore ouvert les yeux. J'ai remarqué quelque chose d'inhabituel dans la formulation de sa question et je me suis promis de la lui faire répéter plus tard. Je n'avais aucune hâte de me lever.

Je n'ai cessé de prendre des notes au cours de ce voyage. Je notais tout ce que je voyais, exactement comme si le Québec allait exploser peu après mon départ et qu'il importât d'en conserver un souvenir très précis. Dès l'arrivée, j'avais repéré la présence d'une ligne blanche sur le sol, qu'on ne pouvait franchir que sur l'invitation du préposé au contrôle des passeports. J'ai découvert par la suite qu'il existait d'autres murs invisibles. À l'entrée des restaurants, il fallait attendre qu'une dame vienne vous chercher pour vous conduire à une place, même si l'établissement était complètement vide. C'étaient des dames d'un certain âge, en jupe longue. J'ai pensé que les touristes québécois en visite en Grèce doivent être scandalisés par cette espèce de frénésie qui gagne mes compatriotes dès qu'il s'agit de prendre le bateau ou le car. Les règles qu'on m'impose me hérissent profondément. Elles m'insupportent, elles m'obsèdent tant que je n'ai pas réussi à les transgresser. L'ordre me blesse, me nie, il règne à mes dépens. J'ai dû respecter pourtant l'interdiction de fumer qui était affichée un peu partout là-bas. J'avais l'impression que toute la population me fixait des yeux, qu'elle guettait le moment où j'allais sortir le tabac de ma poche pour me rappeler à l'ordre. À Paris, je ne vois que la Bibliothèque nationale où cette interdiction soit aussi strictement appliquée. Je fumais souvent dans les toilettes.

J'ai remarqué que la plupart des endroits publics disposaient de toilettes spécialement aménagées pour handicapés, que les chariots porte-bagages de l'hôtel étaient habillés de fourrure, que les toits de certaines vieilles bâtisses étaient en cuivre, que les assiettes des restaurants étaient grandes comme des saladiers (dans les tavernes grecques elles ont plutôt la dimension d'assiettes à dessert).

Comme je continuais à m'exprimer en français, c'est en français que je prenais ces notes. À la fin de ce séjour, je suis allé pour une semaine à New York où j'ai rencontré beaucoup de Grecs : aussitôt je me suis mis à écrire grec. Je commençais à penser toutefois que j'avais besoin d'une explication avec la langue française, que j'avais besoin de converser sereinement avec elle. Je me doutais bien que ce dialogue m'obligerait à parler longuement de la Grèce, ce que je n'avais que rarement fait en français. L'idée, toute neuve pour moi, que j'aurais à parler de ma mère en français, que je serais amené à la faire parler en français elle aussi, me choquait profondément. J'hésitais encore sur le choix de la langue. « Comment peut-on choisir entre la langue de sa mère et celle de ses enfants ? » : j'ai noté cela aussi dans mon carnet. Je pensais qu'un récit autobiographique ne me fournirait peut-être pas beaucoup de réponses, mais qu'il m'apporterait au moins quelques questions.

La culture française, si sûre d'elle habituellement, m'est apparue là-bas sous un autre jour,
fragile, intimidée, anxieuse de son avenir. On a
l'impression que la moindre poussée de l'immense population anglo-américaine pourrait la
faire basculer dans l'océan. Les Québécois évoquaient inlassablement ce problème, qui me faisait penser aux dangers qui menacent la langue
grecque, qui n'est parlée, à travers le monde,
que par une quinzaine de millions de personnes.
La culture grecque, comme celle du Québec,
est avant tout une culture inquiète. Ne devais-
je donc pas écrire plutôt en grec ? Cent fois par
jour je lisais la devise des Québécois, inscrite
sur les plaques d'immatriculation de toutes les
voitures : *Je me souviens*. Étais-je, une fois encore,
sur le point d'oublier ? Je n'ai pas le sentiment
d'avoir une dette envers le français. J'ai beaucoup plus écrit dans cette langue qu'en grec.
J'ai l'impression d'avoir rendu au français les
mots que je lui ai pris.

J'ai acheté chez un bouquiniste deux fascicules
d'un roman populaire québécois des années
cinquante, simplement parce qu'ils me rappe-
laient les publications analogues que je lisais en
Grèce. C'est un roman d'aventures, écrit par
Pierre Saurel, centré sur les activités de l'agent
IXE-13, *l'as des espions canadiens*. L'un des épisodes s'intitule *Le savant aime les rousses*, l'autre
Taya, l'espionne communiste. J'ai acheté également
une cassette de chansons folkloriques interprétées

par Édith Butler : je n'ai nullement trouvé dérisoire ce mariage des musiques traditionnelles
française et américaine (une des chansons, *All
Aboard des États*, passe constamment d'une langue à l'autre), pas plus que je ne trouve dérisoire
le *rébétiko* grec, musique d'inspiration orientale.
Le poète Georges Séféris note qu'un des traits
fondamentaux des diverses cultures qui ont éclos
en Grèce au cours des siècles réside justement
dans leur aptitude à dialoguer avec le monde :
« Toutes les fois que le peuple grec évita le
commerce spirituel avec l'étranger, toutes les
fois qu'il s'imita trop lui-même, ce fut à son
détriment. »

Le colloque s'acheva par un déjeuner panta-
gruélique que nous avions tous conscience
d'avoir parfaitement mérité, au restaurant Le
Champlain, du nom du fondateur de la ville de
Québec. Le critique parisien qui ressemblait à
Napoléon III m'apprit que sa femme était sud-
américaine. Une réfugiée hongroise arrivée de
fraîche date au Canada me confia qu'elle était
tout à fait heureuse dans son pays d'adoption.

— Il ne faut jamais désespérer, me dit-elle.
Dieu veille sur chacun de nous !

En guise de souvenir, j'ai emporté le menu
du déjeuner ainsi qu'une jolie cuillère à soupe.
La Brésilienne, qui allait en voiture à Montréal,
voulut bien m'emmener. Nous voyageâmes de
nuit. Je distinguais à peine son visage. Elle me
déposa chez Robert, une vieille connaissance,

qui m'installa chez une de ses cousines. Elle disposait d'un vaste appartement. C'était une grande fille mince, très gracieuse. Je la vois, à l'autre bout du couloir, nouant les lacets de ses chaussures, le pied posé sur la machine à laver. Elle porte un pantalon vert. Je fis la connaissance de son *tchum* : il avait un nom bien français, cependant son visage était celui d'un Indien.

Je n'avais guère pensé jusque-là aux premiers habitants du Canada. Je lus en vitesse un ouvrage relatant leur extermination par les colons — il était illustré d'une gravure qui représentait une Indienne versant le lait de son sein sur la tombe de son enfant — et je voulus à tout prix visiter une réserve. Robert consentit à m'y conduire. Il y en avait une tout près de Montréal, coincée entre le Saint-Laurent et une autoroute, la réserve Caughnawaga.

Cela ressemble, tout simplement, à un quartier pauvre : des pavillons en bois plutôt délabrés, une chaussée défoncée, quelques voitures antédiluviennes, un seul bistrot, construit avec des planches. Nous prîmes un pot. Je regardais les autres clients : trois jeunes filles, une vieille et un vieux, une mère et son gamin. Les Indiens de mon enfance étaient fiers et silencieux. Ceux que je voyais n'étaient que silencieux. Une voiture de police patrouillait inlassablement, à faible allure, devant le bistrot. Je vis aussi passer un véhicule pétaradant, dont le moteur était complètement à découvert. Il lâchait de gros nuages de fumée qui montaient vers le ciel comme des signaux de détresse. On nous dit que le musée était fermé. J'ai quand même tenu à aller le voir : c'était un hangar au toit bombé, entièrement fabriqué en tôle ondulée. Rien ne dit peut-être mieux le mépris de la société canadienne pour la culture indienne que cette espèce de remise à outils, située à quelques kilomètres des gratte-ciel de Montréal. La seule construction vraiment solide de la réserve, c'était l'église. Elle était dédiée à une sainte indienne, que j'ai vue sur un tableau, en costume traditionnel, un crucifix dans les bras, le regard tourné vers une belle lumière qui l'éclairait à travers les branches des arbres.

Cette visite a laissé en moi un malaise profond. Je ne peux pas évoquer calmement le sort de ces gens, dépossédés de leur passé et sans grand avenir apparemment. Le malaise resurgit chaque fois que je vais au supermarché du boulevard de Grenelle : les boîtes de saumon canadien sont décorées d'un guerrier indien sur son cheval. La marque s'appelle *Great Chief*.

J'ai rencontré aussi quelques immigrés grecs... Ils étaient issus de milieux très défavorisés. Ils avaient en partie oublié le grec, qu'ils n'avaient sans doute jamais très bien appris. Ils ne connaissaient pas bien le français non plus, malgré le fait que leurs propos étaient parsemés de mots français hellénisés. J'ai eu du mal à comprendre quelle était cette rue Délépis — nom qui a tout à fait l'air grec — dont ils parlaient : c'était la rue de l'Épée, à Montréal. Ils parlaient, en quelque sorte, deux demi-langues. Ils avaient quitté les rives d'une culture sans jamais atteindre celles d'une autre. Ils naviguaient vaillamment sur un radeau. Ils ne rentraient en Grèce que tous les quatre ou cinq ans. Je crois que je n'aurais jamais pu supporter de m'éloigner autant de la Grèce. J'ai pensé qu'ils avaient certainement une autre idée du pays que moi, qu'ils connaissaient une Grèce bien plus rude que la mienne. Ils avaient, naturellement, beaucoup de nostalgie. Ils étaient au courant de tous les rebondissements du championnat grec de football. Ils m'ont raconté qu'un couple de Crétois gagnaient leur vie en confectionnant des mocassins qu'ils vendaient, déguisés en Indiens, à l'entrée des réserves.

Depuis quelque temps, un des jeux préférés de la société athénienne consiste à trouver dans la langue grecque des combinaisons de mots qui ont, par accident, une résonance étrangère. J'en ai retenu un échantillon : *Na i Sparti* (voici Sparte) se lit comme de l'anglais : *nice party* ; *Ké skylia* (et des chiens) comme du français : *qu'est-ce qu'il y a ? Olos paradoxos* (tout à fait bizarrement) ressemble à de l'espagnol ; *Lamia Volo mé karro* (de Lamia à Volo en charrette) à de l'italien ; *Akoumba ta baoula* (pose les malles) à je ne sais quelle langue africaine. Je pense qu'on entend ainsi tourner en dérision cette Grèce réellement ou faussement polyglotte, présente aux instances européennes, liée aux sociétés étrangères, entretenue par le tourisme. C'est ce jeu en tout cas qui m'a donné l'idée d'appeler Akoumba le confrère noir rencontré à Québec. Je me sens obligé de tricher un peu sur l'identité des gens que j'évoque. J'ai même songé à changer le nom de mes enfants mais, réflexion faite, je préfère ne pas le changer. Martine ne s'appelait pas Martine. Je lui ai cependant toujours attribué ce nom dans mon carnet, pour m'y habituer. Je m'y suis si bien habitué d'ailleurs que, le temps aidant, j'ai fini par oublier son véritable prénom.

Je crois avoir à peu près tout dit sur ce voyage. Je feuillette une fois encore mes notes, quelques documents... J'ai conservé un exemplaire du journal *Le Soleil* à cause de l'importance de son carnet, qui occupe une page entière. Les avis de décès, souvent accompagnés de la photo du disparu, sont longs d'une cinquantaine de lignes : *À Sainte-Foy, le 20 avril 1986, à l'âge de 78 ans et 10 mois, est décédé Monsieur Édouard (Eddy) Roche, retraité d'Hydro-Québec, époux de dame Hélène Boucher...*

Je vais pouvoir me débarrasser de tout ça. Écrire permet d'éliminer des tas de papiers, notes, imprimés, livres, et même des objets. Il me semble qu'on peut jeter les objets qui ont trouvé leur place dans un texte, qui ont dit ce qu'ils avaient à dire, qui ont accompli leur destin. À une époque, je conservais tout ce que je trouvais dans ma boîte à lettres — essentiellement des prospectus publicitaires. J'envisageais d'écrire une nouvelle réaliste et je pensais pouvoir utiliser ce matériau. J'ai fini par tout bazarder : je n'écrirai pas de nouvelle réaliste, voilà tout. Il ne me reste de cette récolte que la carte de visite de M. N'DIAYE KARAMBA, *Grand Marabout* qui propose ses services aux personnes mal aimées, désargentées ou envoûtées — ça y est, je viens de la déchirer. Je ne dispose pas d'assez de place, dans mon studio parisien, pour laisser les choses s'accumuler à l'infini. J'habite dans une sorte de cabine de bateau. Le lit et la baignoire se trouvent au-dessus de ma tête, sur une mezzanine de deux mètres sur trois. Une des raisons qui m'incitent à écrire est certainement le manque de place.

3

Le mal

L'année d'avant, c'est-à-dire en 1960 puisque je suis parti pour Lille en 1961, en septembre 1961, j'avais fait un premier tour en Europe occidentale organisé par le lycée. Nous avions voyagé en autocar. Le chauffeur, un homme trapu, fumait sans arrêt pour éviter de s'endormir au volant. Nous avions traversé la Yougoslavie, l'Italie et la France. J'avais fait un croquis de la tour Eiffel, beaucoup trop grand car elle n'avait pas pu tenir tout entière sur la feuille de papier, d'un lampadaire de la place de la Concorde, d'un flic. Nous nous étions fait photographier, mon frère et moi, couchés sur un banc de pierre, à Bordeaux. Nous avions longé la Côte d'Azur. J'avais remarqué une blonde très mince et très bronzée, en bikini blanc. Nous chantions souvent *Les Enfants du Pirée*, qui venaient de séduire le public international. En Italie, nous bûmes du vin mousseux. Je n'ai pratiquement rien retenu de notre passage en Italie. La France m'intéressait davantage, je savais bien

plus de choses sur elle — j'ignorais toutefois
que j'allais y revenir l'année suivante. À mes
yeux, la véritable attraction de ce périple c'était
Paris. Nous déposâmes une gerbe à l'arc de
triomphe de l'Étoile. Il me semble que c'était
moi qui tenais la gerbe. En Yougoslavie, nous
visitâmes un studio de cinéma. D'innombrables
boucliers romains en carton doré étaient posés
contre un mur gris. Nous dormions parfois la
nuit dans l'autocar. À Zagreb, sur le chemin du
retour, nous décidâmes de passer une nuit à
l'hôtel, à nos frais. J'avais été hostile à cette dépense mais mon frère me persuada qu'elle était
nécessaire. Je suis, d'une façon générale, hostile
à toutes les dépenses. L'oreiller était très grand,
il occupait presque la moitié du lit, et très
doux. Je me suis rarement senti aussi bien re-
posé qu'après cette nuit.

Je ne savais rien sur le nord de la France — je
n'avais entendu parler que du bourreau de Béthune qui exécute Milady à la fin des *Trois
Mousquetaires*. En grec, Lille se disait *Lilli* : ce
n'est que depuis peu, une dizaine d'années
environ, qu'on s'applique à transcrire phonéti-
quement les noms étrangers, à l'exception de
ceux qui sont trop connus pour être changés.
Ainsi, Paris se dit toujours *Parissi*, la Seine *Sikoua-
nas* et la France *Gallia*. Lille, elle, est devenue
Lille. L'encyclopédie *Ilios* (soleil), en dix-huit
volumes, à reliure noire, consacrait un assez

long article à Lille, illustré de la photo du musée, en noir et blanc. J'ai visité ce musée peu de temps après mon arrivée. Je me souviens d'un tableau de Van Gogh représentant deux vaches — peut-être n'y en a-t-il qu'une seule ? —, dans une prairie. J'ai oublié les autres tableaux. Il n'y a que l'œuvre de Van Gogh au musée de Lille, entourée de toiles blanches.

Je suis parti du Pirée — *Piréas*, en grec. Il me semble qu'il n'a jamais été question que je parte autrement qu'en bateau. Les avions étaient certainement hors de prix car on n'en parlait même pas. Ils n'existaient que pour acheminer le courrier. Ma mère se souvient peut-être du nom du bateau, je le lui demanderai, si j'y pense. Sa coque était noire. On y montait par une échelle accrochée sur son flanc, qui nous faisait trébucher à chaque pas comme pour nous prévenir des tempêtes à venir.

L'agent de voyage qui s'était occupé de mon billet avait le teint foncé et des cheveux frisés. Son rire était sonore, sec, il se déclenchait de manière inattendue, mécanique. C'était un rire qui ne faisait pas plaisir à entendre. Je crois qu'il est mort ; mon père a dû me dire ça un jour au téléphone. Il était catholique, comme mon père. Les catholiques constituent une toute petite minorité en Grèce et entretiennent forcément des relations étroites entre eux. Ils sont généralement originaires des Cyclades, qui ont davantage vécu sous la coupe des Occidentaux que

59

des Turcs. Mon père est né à Santorin — *San-dorini*. Le nom de l'île — Sainte-Irène — est italien. Le nom de jeune fille de ma grand-mère paternelle est italien aussi : Santantonio. On raconte qu'elle descend d'un acteur italien qui, en tournée dans les Cyclades, aurait choisi de s'installer définitivement à Santorin, charmé par la beauté du lieu. L'histoire me paraît trop belle, en particulier du fait que mon père est comédien ; il semble pourtant qu'elle soit vraie.

Une copine grecque à qui j'avais annoncé que j'étais catholique avait ri aux larmes, elle avait même failli tomber du lit. J'ai toujours senti que ma mère, qui est orthodoxe, n'aimait pas beaucoup les catholiques, qu'elle les considérait un peu comme de faux Grecs. Sa réserve s'est atténuée avec l'âge. Les opinions de mon père ont fini par déteindre sur elle.

L'école où j'ai fait mes études, un établissement privé de bonne réputation, le lycée Léonin, appartenait aux frères maristes. Ce n'était pas un lycée français, la quasi-totalité des professeurs étant grecs, on y faisait cependant un peu plus de français que dans les écoles publiques. Les élèves catholiques, cinq ou six par classe, recevaient une éducation religieuse à part. Les frères s'occupaient surtout de l'administration. Ils étaient grecs pour la plupart et c'est en grec que nous parlions avec eux, mais nous ne les connaissions que sous leur nom de robe, qui était français : Édouard, Daniel, Jacques... L'un d'eux, un Français, le frère Henri, qui enseignait la musique, était notoirement pédophile : pendant le cours, il aimait avoir à son côté un élève pour lui caresser les cuisses. Il jouait très bien de l'accordéon. Il avait des crises de colère d'une rare violence, ce qui explique que nous n'avions pas le courage de dénoncer ses pratiques. Le frère François, un Grec, responsable de l'internat, avait la même réputation, mais je n'ai jamais été interne. Les frères étaient formés en France, près de Lyon je crois. Un de mes camarades avait failli entrer dans les ordres et avait longtemps séjourné en France. Il me disait que les terrains de sport du séminaire étaient couverts de gazon, ce qui me paraissait extraordinaire car je n'en avais jamais vu qu'en terre battue. Son père était menuisier. Les frères recrutaient leurs effectifs dans les familles modestes. Ont-ils jamais proposé à mon père de prendre en charge un de ses deux fils ? Voilà une question qui me vient pour la première fois à l'esprit. Mon camarade s'était fait renvoyer du séminaire pour avoir commis une faute grave. Il n'a jamais voulu me donner de précisions sur cette affaire. Je suppose qu'il avait peur de me choquer, peut-être même de perdre mon amitié. Il ne soupçonnait pas que j'avais des secrets analogues.

C'est lui qui m'a emmené la première fois au bordel. Il était un peu plus âgé que moi et plus dégourdi. J'étais affreusement crispé. La fille regardait ailleurs. Elle m'a signalé à plusieurs reprises que l'heure tournait. Je suis sorti de là tout à fait épuisé, mais pas trop mécontent de moi en fin de compte. Il faisait nuit. J'ai pris le bus pour rentrer à la maison. Il était presque vide. Je suis resté debout, à l'arrière. J'avais l'impression qu'un prodigieux changement s'était opéré en moi, j'étais sûr que mes parents devineraient instantanément d'où je venais. Je les ai trouvés à table. Ils n'ont pas deviné. J'avais seize ans.

La fille était blonde. Elle avait des seins malmenés, on aurait dit qu'ils étaient sur le point de se détacher de son corps. Comment s'appelait-elle ? Les prostituées, comme les frères, portaient un faux prénom : Soula, Réna, Kéti… Il était inscrit sur la sonnette : l'absence de nom de famille indiquait clairement la nature de l'établissement. La plupart du temps, la porte était entrouverte. Nous distinguions une lueur rouge à l'intérieur, rien d'autre. Un léger rideau suspendu derrière la porte masquait les clients qui attendaient dans l'entrée.

Yamina est passée hier soir, je lui ai fait du riz à la bolonaise. Elle a l'air d'aller mieux, cependant elle n'a résolu aucun de ses problèmes : elle fait toujours le même travail qui l'ennuie, elle gagne à peine de quoi vivre, elle vit toujours seule. Elle pense que j'ai tout pour être heureux :

des enfants, un travail intéressant, la possibilité de voyager de temps en temps.

— Tu es le roi des heureux ! m'a-t-elle dit.

Elle a obtenu la nationalité française fin 1985, elle m'a montré sa carte d'identité.

— Ça me gêne de te la montrer.

Comme pour se justifier, elle m'a dit qu'elle ne pourrait en aucun cas vivre en Algérie. Elle porte l'Algérie sur son visage. Elle n'est pas née en France mais elle vit ici depuis son enfance. Je lui ai dit qu'elle n'avait pas à se sentir gênée. On appartient fatalement au lieu de son enfance. On ne peut pas ne pas être attaché à cet endroit, même quand il a l'aspect sinistre des cités de banlieue. Remettre en question, comme le fait le gouvernement Chirac, le droit à la nationalité française des enfants des immigrés revient à contester la légitimité de leur mémoire. Le pays de leurs parents ne sera jamais que le pays de leurs parents. Personne n'est habilité à interdire à quiconque l'accès au territoire de son enfance.

Elle est partie vers minuit, par le métro. Elle a insisté pour que je garde ses cigarettes, j'avais pourtant du tabac à rouler. Ce sont des cigarettes mentholées, très légères. Je viens d'en allumer une : j'ai l'impression de fumer un courant d'air.

On avait beau y aller tôt dans l'après-midi ou tard dans la nuit, il y avait toujours quelques personnes qui attendaient dans l'entrée en feuilletant des revues. Une vieille, appelée *tsatsa*, surveillait les lieux et encaissait l'argent. Nous prenions place et nous attendions l'apparition de la fille. Nous fumions. Une légère humidité flottait dans l'air. L'éclairage était faible. Une porte s'ouvrait : la fille était là, en slip ou en chemise de nuit courte. Je fixais ses cuisses. Elle traversait l'entrée sans se presser, elle nous regardait un à un, elle saluait les clients qu'elle connaissait, puis elle disparaissait. Nous savions qu'elle allait se laver, qu'elle passerait ensuite dans la seconde chambre à coucher. La plupart des bordels disposaient de deux chambres à coucher, ce qui faisait gagner du temps aux filles : pendant qu'elles étaient occupées dans l'une, le client suivant pouvait se déshabiller dans l'autre.

Les lits étaient simplement couverts d'un drap. Pas d'oreillers, pas de couvertures : c'étaient des lits où personne ne dormait jamais. Les prostituées n'habitaient pas ces appartements, dont la décoration était sommaire : quelques photos de femmes nues aux murs, découpées dans des magazines, des lampes bon marché à abat-jour rosé à côté des lits. On ne voyait nulle part le moindre objet personnel. La chambre à coucher était quelquefois munie d'une fontaine murale, réservée aux ablutions du client, surmontée d'un rouleau de papier hygiénique. En l'absence de fontaine, le rouleau était posé sur la table de nuit.

Un ami m'annonça un jour qu'une prostituée était devenue amoureuse de lui et l'avait invité au restaurant. Je l'avais profondément envié. Pas un instant je ne songeai à mettre en doute son histoire, comme si ma jalousie suffisait à prouver qu'elle était vraie. Les succès des autres ne m'ont jamais réjoui énormément.

Les maisons en question, situées entre la rue Patission et la rue d'Acharnès, étaient relativement distantes l'une de l'autre, de sorte que chaque *bourdèlotsarka* — tournée des bordels — que nous faisions prenait des heures. Nous en visitions une bonne dizaine avant de nous décider à passer à l'acte. Nous ne passions pas toujours à l'acte. Nous nous contentions quelquefois de faire le plein d'images, puis nous rentrions tranquillement chez nous.

J'ai commencé à parler du milieu catholique car c'est par son entremise que je suis venu en France. Je n'aime pas évoquer ce milieu, je me sens embarrassé comme si j'avais à présenter des cousins de province, peu sympathiques de surcroît. Mais c'est nécessaire. Je ne peux pas passer sous silence la détresse que je ressentais chaque fois que je me faisais plaisir tout seul.

Je marquais d'une croix, dans mon agenda, les jours où je m'étais fait plaisir. Je pensais prendre suffisamment peur en additionnant les croix au bout d'une année — il devait y en avoir autant que dans un cimetière — pour me contraindre à renoncer à cette pratique. Mais je ne renonçais pas. L'agenda était recouvert d'un plastique marron clair, ses pages étaient beiges et le trait qui séparait les jours rose. J'assimilais le plaisir solitaire à une maladie qui me rongeait petit à petit et qui devait fatalement entraîner ma perte. Vers l'âge de douze, treize ans, je me demandais par quel miracle je vivais encore. J'avais en effet découvert le plaisir des années auparavant, je ne saurais dire quand, peut-être ai-je toujours su qu'il existait. Je ne suis pas sûr d'avoir des souvenirs antérieurs à sa découverte.

Pendant longtemps j'ai joui en chevauchant un coussin à fleurs orange, la nuit, dans mon lit. Je me disais que j'étais pourchassé par une horde d'Indiens. Au bout d'un moment, mon excitation prenait une tournure particulière, devenait plaisante. Je ne sais pas si je jouissais quand les Indiens (ou les gardes du cardinal) gagnaient du terrain, ou au contraire lorsque je réussissais à les distancer. Le fait est que le plaisir était associé à un danger, répondait à une angoisse, me consolait de l'éventualité de mon arrestation et de ma mise en pièces. Les histoires que je me racontais n'avaient d'autre but probablement que d'atténuer mon remords — je savais pertinemment que le véritable danger qui me guettait venait du plaisir lui-même. Elles excusaient momentanément ma faiblesse, puisque je ne cédais au plaisir que contraint et forcé par mes poursuivants.

Comment ai-je su que mon activité était répréhensible ? Il se peut que mes parents me l'aient suggéré, à demi-mot. Je me souviens que ma mère m'avait grondé, à l'époque où je dormais encore dans un berceau aux barreaux de fer, parce que j'avais enlevé mon slip pendant la sieste. J'ai été assez ému récemment en revoyant chez mon frère ce berceau, remis à neuf, repeint, plein de plantes vertes. Le haut des barreaux est couronné de motifs en forme de coquilles Saint-Jacques qui soutiennent la barre transversale.

J'emportais des tas de jouets dans le lit-coffre où je dormais, des armes, des ficelles, une gourde, sans m'en cacher. Par contre, je tenais à dissimuler le coussin. Plus tard, j'ai dû l'abandonner, car il était devenu trop mou, au profit d'un coussin plus gros et nettement mieux rembourré. Je ne l'ai pas abandonné complètement, je l'ai gardé comme oreiller supplémentaire. Je le considérais comme un exécrable compagnon, mais c'était un compagnon tout de même.

De temps en temps je pensais à l'air immobile enfermé dans le lit-coffre, à ce parfait parallélépipède d'air bien dense et bien noir, à ce bloc de nuit perpétuelle. L'édredon était bordeaux. J'ai conservé le souvenir de son poids.

Je ne pensais pas encore aux femmes en me faisant plaisir. Le plaisir existait hors d'elles. Je me demande même s'il y avait des femmes dans mes histoires. À part les Indiens et les gardes du cardinal, il y avait des cow-boys, des pirates, des explorateurs, des chercheurs d'or épuisés de fatigue ainsi que divers animaux, des chiens, des ours, des condors. Mais des femmes ? Il y en avait sans doute quelques-unes. C'est sûrement une femme qui me soignait quand j'étais atteint d'une balle ou d'une flèche à l'épaule gauche — j'étais toujours blessé à cet endroit, en hommage à Jeanne d'Arc qui avait reçu une flèche juste au creux de cette épaule, dans un film que j'avais vu au cinéma du quartier. J'avais été vivement impressionné par cette scène car la flèche était passée à travers une fente de l'armure de Jeanne, ménagée par un mouvement de son bras. Le cinéma portait un nom français : Étoile. Avant les séances, les ouvreuses vaporisaient dans la salle un parfum à la rose. Tous les films sentaient la rose.

Les fleurs du coussin m'ont rappelé la prédilection que j'ai eue pendant mon adolescence pour la couleur orange. Le premier tube de peinture à l'huile que j'aie acheté était orange. Je peignais des sujets plutôt sinistres. J'avais représenté une falaise de Santorin, un diable que les frères avaient jugé trop écœurant pour le montrer à l'exposition scolaire, un mongolien qui habitait en face de chez nous. Je l'avais peint de profil, j'étais obsédé par son crâne plat et sa grosse lèvre inférieure pendante. Il avait une vingtaine d'années, mais ne jouait qu'avec les tout petits enfants. Il courait un peu à la manière des clowns, les genoux et les pieds écartés. Il s'appelait Christos.

Après mon installation à Lille, ma préférence s'est portée sur le noir. J'ai été enchanté par les peintures de Soulages, que j'ai d'abord vues sous forme de cartes postales, ensuite dans une galerie parisienne installée au premier étage d'un immeuble. C'était en fait un appartement, absolument désert au moment de ma visite. Je m'étais senti comme un voleur, un modeste voleur d'images. Il y a bien longtemps que j'ai renoncé à la peinture. Je ne fais plus que du dessin, de minuscules dessins qui prennent très peu de place sur le papier. Est-ce pour dissimuler ma maladresse ? Je suis de plus en plus fasciné par le blanc. Je n'aime vraiment les murs des galeries qu'entre deux expositions, quand ils sont nus : juste un clou ici ou là, quelques traces de doigts. Les murs de mon enfance étaient blancs. Ma mère m'incitait à les regarder longuement, à voir leurs aspérités sur lesquelles s'accrochaient des ombres minuscules, leurs craquelures, les taches d'humidité qui les assombrissaient en certains endroits, les fins sillons creusés par la brosse du peintre. Elle m'encourageait à décrypter ces formes, à lire une histoire là où, apparemment, rien n'était écrit. Si j'avais à évaluer la dette que j'ai envers ma mère, je mentionnerais d'abord le fait qu'elle m'apprit à regarder les murs blancs.

Je n'apprécie aujourd'hui les couleurs qu'en quantités infimes, sur fond blanc. J'ai toutefois un certain faible pour le bleu, sans doute parce qu'il me fait penser, comme le blanc, à la Grèce. J'ai peint en bleu la porte de ce studio, un bleu marine très vif. Je me suis donné beaucoup de mal pour le trouver : la plupart des bleus qu'on vend à Paris sont grisâtres, tristes, sous-éclairés. Ce sont des bleus que le soleil ne voit jamais. Je remarque que l'emballage du tabac et celui du papier à rouler qui sont sur ma table, à droite de la machine à écrire, sont tous les deux bleus, l'un bleu sombre, l'autre bleu ciel. Les murs du studio sont blancs. La moquette, elle, est d'un rouge qui tire à l'orange, mais je ne l'ai pas vraiment choisie, je l'ai eue d'occasion, c'était une chute. Je revois les couleurs qui m'entourent, le rouge de la moquette, le blanc des murs, le bleu de la porte... Comme c'est curieux : ce sont les couleurs du drapeau français !

Les flammes de l'enfer étaient orange et bleues : je les avais vues sur une image pieuse (*iconitsa*) que m'avait montrée un prêtre catholique, un homme très doux aux cheveux argentés. Il avait un gros paquet d'images pieuses dans la poche de sa soutane, toutes vivement colorées. Nous avons passé des vacances près de chez lui, ou dans le presbytère même ; ce n'étaient pas les grandes vacances car en été nous allions toujours à Santorin. Ma mère m'apprenait l'alphabet. Nous nous installions dans l'herbe, le dos contre un mur de la maison, sous une fenêtre. Mon inaptitude à distinguer les lettres l'exaspérait. Il n'y avait qu'une lettre par page dans le livre dont elle se servait, une lettre et un dessin. Elle n'arrivait pas à comprendre comment je pouvais confondre des lettres aussi dissemblables que le A, le E, le O et le I. C'est dire que j'ai eu beaucoup de mal à apprendre le grec : la langue maternelle n'est après tout que la première des langues étrangères qu'on apprend.

J'ai appris à lire soudainement, plus exactement j'ai découvert un jour que je savais lire en feuilletant une anthologie. Je me suis arrêté sur un long poème populaire en vers de quinze syllabes qui racontait le combat de saint Georges contre le dragon. Il me semble qu'il parlait aussi d'une princesse menacée par le monstre. Je tâcherai de retrouver ce livre, je crois l'avoir revu quelque part, chez mon frère je pense, il a le goût de la récupération et de la remise en état des vieilles choses, je suppose que c'est sa façon à lui de nier le temps. J'appris par cœur ce poème et le récitai à mes parents. Ils furent très émus, comme s'ils venaient d'assister à un miracle. Mon père, qui est très pieux, a dû l'attribuer à saint Georges.

Je ne parlais à personne de mes habitudes nocturnes. La plupart de mes petits camarades étaient aussi discrets que moi. Je ne pensais pas que nous étions nombreux à nous livrer à cette pratique, je croyais faire partie d'une déplorable minorité — ce qui peut paraître étrange étant donné que l'injure qu'on entend le plus fréquemment en Grèce est *malakas*, branleur. À travers certaines confidences, j'avais cru comprendre que les autres se servaient de leur main, ce qui m'avait énormément surpris. Ma méthode me paraissait nettement meilleure, j'étais même assez fier de mon invention, sans me considérer pour autant comme un génie du mal.

Le génie du mal, c'était Paul. Il devait cet étrange prénom — le nom grec correspondant est Pavlos — à sa mère, une Française. J'ai connu sa mère, une petite femme énergique et riche, plutôt permissive à l'égard de ses enfants. Elle fut probablement la première Française que j'aie jamais rencontrée. Elle possédait une maison de couture au centre d'Athènes, fréquentée par la grande bourgeoisie. Elle avait épousé un de ses employés, un Grec qui se faisait appeler Georges, à la française, alors que son nom était Yorgos. Je m'étais intéressé à cette famille pour la bonne raison que je fus pendant longtemps amoureux de la sœur de Paul.

Il était le seul à parler ouvertement, et même avec une certaine complaisance, de ses expériences sexuelles. Une de ses trouvailles consistait à se servir d'une bouteille de lait, dont le goulot était bien plus large que celui des bouteilles de vin, remplie d'eau tiède. Comme il était médiocre en classe, il avait parfois recours à mes lumières. Pendant que je lui expliquais un exercice sur un coin de la table à manger, il s'était mis à se branler en douce, son sexe étant dissimulé sous le bord de la nappe. Il avait bien ri quand j'avais compris la cause de sa distraction. Il m'avait montré son sexe, il en était très fier et je dois avouer qu'il y avait de quoi.

Nous habitions Callithéa, *belle vue*. C'est un quartier populaire dans le sud d'Athènes, sur la route du Phalère. Je me souviens d'avoir été au Phalère à pied, j'avais dû marcher pendant une bonne heure, pour voir un film policier avec Edmond O'Brien. Il y avait plein de jardins potagers entre Callithéa et le Phalère, et une minuscule église dédiée à la sainte Miséricorde, *Aghia Eléoussa*. La route, en terre battue, était sillonnée par les rails du tramway. Tout le quartier du Phalère sentait mauvais à cause des égouts qui se déversaient dans son golfe.

Nous louions le rez-de-chaussée d'une maison à un étage, à l'angle des rues Anacréon et Philarète. C'était en réalité un *imiipoghio*, demi-sous-sol, décalé d'un mètre environ par rapport au niveau de la rue. Régulièrement, des inconnus s'asseyaient sur l'appui de nos fenêtres, ce qui agaçait ma mère. J'avais été troublé par la beauté des fesses d'une jeune fille qui s'était justement installée à cet endroit. Je les avais étudiées à loisir, dissimulé derrière les rideaux.

Elle portait une jupe grise, très ajustée. Les Indiens et les autres aventuriers avaient fini par déserter mon imagination pour laisser la place aux femmes. Il y a bien eu un âge où j'ai cessé de me servir des coussins — finalement, je n'ai pas dû en user plus de deux.

J'avais quatorze ans quand nous avons déménagé de Callithéa pour nous installer à Néa Philadelphia, au nord d'Athènes. À quel âge ai-je commencé à m'intéresser aux femmes ? C'était bien avant, naturellement, mais combien d'années plus tôt ? Je suis devenu amoureux de la sœur de Paul à dix ans, alors que j'étais en avant-dernière année de l'école primaire. Ma passion a duré deux ou trois ans. Mais je ne pensais pas à elle en me faisant plaisir. Je songeais à des femmes mûres, des actrices, des inconnues croisées sur mon chemin. Je faisais une nette distinction entre le sentiment amoureux, qui me paraissait inscrit dans l'ordre naturel des choses, et le désir sexuel, qui constituait à mes yeux une anomalie. Je rêvais d'elle le jour, pas la nuit.

Voici ce que j'ai fait en attendant le réveil des enfants, après avoir bu deux tasses de café et fumé plusieurs cigarettes : je me suis appliqué, à l'aide d'une épingle, à déloger les poils de mes jambes qui ont malencontreusement poussé sous la peau. J'ai remarqué qu'ils étaient atrophiés.

Une petite goutte de sang s'est formée à la racine de chaque poil libéré, si petite qu'elle n'a
pas coulé. Puis les enfants se sont réveillés,
d'abord Alexios, qui est descendu chercher des
croissants. Je suis très énervé, j'ai l'impression
que la moindre contrariété pourrait me pousser
à des réactions démesurées, incontrôlables. Je
l'ai nettement senti hier matin, quand l'aspirateur est tombé en panne. Un peu plus tard, en
sortant du supermarché, j'ai cru avoir perdu
mes clefs : j'eus toutes les peines du monde à
contenir ma colère. J'ai retrouvé les clefs sur la
boîte aux lettres. Les propos apaisants que je
me suis tenu pour me calmer n'ont pas servi à
grand-chose : je ne voyais vraiment pas pourquoi le fait d'avoir retrouvé mes clefs devait me
consoler de la panne de mon aspirateur ! Le dé-
sordre des enfants m'ennuie. Moi qui ai tant de
mal à supporter l'ordre, j'accepte difficilement
qu'on trouble le mien. Ils me mettraient hors
de moi s'ils faisaient tomber un cendrier ou un
verre par terre. Je ne cesse de surveiller leurs
gestes dès qu'ils s'approchent d'un objet susceptible d'être renversé. Alexios a treize ans,
Dimitris seize. L'aîné a rendez-vous avec sa copine, à quatorze heures. Ils viennent le samedi
après-midi et s'en vont le dimanche vers midi.
Je reste sur le palier à regarder leurs mains glisser
sur la rampe en colimaçon — je ne vois que
leurs mains — jusqu'à ce qu'ils soient arrivés
tout en bas. La rampe se termine par une grosse

boule de fer, qui a l'air d'un point final. Bien que j'habite au dernier étage, j'entends leurs pas s'éloigner dans le couloir d'entrée de l'immeuble.

C'est la progression extrêmement lente de ce texte qui me met dans cet état. Au fur et à mesure que j'avance, le travail qui me reste à faire me paraît de plus en plus important, de sorte que j'ai plutôt l'impression de reculer. Chaque nouvelle phrase, au lieu de me rapprocher de la fin, m'en éloigne ! Il faut convenir que ce n'est pas très stimulant.

Je ne travaille pas régulièrement : quinze jours se sont écoulés entre l'alinéa précédent et celui-ci. Oserai-je l'avouer ? C'est déjà l'été... Je préfère ne pas compter le nombre de mois qui sont passés depuis que je me suis mis à ce récit. Je ne veux pas le savoir !

Les enfants se baignent dans la mer, je les vois de ma fenêtre, je distingue le fusil-harpon orange d'Alexios. Nous sommes à Tinos, une île des Cyclades. Arghiris nous a apporté des provisions, je suis tranquille pour deux ou trois jours, c'est lui qui assure cette année la liaison avec le village. Il me les a laissées sur la plage. Comme il n'avait pas de quoi écrire, il a fait l'addition sur un galet, en se servant de la pointe de son canif. Il a eu cette jolie formule pour me dire qu'il doit s'occuper deux fois par jour de ses bêtes :

— *Ta zoa théloun kaliméra, kalispéra* (les bêtes ont besoin de bonjour, bonsoir).

Les crochets que je trace sur le papier, pour relier entre elles les phrases qui me paraissent acceptables à travers les lignes barrées, me font penser à présent aux tentacules d'un poulpe.

Même dans mes rêves, les femmes n'enlevaient jamais leur culotte. Elles la baissaient juste un peu, par-derrière. Je pensais que l'amour se faisait plutôt par-derrière. C'est là que je situais leur sexe, étant à peu près convaincu qu'elles ne disposaient d'aucun attribut par ailleurs. Je me faisais une idée très vague de leur sexe : c'était, essentiellement, l'absence de quelque chose.

Je connaissais son nom : *mouni*. Dans l'encyclopédie, il était mentionné sous son nom ancien ; *aidion* (αἰδοῖον). Il était immédiatement suivi du verbe *aidoumai*, qui a la même racine et qui signifie « avoir honte ». Il n'y avait pas d'illustration représentant le sexe de la femme. Les deux albums de peinture que nous avions à la maison ne m'éclairaient pas davantage. Le plus décevant des deux était celui consacré aux impressionnistes : leurs nus ajoutaient du mystère là où il y en avait déjà assez. L'autre volume, qui réunissait des tableaux plus classiques, m'intéressait plus. Je contemplais souvent *Diane sortant du bain* de François Boucher.

J'ai revu récemment ce tableau, sous forme d'affiche, dans le métro, à l'occasion d'une exposition. J'ai été bien content de retrouver Diane et en même temps j'ai éprouvé un certain trouble à la regarder ainsi, devant tout le monde. Je lui ai juste dit bonjour et j'ai détourné les yeux, aussi vivement que je fermais naguère l'album quand j'entendais les pas de mes parents.

C'est en vain que je cherchais à satisfaire ma curiosité au musée archéologique d'Athènes : les déesses étaient bien plus pudiques que les dieux. Paul s'amusait parfois à plisser son genou, en le tenant entre le pouce et l'index, de façon à former une fente horizontale. Je devinais, à son air entendu, qu'il faisait allusion à quelque chose, mais à quoi au juste ? Est-ce que le sexe de la femme ressemblait à cela ? La position horizontale de la fente ne me permettait pas de l'imaginer. Je jugeais tout à fait indigne de moi — et probablement trop dangereux — le manège d'un cousin de Santorin, qui regardait carrément sous les jupes des filles, en faisant semblant de ramasser ses billes par terre. Je ne regardais pour ma part que sous les jupes des poupées, mais elles étaient soigneusement cousues à cet endroit.

En ce temps-là, on avait à peine plus de chances de voir des seins nus. Les actrices ne se dévoilaient jamais la poitrine que derrière un verre dépoli, un rideau de voile ou bien de dos. Je rêvais d'une salle de cinéma qui serait située de l'autre côté de l'écran, d'où je pourrais voir le verso de l'image. Une vive émotion nous avait gagnés, mes camarades de quartier et moi-même, quand nous avions appris que dans un film italien, inspiré de la vie de Phryné, qui passait au Cristal, un cinéma relativement proche, Rossana Podesta (était-ce bien elle qui jouait ?) montrait ses seins (curieusement, le mot sein, *to vyzi*, est neutre, de même que *to mouni* et *to aidion*). Nassos prétendait avoir une combine pour faire entrer dans la salle, en dépit de l'interdiction aux mineurs, trois d'entre nous. Je me suis vraiment fâché avec lui quand je compris que je ne devais pas faire partie de ce groupe : je ne lui ai plus jamais adressé la parole. Je ne vis qu'une seule fois des seins au cinéma, c'était dans un film français, avec Eddie Constantine, en couleurs. Je suis entré dans la salle sans savoir qu'il comportait ce genre de scène, de sorte que j'eus le souffle coupé en voyant la fille assise dans un lit, torse nu. Elle était brune. Si en ce temps-là on m'avait montré un des films x actuels, j'aurais sûrement eu une attaque d'apoplexie.

Les actrices ne montraient volontiers que leurs jambes. On ne voyait pratiquement que cela, dans les films osés de l'époque, des femmes en train de croiser les jambes, d'enfiler des bas, de descendre de voiture et de monter des escaliers. Je me souviens très bien de Brigitte Bardot relevant lentement sa jupe debout sur un escalier au pied duquel se tient Dario Moreno tremblant d'excitation. C'est dans *La Femme et le Pantin*, titre qui ne m'est familier qu'en grec, *I yinéka kai to névrospasto*. Ce sont cependant les jambes de Françoise Arnoul, que je n'ai vues pourtant que sur une photo affichée dans l'entrée d'un cinéma, qui ont produit sur moi l'impression la plus forte. La comédienne était assise sur une chaise de café, les jambes croisées, la jupe relevée jusqu'à mi-cuisses. Son visage aussi m'avait plu. Je crois bien que je n'ai rien vu de plus érotique de ma vie que cette photo en noir et blanc.

Il ne fallait pas grand-chose pour mettre nos sens en émoi. Même les photos tramées de la presse quotidienne, composées de points noirs visibles à l'œil nu, pouvaient nous troubler pour peu que ces points fussent assemblés de façon à évoquer un genou ou le commencement de l'ombre qui se forme entre les seins. Nous avons naturellement été bouleversés quand parut *Ktypocardi (Cœur battant)*, hebdomadaire au format de poche qui publiait des nouvelles libertines et des photos de vedettes de cinéma en maillot deux-pièces. J'en ai retrouvé deux exemplaires chez un bouquiniste à Athènes, les numéros 14 et 18, qui datent de mai 1957. Dans le second, le magazine annonce qu'il a été condamné pour offense aux bonnes mœurs et qu'il a fait appel. Les culottes de bain que portent les actrices sont si gigantesques, que mes enfants sont morts de rire en les voyant. J'ai ri aussi, bien sûr, mais moins que les enfants. Je me souviens trop bien de l'époque où je portais sur ces mêmes photos un regard différent. Plusieurs nouvelles sont adaptées du français, comme l'histoire de Muriel, pauvre et honnête jeune fille, qui finit par prendre plaisir à montrer son corps aux clients d'un cabaret des Batignolles. Le héros est bien souvent un jeune homme solitaire *(Je ne connaissais personne et personne n'avait songé à m'inviter)* obsédé par une femme qu'il rêve de déshabiller. Toutes les femmes ont un corps élastique, une chair vigoureuse et souple, des rondeurs provocantes, des seins juteux comme des fruits, des jambes faites au tour *(torneftès* : on n'emploie plus guère cet adjectif). Les organes et l'acte sexuels ne sont jamais décrits, ni même nommés. La morale est sauve puisqu'il arrive toutes sortes de catastrophes au personnage qui succombe à son désir en arrachant, par exemple, le corsage de sa patronne : il se fait agresser par un chat sauvage, perd sa voiture, son portefeuille, son emploi, reçoit des coups, devient clochard et finit même par se suicider en se jetant dans la mer (il ne faut pas oublier que nous sommes en Grèce) pour se débarrasser une fois pour toutes de ses *visions sataniques.* Cette misérable petite revue, imprimée sur du papier à peine meilleur que celui des journaux, aux photos teintées d'un rose saumon, nous faisait l'effet d'une drogue. C'était un moment d'une rare intensité que celui où on ouvrait, en cachette bien entendu, le nouveau numéro de *Ktypocardi*. Nous nous l'empruntions les uns aux autres car peu d'entre nous osaient le demander au kiosque. Pour ma part, je crois bien que je n'ai jamais eu ce courage. J'avais treize ans en 1957.

C'est au bordel que je vis la première fois une femme nue. Je crus tout d'abord qu'elle n'était pas entièrement nue, qu'elle avait omis d'enlever quelque chose : ni les peintures ni les sculptures que j'avais étudiées ne me permettaient de soupçonner que les femmes aussi ont des poils à cet endroit. Je sus où se trouvait son sexe, mais je ne pus l'apercevoir. J'avais tant rêvé d'une autre position, me mettant à l'abri du regard de ma partenaire, que le face-à-face qu'elle m'imposa me parut tout à fait gênant. Je ressentais un vide affreux sous mes cuisses.

Tous les samedis matin les frères nous conduisaient à la chapelle — une salle de classe transformée en chapelle — où nous devions nous confesser. Nous pouvions théoriquement nous en abstenir, mais comme l'abstention était interprétée comme un aveu de fautes graves, nous nous présentions tous devant le prêtre. Je m'arrangeais pour passer à peu près au milieu du groupe : je comptais sur ceux qui me précédaient pour fatiguer le confesseur afin qu'il soit moins attentif au récit de mes méfaits, et sur ceux qui me suivaient pour les lui faire oublier. « À la fin de la séance, il ne saura plus qui a fait quoi », me disais-je, sans grande conviction il est vrai, car je pensais qu'il m'avait parfaitement repéré. C'était un petit homme rondouillard, au crâne nu et à la barbe grise. Il n'avait pas l'air bien méchant. J'étais sûr qu'il était consterné par mes pratiques et, surtout, par mon incapacité à les réduire. Je ne songeais pas à lui mentir : les frères avaient pris soin de nous raconter l'histoire d'un petit garçon qui, ayant dissimulé certains péchés, ne put communier, l'hostie se dérobant obstinément devant sa bouche.

Il y a bien eu un âge où toutes les bêtises qu'on m'avait dites et celles qu'on m'avait laissé croire me sont montées à la tête. Cela s'est passé quand j'étais à Lille, je travaillais comme pion dans un collège de jésuites. J'ai brusquement pris conscience, alors que j'assistais à la messe un dimanche matin, que je détestais cette comédie. Je suis parti au milieu du sermon et depuis je ne suis plus allé à l'église, sauf lors de mon mariage (le mariage civil n'était pas encore reconnu en Grèce). J'avais bien du mal à supporter la présence des jésuites. Je logeais chez eux, au dernier étage du collège. Je me souviens qu'un soir l'un d'eux est entré dans ma chambre sans frapper : j'ai bondi sur lui, je l'ai attrapé par la gorge, j'ai été à deux doigts de lui casser la figure. La violence de ma réaction l'avait stupéfié.

Il avait un visage rougeâtre, maigre et rougeâtre. Il portait un nom assez banal, Dubourg, Delbourg, quelque chose comme ça. Il supervisait le travail des pions.

Le plus souvent, je me contentais d'exprimer par écrit mon animosité. J'écrivais des poèmes, pas bien longs en général, qui étaient des charges contre Dieu et l'Église. Je les rédigeais quelquefois en français. Est-ce parce que j'éprouvais le besoin de les faire lire autour de moi ? Est-ce parce que mes invectives s'adressaient à un dieu plus catholique qu'orthodoxe, comprenant par conséquent mieux le français que le grec ? Ce n'étaient pas des poèmes obscurs. Ils racontaient une histoire. J'ai toujours eu un faible pour les poèmes qui racontent une histoire, qui ne sont pas un simple défilé d'images, qu'on peut évoquer même quand on a complètement oublié les mots employés par le poète. C'est en français que j'avais conçu cette épitaphe pour ma tombe : *Dieu n'existe pas, je suis bien placé pour le savoir.* Ce genre de plaisanterie me ravissait. Le temps n'a que peu adouci mes sentiments à l'égard de l'Église. Le tintamarre qui accompagne les déplacements du pape me hérisse. Je n'aime pas voir de jeunes Sud-Américains courir derrière sa voiture. L'Église orthodoxe me dérange moins pour la simple raison que je n'ai jamais été confronté à ses hommes ni eu à subir son enseignement.

Je sortais du confessionnal la tête haute, ferme-
ment décidé à combattre les mauvaises pensées
avec une fougue digne de Léonidas. Ce n'était
pas seulement le samedi que je prenais de bonnes
résolutions. J'en prenais à Noël, qui est le jour
de mon anniversaire, j'en prenais le 1er janvier,
à Pâques, à la rentrée des classes, il me semble
que même lors des fêtes nationales du 25 mars
et du 28 octobre je jurais solennellement de ne
plus jamais me branler. J'ai fait le même serment
quand j'ai été recalé à l'institut d'anglais et
lorsque ma grand-mère maternelle est morte. Je
pensais qu'elle me voyait et qu'elle allait découvrir, après sa mort, à quoi je m'amusais la nuit.
Je croyais que tous les morts me regardaient, tous
les saints, ainsi que Dieu. J'avais l'impression
de me livrer à mes jeux favoris sur la scène d'un
théâtre aussi immense que celui d'Épidaure,
plein à craquer. Cela me coupait quelquefois
mes moyens, mais je ne faisais jamais longtemps
relâche.

Quand je suis parti pour la France, j'ai encore
pris, en vain bien sûr, la décision de me corriger.
Je n'ai pas tardé à découvrir une publication
aussi suggestive que *Ktypocardi* : c'était *La Revue
naturiste internationale*. Elle était imprimée en
noir et blanc, cependant les photos étaient d'assez
bonne qualité. Une sorte de brouillard dissimu-
lait le sexe, mais pas les seins. Lors d'une crise
de remords, j'ai déchiré en mille morceaux ce
magazine. Ne sachant comment me débarrasser

de ce tas de papiers — j'avais peur de boucher les toilettes du collège —, je l'ai gardé et, quelques jours plus tard, je me suis appliqué à reconstituer certaines images. J'évitais de respirer trop fort pendant que j'assemblais avec infiniment de patience, et sans doute aussi une espèce d'amour, ces petits bouts de papier. Les femmes ainsi ressuscitées avaient l'air d'avoir subi une multitude d'opérations. Elles m'ont cependant paru plus belles que dans leur état antérieur, impeccable et glacé, comme si leurs cicatrices les avaient rendues plus réelles et donc plus proches de moi.

Avais-je vraiment peur d'aller en enfer ? Peut-être n'étais-je pas entièrement convaincu de son existence. Dans les chansons populaires grecques, il n'est question que du royaume d'Hadès, un endroit souterrain, sinistre certes, mais où il n'y a ni flammes ni diables. J'avais sûrement peur de Dieu. Son regard, perpétuellement fixé sur moi, balayait inlassablement mon âme tel un projecteur une cour de prison. C'était un regard sévère, dur, un regard de juge.

Toutes les années de mon enfance et de mon adolescence, tous les jours de cette très longue période ont été marqués par la peur. J'avais peur de perdre mon âme, de me rendre idiot et de mourir prématurément. Le portrait que j'avais peint de Christos n'était en fait qu'un autoportrait anticipé. Déjà à l'époque où je n'émettais pas de sperme, j'étais convaincu que mes capacités intellectuelles régressaient. Ma première éjaculation m'a horrifié : elle m'a fourni la preuve que j'étais bel et bien en train de dilapider ma substance cérébrale. Je voyais mon sexe comme un robinet, relié au réservoir de mon esprit. J'ignore comment je m'étais fait cette idée, étant donné que la colonne vertébrale ne ressemble quand même pas beaucoup à un tuyau de canalisation, c'était pourtant mon idée. Les mouchoirs en papier n'avaient pas encore fait leur apparition sur le marché grec : j'utilisais donc de vrais mouchoirs. La morve et le sperme séchés les rendaient durs comme des cailloux.

Quelques informations auraient suffi à mettre un terme à mon angoisse, mais je ne les ai jamais eues. Je n'ai jamais songé à reprocher à mes parents leur silence. Peut-être l'affection que je leur porte m'interdisait-elle de formuler des reproches à leur endroit. Je me demande s'ils étaient eux-mêmes bien informés sur ces questions.

J'étais si persuadé que mes craintes étaient fondées, que je n'ai pas voulu consulter un gros bouquin sur la masturbation que j'ai découvert dans une librairie lilloise — je crois qu'il était publié chez Payot. J'étais comme ce personnage de Cavafis, qui erre dans des chambres obscures à la recherche des fenêtres et qui se dit, en fin de compte, qu'il vaut mieux ne pas les trouver :

La lumière sera peut-être une nouvelle torture. Qui sait ce qu'elle va révéler de nouveau.

Les films d'horreur me passionnaient. Je crois qu'ils me rassuraient, dans la mesure où ils me faisaient découvrir des créatures qui étaient, tout de même, pires que moi. Le *Dracula* de Terence Fisher, avec Christopher Lee et Peter Cushing, m'a enchanté, ainsi que *Le Troisième Homme* qui, d'une certaine façon, raconte lui aussi l'histoire d'un monstre. Je me souviens d'un feuilleton publié dans un magazine de jeunes, dont je ne possédais que les premiers numéros. L'histoire se passait dans un immense château, labyrinthique. La nuit, d'étranges bruits montaient des fondations. Il devenait assez vite évident que le châtelain avait enfermé une créature immonde dans l'une des caves. Ses invités n'osaient pas l'interroger, feignaient de ne pas entendre les gémissements. L'un d'eux cependant prit la résolution de percer ce mystère et descendit courageusement dans les caves. Je n'ai jamais su la suite. J'ai remué ciel et terre, mais je n'ai pas réussi à trouver les autres numéros de la revue. Sans doute avait-elle interrompu sa parution ? J'aurais payé cher pour savoir à quoi ressemblait l'inquiétant personnage. J'avais l'intuition qu'il était le fils même du châtelain.

Beaucoup plus tard, des années plus tard, j'ai écrit les mésaventures d'un homme dont les mains agissent en dépit de sa volonté et finissent par l'étrangler. J'avais conscience que je me suicidais un peu chaque nuit. Je portais mon deuil. J'ai l'impression d'avoir vécu à l'envers, d'avoir pris la vie par le mauvais bout, celui de la mort. Est-ce pour punir ma main que je me rongeais les ongles ? Je n'ai cessé de les ronger que lorsque je me suis marié. Je n'ai pas de nostalgie pour mon enfance. Elle me fait pitié, à présent.

Sur toutes les photos scolaires j'ai toutefois un sourire radieux aux lèvres. J'ai l'air parfaitement content et sûr de moi. Les frères publiaient en fin d'année un album intitulé *Souvenir*, réunissant les photos des élèves, photos individuelles et de classe. Comment s'appelait le frère qui nous photographiait ? Il était chauve. Les rares et longs cheveux qui barraient son crâne ne faisaient que souligner sa calvitie. On aurait dit une voie ferrée traversant un désert ! J'avais aussi ce visage, celui du bon élève, du brillant sujet. Je travaillais beaucoup. Je devins fort en maths, en physique. Je devins fort en cosmographie. Je me vois en train de faire tourner une orange autour d'elle-même et autour d'une lampe électrique pour essayer de comprendre la rotation de la Terre. Je repérais aisément sur le globe les points désignés par les degrés de longitude et de latitude. À la fin de chaque mois, les frères rassemblaient plusieurs classes dans le réfectoire et annonçaient publiquement le total des notes de chacun et le rang qu'il occupait dans sa section. Les meilleurs élèves du primaire avaient droit à une médaille. J'étais déçu quand j'arrivais troisième, voire deuxième. Il me fallait la première place. Je suppose que j'aurais eu moins besoin d'être reconnu si j'avais eu une meilleure opinion de moi-même. La considération des autres compensait le peu d'estime que je me portais. Je travaillais avec la force du désespoir. Je m'étais forgé une nouvelle identité, à l'opposé de celle qui était réellement la mienne. Je me reconnaissais dans tous les personnages de roman qui ont deux visages. Je fus le docteur Jekyll. Je fus tous les meurtriers au visage d'ange qui opèrent dans le roman policier. Je fus ce vil Bulgare déguisé en moine grec, rencontré dans un livre de Pénélope Delta, célèbre auteur de romans pour adolescents à caractère patriotique.

Aujourd'hui encore, je me sens tributaire de l'opinion d'autrui. La moindre critique m'accable. Je découpe soigneusement, colle sur des feuilles séparées et classe les coupures de presse me concernant, comme si je cherchais encore, à travers les comptes rendus favorables, à me réconcilier avec moi-même. J'ai l'impression que je traîne encore le boulet de ma culpabilité. Sans doute est-il moins lourd qu'autrefois, sans doute s'est-il un peu usé. J'en ai quand même un peu marre. *Marre* et *dégueulasse* furent parmi les tout premiers mots nouveaux que j'ai appris en

France. Je les ai tout de suite adoptés, j'en ai toujours fait grand usage. À tort ou à raison, c'est à ce sentiment de culpabilité que j'attribue les longues périodes de dépression que je subis, mon comportement souvent timoré, fuyant. Je me serais probablement senti moins coupable de ne pas avoir pris part à la résistance contre les colonels, si depuis toujours je ne m'étais considéré comme tel. J'ai même envie d'attribuer à ce sentiment la propension que j'ai à faire de l'humour. C'est sur le mode humoristique néanmoins que j'ai parlé la première fois de mes habitudes solitaires, dans un roman écrit à trente ans. L'anthologie que je lisais enfant, je l'ai retrouvée ici, à Tinos, chez mon père. Sa maison donne sur le même petit golfe, appelé golfe du Petit-Jean *(Yannaki)*, que la mienne. J'y ai trouvé deux caisses en carton pleines de vieux livres, des Jules Verne en version grecque abrégée sous reliure rouge, des Pénélope Delta, mes livres d'étudiant. J'ai pu relire ainsi le poème sur saint Georges. Le dragon a élu domicile près de la source et ne permet aux paysans de s'en servir que s'ils lui sacrifient deux personnes par jour. Saint Georges n'intervient que pour sauver la fille du roi. Il fonce sur son cheval et tue la bête d'un coup de lance. On sent que la princesse est prête à tout pour lui exprimer sa gratitude, mais il n'abuse pas de la situation. Il lui recommande simplement de faire construire une église et de faire réaliser une icône représentant

« un chevalier tuant le monstre de sa lourde lance ». C'est le dernier vers. Je crois bien que j'avais la même impression quand je lisais jadis ce poème, que sans la réalisation de cette peinture l'événement relaté eût été inachevé.

4

La mer

Il y a deux mots dans ce poème que j'avais oubliés : *pourno* et *nioutsikos*. Il faut dire qu'ils sont très rares : le premier signifie *matin* (le mot courant est *proi*), le second *jeune (néos)*. Je travaille sur une petite table aux pieds rouges, collée au mur juste sous la fenêtre. Je ferme les volets pour ne pas avoir le soleil dans les yeux, mais pas complètement. À travers l'écart de deux ou trois centimètres qui les sépare, je vois le ciel, la mer et un minuscule bout de terre ocre. Je surveille les enfants pendant qu'ils se baignent. J'ai toujours peur qu'il ne leur arrive un accident. Je me vois, tel Tarzan, plongeant du haut des rochers pour les sauver. Un trait lumineux traverse la feuille de papier en diagonale, de droite à gauche. Il éclaire les mots *j'avais, il faut, signifie, jeune, aux, fenêtre, avoir le, travers, qui les, bout de, pendant, qu'il ne leur, plongeant, sauver, papier*. Les volets, en bois massif, sont bleu ciel. Même quand ils sont hermétiquement fermés, ils laissent passer un peu de lumière. Les murs

93

restent visibles. On dirait que la lumière vient d'eux, qu'elle fait partie des matériaux qui les composent. On ne peut pas se soustraire à la lumière, ici. Ni au vent. Il pénètre lui aussi dans les chambres, fait bouger les feuilles sur la table. Il provoque des vaguelettes dans les verres d'eau. J'ai commis l'imprudence de laisser une nuit quelques pages du manuscrit sur la table de pierre qui se trouve devant la cuisine, dans un recoin bien protégé du vent. Malgré le gros galet que j'avais posé dessus, je n'ai rien trouvé le lendemain matin sur la table, ni les feuilles ni le galet. Ma panique fut de courte durée : les pages avaient été interceptées par le figuier, planté en contrebas de la terrasse. Je ne me suis pas donné le temps de rêver sur ce curieux arbre aux feuilles blanches. Je les ai prestement ramassées et contrôlées : il n'en manquait pas une ! Une mésaventure semblable m'est arrivée sur le bateau, en venant à Tinos. Je prenais des notes sur une feuille, assis sur le pont. Je regardais, vers l'arrière du bateau, la traînée blanche de son sillage. Je me suis souvenu de cette scène que j'avais remarquée à Belle-Île : dans le sillon creusé par un engin agricole, tant d'oiseaux blancs (des mouettes ?) s'étaient nichés, que j'avais eu l'illusion de voir un caïque traversant les terres. La feuille de papier s'envola ; elle monta haut dans le ciel, parut s'immobiliser, puis elle piqua du nez. Un bref instant, il y eut sur la mer, qui était assez agitée, une petite vague supplémentaire. Cette image que m'offrit la feuille avant de disparaître me consola de sa perte. La réalité est quelquefois si bien inspirée, qu'il suffit d'écrire sous sa dictée. Dans le port de Tinos, je vis les voitures s'arrêter pour laisser passer un fauteuil de toile qui traversait la chaussée, droit sur ses pieds, poussé par le vent. On distingue trois sortes de vents ici : le *kapellatos* qui emporte les chapeaux, le *karéklatos* qui emporte les chaises et le *trapézatos* qui renverse les tables. Il est aisé d'imaginer que tout pourrait s'envoler un jour. On verrait alors flotter dans l'air limpide, au-dessus de la mer, des animaux, des arbres, des maisons, des gens. Il me plaît de penser que les innombrables îlots déserts de l'Égée se sont vidés à la suite d'un terrible coup de vent. La plupart des arbres ne poussent droit que jusqu'à la hauteur des murs qui les protègent. Ensuite, ils se penchent si nettement qu'ils donnent l'impression de chercher quelque chose par terre. C'est peut-être le vent, la difficulté de se faire entendre, qui oblige les gens à parler ainsi : ils prononcent très fortement la première syllabe des mots, de la manière dont on lance une interjection, et négligent les autres, qu'ils articulent à peine, comme s'ils étaient persuadés qu'elles seraient de toute façon effacées par le vent.

Le *meltémi*, qui souffle en été, est un vent du nord. Il vient de la montagne qui se dresse au fond du golfe et pousse la mer vers le large. Les pêcheurs en ont peur, tant il est vif et se déclenche brusquement. Son arrivée s'accompagne de gros nuages gris, qui se massent au-dessus de la montagne et restent étrangement immobiles. Jamais ils ne versent la moindre goutte d'eau. Cela fait cinq mois, m'a-t-on dit, qu'il n'a pas plu. Quand j'étais enfant, on m'avait expliqué que je risquais de m'électrocuter si je pissais sur la voie ferrée. Chaque fois qu'il pleuvait, je craignais que le courant de la voie ferrée et celui des fils électriques n'atteignent de la même manière Dieu. À Tinos, Dieu ne court aucun risque.

Une nuit, j'ai cru qu'il allait pleuvoir. Il se produisait dans le ciel un vacarme épouvantable. J'ai écouté attentivement le bruit : on aurait dit qu'un prodigieux déménagement avait lieu là-haut. Je suis sorti sur la terrasse. L'air était frais et humide. Des éclairs traversaient le ciel, illuminant la mer en divers endroits. Mais il n'a pas plu.

La source la plus proche de la maison, qui se trouve à trois cents mètres environ, s'est presque tarie. Le rocher, d'où l'eau est censée surgir, est à peine mouillé. Dans le bac en ciment, de cinquante centimètres sur un mètre, qui se trouve en dessous, il n'y a jamais que trois à quatre centimètres d'eau. J'ai quand même installé des tuyaux en plastique pour la faire venir jusqu'à la maison. S'il pleuvait, je crois que je sortirais tous les récipients que je possède pour recueillir l'eau, les bassines, les seaux, les casseroles, peut-être même les verres.

Pourtant, en dépit de la sécheresse, en dépit du vent, en dépit de la mer, en dépit de la nature elle-même, les arbres poussent. Ils ont huit ans, comme la maison. Ils ne sont certes pas resplendissants, ils sont même plutôt rabougris, mais enfin ils poussent. Leur ombre leur ressemble, elle est chétive, trouée un peu partout par la lumière. C'est une ombre en lambeaux. L'olivier a atteint deux mètres, le figuier et les cyprès nettement plus. Les pins grandissent plus difficilement, selon mes estimations ils ne gagnent que cinq centimètres par an, comme les enfants. C'est la lumière qui les nourrit, je ne vois pas d'autre explication. Ce sont les branches qui nourrissent les racines, et non l'inverse. L'affection que je leur porte me surprend. Je vais les voir tous les matins, comme pour m'assurer qu'ils ont passé une bonne nuit. Je ne leur parle pas, mais il m'arrive de les toucher, d'essuyer la poussière sur leurs feuilles. Je n'ai aucune pitié pour les bestioles qui rôdent autour de leurs racines. Je ne m'étais jamais auparavant intéressé aux arbres. Ceux de la maison de Callithéa n'étaient à mes yeux que des échelles qui me permettaient de grimper sur le mur du jardin. De l'autre côté du mur, il y avait une autre échelle : c'était un lilas. Les pins de la colonie de vacances me faisaient plutôt l'effet de barreaux de prison. J'aimais bien en revanche les vieux cyprès qui bordent, sur plusieurs centaines de mètres, la route principale de Néa Philadelphia. Je prenais toujours cette route en rentrant, la nuit, du cours d'anglais ou de français. Je me souviens de la lune qui réapparaissait après chaque cyprès, comme si elle faisait le même chemin, mais de l'autre côté des arbres. J'avais l'impression que quelque chose se produisait en moi durant cette promenade, peut-être étais-je tout simplement en train d'assister à la naissance d'un souvenir. C'est en France que je vis de véritables forêts. Elles ne m'ont pas subjugué. Je reconnaissais qu'elles étaient belles en automne, mais leur beauté ne me touchait pas vraiment, elle était inaccessible comme celle d'un paysage vu sur une carte postale. Je suis entré quelquefois dans certaines forêts, sans grande curiosité cependant. Au bout de deux cents mètres j'estimais en avoir assez vu et je rebroussais chemin. Ces arbres géants dont j'ignorais le nom, ces bruits mystérieux qui me parvenaient de toutes parts m'ennuyaient plutôt, comme m'aurait ennuyé une réunion d'étrangers s'exprimant dans leur langue. Les arbres d'ici, je les connais, je les ai vus grandir. Les cyprès ne m'arrivaient pas au genou quand on les a plantés, l'olivier n'était qu'un bâton nu, absolument sec en apparence. Je me souviens de l'été où pour la première fois des grillons s'installèrent dans leur feuillage. Je fus extrêmement flatté comme si, par l'intermédiaire de ces insectes, la nature reconnaissait officiellement mes arbres. Ils font partie de mon histoire. Ils me rappellent l'aventure que fut la construction de cette maison — tous les matériaux ont été transportés à dos d'âne, y compris l'eau nécessaire à la confection du ciment. Pourquoi suis-je particulièrement attaché aux cyprès ? Il y en a trois, plantés côte à côte. Le vent ne les a pas trop malmenés. Ils me font penser à des sentinelles. Est-ce par défi que je les ai choisis, moi qui refuse si obstinément d'envisager mon absence ? Sont-ils aussi funèbres qu'on le dit ? Le fait est que s'ils n'étaient pas vraiment accrochés à l'existence, ils n'auraient pas pris racine ici. Je pense souvent à eux quand je suis à Paris, je me demande comment ils vont. J'y pense chaque fois que je prends le métro à La Motte-Picquet-Grenelle : on a récemment embelli cette station de quelques vieilles photos et du blason du comte de La Motte-Picquet, où figurent trois arbres qui ressemblent beaucoup à des cyprès. Je les regarde encore : on dirait des flèches qui montrent le ciel. Cela explique peut-être leur présence dans les cimetières : ils indiquent aux âmes la direction à suivre.

Je travaille jusqu'à onze heures environ, ensuite je fais faire une dictée à Alexios à partir d'un livre scolaire. Chaque chapitre (page de gauche), suivi d'exercices (page de droite), retrace une étape du voyage de la famille Caruel à travers la France. Je suis constamment tenté de modifier le texte, tant cette famille harmonieuse, avide de s'instruire, ravie de découvrir la France me tape sur le système, mais je n'en fais rien. Les Caruel me renvoient à l'annexe de Callithéa de l'Institut français d'Athènes : c'est à travers les faits et gestes d'une famille semblable, représentés sur des panneaux de toile aux couleurs pastel, qu'on nous apprenait la langue. Le père s'appelait Philippe — on lui avait probablement donné un nom grec pour nous le rendre plus proche. Il bâillait et s'étirait en se réveillant. Sa peau était rose, son pyjama bleu ciel. Peu après, il se lavait *énergiquement* les dents : j'étais choqué par cet adverbe car il me paraissait superflu, je ne concevais pas qu'on puisse faire cela *mollement*. Un autre panneau représentait la maison et le jardin, un troisième donnait une vue d'ensemble du quartier. Je me suis souvenu de ces images paisibles il y a deux ans, à Francfort. J'étais à la terrasse d'un café, sur une petite place. Il faisait beau, les gens se promenaient. Ils étaient si soigneusement habillés, donnaient une telle impression de prospérité et de bien-être, que je me suis senti encore plus mal dans ma peau que d'habitude. Mes vêtements, qui n'ont pas l'éclat du neuf, m'ont paru franchement déplorables. Il faut dire que je venais de faire quelques jolies taches sur mon pantalon en manipulant maladroitement un distributeur automatique de moutarde. J'avais été en Allemagne pour voir un éditeur, quelques amis. J'ai retrouvé dans mon carnet des notes prises au cours de ce voyage. Je me suis renseigné sur la situation des enfants des immigrés grecs : elle n'est pas meilleure que celle de leurs parents, dans un sens elle est même pire. Leurs parents savent au moins d'où ils viennent. Ils rêvent continuellement de la Grèce. Ils disent :

— On va rentrer, on ne passera plus d'hiver ici. Dans six mois on s'installe en Grèce, c'est décidé.

Ils disent cela parfois depuis vingt ans. Ils souhaitent que leurs enfants reçoivent une éducation grecque. C'est encore un rêve. Il existe bien quelques écoles grecques, mais il ne semble pas qu'elles soient d'un très bon niveau. Là où il n'y en a pas, les enfants ne sont pas réellement encouragés à profiter du système éducatif allemand, ni par leurs parents ni par l'Allemagne, qui fait obstacle à leur intégration. Elle se réserve le droit de leur refuser sa nationalité, qu'elle n'accorde de toute façon qu'au prix du rejet de la nationalité parentale, le droit de les expulser. Tiraillés entre deux cultures qu'ils ne possèdent le plus souvent que partiellement, les enfants des immigrés ne peuvent prétendre, la plupart du temps, qu'à des emplois médiocres, des boulots d'immigrés. S'ils s'installent en Grèce, il y a de fortes chances qu'ils s'y sentent un peu étrangers, comme ils se sentent un peu étrangers en Allemagne. Ce sont des immigrés privés de pays d'origine, des immigrés qui ne peuvent pas rêver en somme. Le mot « immigré », en allemand, m'a semblé terrible : *gastarbeiter*.

Je réussis à peu près à garder mon calme pendant qu'on corrige la dictée — à dissimuler en fait mon agacement. J'ai été très mauvais en orthographe moi aussi, mais cela ne me rend guère compréhensif. Je ne me mets pas à la place de mon fils. Je voudrais qu'il se mette, lui, à la mienne, qu'il comprenne que ces dictées me font perdre du temps et qu'il doit par conséquent cesser de faire des fautes. Je ne voudrais pas avoir un père comme moi. Mon père, lui, ne s'occupait de rien. Il a toujours été absorbé par son théâtre, accessoirement par ses maquettes de bateaux. Je suis comme lui en réalité, entièrement absorbé par moi-même, à cette différence près que, moi, je prétends m'occuper de tout. Je suis un faux bon père. Ma femme (il me semble que je l'appelais plus difficilement ainsi à l'époque où elle était vraiment ma femme, qu'à présent où elle ne l'est plus), qui est professeur de français, m'a toujours soupçonné de l'avoir épousée parce que j'avais besoin de quelqu'un pour corriger mes fautes d'orthographe et de français. Je ne commettais plus beaucoup de fautes quand nous nous sommes mariés : une par feuillet, peut-être ? Naturellement, je ne pouvais pas la laisser passer. J'essayais de gagner ma vie comme journaliste. Je me sentais constamment tenu de fournir la preuve que je connaissais bien la langue. J'avais la conviction que la moindre erreur me serait fatale. Je ne me trompais pas : j'ai failli ne pas réussir à contacter le responsable d'une revue parisienne à qui je projetais de vendre une série d'entretiens à cause d'une faute de français. J'avais eu sa secrétaire au bout du fil et, par malheur, j'avais employé la locution *à tout hasard* en faisant la liaison, à tout'hasard. Je me souviens de sa réaction : elle s'était tue. Puis, telle une institutrice s'adressant au plus arriéré de ses élèves, elle avait répété « à tout » et avait observé un long silence avant d'ajouter « hasard ». Si j'avais eu à affronter la presse athénienne, j'aurais été sûrement plus détendu. J'aurais eu moins peur de me tromper, mes erreurs n'auraient pas fait douter de ma connaissance du grec. On peut se dire du reste que les fautes qu'on commet dans sa propre langue en font en quelque sorte partie, qu'elles s'inscrivent dans le processus de son évolution et finissent parfois par s'imposer. La plupart des erreurs que je faisais jadis en grec ne sont déjà plus des erreurs, les autorités du pays ayant décidé de simplifier l'orthographe, de supprimer les esprits et de ne garder qu'un seul accent. Ces changements, qui me paraissent bien naturels, me déconcertent quelque peu, car j'ai fait entre-temps suffisamment de progrès pour écrire correctement des mots aussi compliqués qu'ἐπανειλημμένως (*épa-nilimménos* : à plusieurs reprises) ou pour me souvenir qu'ἡλικία (*ilikia* : l'âge) prend un esprit rude et ἠθοποιός (*ithopios* : l'acteur) un esprit doux. Privés d'esprits, les mots me paraissent moins séduisants : j'ai l'impression qu'on leur a retiré leurs boucles d'oreilles.

Je n'ai plus la hantise de faire des fautes de français. J'ai envie de les assumer, comme j'assume mon accent. Au temps où je cherchais du travail à Paris, j'imitais assez bien l'accent français, de sorte qu'on ne devinait pas toujours que j'étais étranger. Plus tard, j'ai désapprouvé mon mimétisme et je n'ai plus tenté de dissimuler mes difficultés de prononciation. Je parle avec de plus en plus d'accent : les animateurs de l'émission de France Culture à laquelle je participe se posent même des questions sur mon compte, ils se demandent si je n'en rajoute pas. Si cette évolution se poursuit, j'aurai bientôt l'air de n'avoir jamais vécu en France. Je n'en suis quand même pas à commettre des fautes exprès : j'en fais encore assez, involontairement. Mais elles ne me gênent plus. Je considère que je connais suffisamment la langue pour avoir le droit de me tromper !

Il ne me paraît pas bien naturel, quand je suis à Tinos, de griffonner des mots français. J'ai le sentiment d'emprunter un chemin détourné pour accéder aux choses qui sont juste devant moi. Le français véhicule un climat différent, porte un parfum différent. Il est ici en visite. Les choses parlent un autre langage qui petit à petit s'impose. Alors qu'il m'est si difficile de parler en grec avec mes enfants quand nous sommes à Paris, à Tinos je le fais volontiers. Ils se débrouillent assez bien en grec, bien que je ne me sois jamais véritablement appliqué à le leur enseigner. Ce n'est qu'à l'époque où ils étaient tout petits, où ils ne connaissaient encore aucune langue, que je leur parlais systématiquement en grec. Quelquefois je suis surpris qu'ils connaissent tel mot : peut-être l'ont-ils appris à cette époque ? Je m'occupais de leur éducation bien moins que leur mère, aussi est-ce en français qu'ils se sont d'abord exprimés. J'ai cessé aussitôt de leur parler en grec car j'avais besoin de communiquer avec eux. Ils m'ont probablement davantage appris qu'ils n'ont appris de moi. Leur passage à l'école maternelle m'a permis de découvrir une foule de mots — noms d'arbres, de fleurs, d'oiseaux — qu'on ne m'avait jamais enseignés à l'Institut. Je sus ce qu'est la rose des vents. Dimitris rit aux larmes quand je lui avouai que j'ignorais le mot « pipistrelle ».

— Tu ne connais pas la pipistrelle ? insistait-il comme s'il avait du mal à croire à mon ignorance.

— Non, disais-je, qu'est-ce que c'est ?

— Mais c'est la pipistrelle, papa !

J'appris le vocabulaire des opérations d'arith-
métique que j'ignorais également. Mais je ne
m'en suis jamais servi : c'est en grec que je fais
mes calculs, que je mémorise les numéros de
téléphone. Les chiffres m'ont toujours rappelé,
avec une obstination infaillible, que le français
n'était pas ma langue maternelle. Je connais
assez bien, toujours grâce à mes enfants, le
français branché. En revanche, j'ignore le langage des lycéens grecs.

J'ai bien tenté de donner quelques cours de
grec à Dimitris quand il avait cinq ou six ans,
mais ses erreurs me mettaient dans de telles colères que j'ai préféré y renoncer. Pendant ces
séances, ma femme faisait claquer les portes à
l'autre bout de l'appartement pour me signaler
qu'elle désapprouvait mes méthodes d'enseignement. J'ai donc arrêté de lui donner des
cours, jugeant que la meilleure façon de ne pas
l'empêcher d'apprendre un jour le grec était de
ne pas le lui enseigner. Je remarque qu'Alexios,
qui n'a jamais eu à subir mes leçons, manifeste
davantage de dispositions pour le grec.

À partir de onze heures et demie, midi moins
le quart, je suis un homme heureux. C'est que
je peux enfin me livrer à mon occupation favo-
rite. Elle consiste, tout bêtement, à surélever un
des murs de clôture du jardin, qui ne mesure
qu'un mètre cinquante. Je voudrais le porter au

moins à deux mètres. L'hiver d'avant, des chèvres ont escaladé ce mur et ont mangé ma vigne, retardant sa croissance de trois ans. J'étais à Paris quand j'ai appris la sinistre nouvelle. Elle a torturé mon esprit pendant longtemps. Je voyais sans cesse se profiler, derrière le décor parisien, le paysage désertique de Tinos, parcouru par un troupeau d'abominables chèvres noires ou blanches, que j'étais bien malheureux de ne pas pouvoir persécuter à coups de pied au cul. Par chance, elles ne touchèrent pas à mes arbres. Mais ce n'est pas le caractère utile, voire nécessaire de ce travail qui me le rend si agréable. Je suis enchanté par le travail lui-même. Je commence par ramasser des pierres aux alentours de la maison. Les plus belles, c'est-à-dire les plus plates, ont déjà été récupérées, par moi ou par d'autres. Je dois me contenter désormais de pierres irrégulières, difformes, plus rondes que plates, trop grandes ou trop petites. Cela paraît impossible à première vue qu'elles tiennent ensemble, sans mortier. Pourtant, à force de les essayer en divers endroits du mur, à force de les tourner dans tous les sens, elles finissent toujours par trouver leur place. Je sens brusquement que plus rien ne pourra les faire bouger. Je découvre ainsi que ces pierres, inutilisables en apparence, sont en fait les pièces savamment ouvragées d'un puzzle. La nature les avait dispersées un peu partout, pour rendre le jeu moins facile, plus intéressant aussi.

J'ai nettement l'impression, au fur et à mesure que je construis le mur, qu'elle avait prévu sa construction. Je crois qu'elle m'observe cachée derrière les rochers, peut-être derrière la maison, qu'elle se dit :

— Ça y est ! Alexakis a encore trouvé !

J'ai l'illusion de relever un défi, de percer un secret de la nature, de jouer avec elle et de gagner. Du coin de l'œil, je surveille l'ombre du mur. C'est à son extension que je mesure la progression de mon travail. Chaque fois que je pose une pierre particulièrement grosse, je m'assure aussitôt que son ombre a été enregistrée. En même temps qu'un mur, je construis une ombre.

Certaines pierres sont si lourdes que j'arrive à peine à les soulever. Je m'esquinte les doigts, les épaules. Cependant je continue. Je travaille avec une frénésie contrôlée, je dois avoir une vocation de bagnard. Les pierres sont brunes, rougeâtres, ocre, presque blanches, vertes. Les vertes sont magnifiques. Elles me font songer au fameux marbre vert de l'île, dont le filon le plus important a été découvert à une quinzaine de kilomètres d'ici, près de la mer. Tinos est également réputée pour son marbre blanc et pour ses sculpteurs. La sueur fait continuellement glisser mes lunettes, me pique les yeux. Cette chaleur torride, à peine atténuée par le vent, me réjouit. Elle me fait penser aux étés de mon enfance, me donne la certitude que je suis en Grèce.

Les pierres de Santorin étaient plus étranges, plus sombres, souvent même complètement noires. Certaines étaient tachées de jaune : nous croyions que c'était le volcan qui les avait teintes ainsi. Sur la mer flottaient des espèces de nuages gris formés par des pierres ponces.

Les pierres de Santorin étaient surtout plus inquiétantes. L'île est exposée à des tremblements de terre fréquents. Des blocs de rochers se détachaient parfois des falaises et tombaient dans la mer. Il faut croire qu'il y a des lieux que la terre n'aime pas. Elle s'est si bien acharnée contre Santorin, à coups de tremblements de terre et d'éruptions volcaniques, qu'il ne reste plus de cette île, qui fut ronde et pleine dans l'Antiquité, qu'un maigre croissant. Le volcan, îlot désert de forme allongée, est placé au milieu de ce golfe. Vue du côté du volcan, Santorin est une falaise à peu près continue, haute de deux cent cinquante mètres. Plusieurs villages, dont le chef-lieu, Fira, sont construits juste au bord de cette paroi. Santorin vit les yeux rivés sur son volcan, comme si elle avait peur de rater sa prochaine éruption. Quand j'étais enfant, je savais à quelle date avait eu lieu la dernière, mais je ne m'en souviens plus.

Nous passions les vacances à Fira, dans une maison de location. Quand nous voyions une légère fumée sortir du volcan, nous courions alerter les adultes en criant :

— *Kapnizi ! Kapnizi !*

Nous avions beau répéter sur tous les tons qu'il fumait, cela ne suscitait pas grande émotion. Santorin m'effrayait. J'avais peur de la monumentale pierre noire qui trônait sur une hauteur, dans le village même. Elle était aussi ronde qu'un ballon de football, plus haute que la plupart des maisons. On aurait dit un soleil macabre qui, Dieu merci, jamais ne bougeait. J'avais cependant l'impression qu'un rien pouvait la mettre en mouvement. Nous n'osions pas la toucher. Je suis presque certain qu'elle me faisait penser à cette autre menace permanente que mes mauvaises habitudes faisaient planer sur ma vie. On disait qu'elle avait été expédiée jusqu'au village par le volcan, ce qui donnait une idée impressionnante de sa force. Je ne comprenais pas comment des gens pouvaient vivre en permanence à l'ombre d'une telle pierre, qui aurait certainement écrasé toutes les maisons sur son passage, et même sur une île aussi redoutable. Je ne comprends toujours pas comment on peut tranquillement s'attendre au pire.

J'avais peur des puits de Santorin, au-dessus desquels je me penchais pourtant pour crier. Je ne me souviens pas de ma voix d'alors, je ne crois pas qu'on puisse se souvenir de sa propre voix, toutefois il me semble pouvoir entendre encore son écho dans le puits.

J'avais peur de ses falaises. C'est à Santorin que j'eus mon premier vertige, le premier vertige en tout cas dont je me souvienne. J'étais descendu avec un ami, Yannis, sur un rocher en saillie qui se trouvait quelques mètres plus bas que le bord de la falaise. Nous voulions écouter de la musique classique à partir d'un poste à transistors, en contemplant le coucher du soleil. Le soleil se couchait dans la mer, en face du golfe. Je n'avais éprouvé nulle inquiétude tant que durait la musique et que le soleil restait présent. En fait, je n'avais pas encore regardé en bas. J'eus le tort de le faire avant de remonter, je me suis penché un peu. Je ne parvenais pas à détacher les yeux du fond de la falaise. J'ai cru que je n'arriverais jamais à grimper jusqu'au sentier qui nous avait conduits là.

Je peux mentionner tous les endroits où j'ai eu par la suite le vertige : sur le pont du Gard, à la grotte de l'Apothicairerie de Belle-Île, sur un phare de l'île de Groix, au balcon du onzième étage d'un hôpital d'Athènes où se faisait soigner ma tante Anna. J'ai le vertige non seulement quand je me trouve sur une hauteur, mais même quand je suis au pied d'un endroit élevé. Il me suffit de m'imaginer là-haut, ou d'y voir quelqu'un. Sur le pont du Gard, si je n'avais pas eu peur du ridicule, j'aurais marché à quatre pattes. J'ai le sentiment que le vide me guette, qu'il m'attend, qu'il m'appelle : il doit avoir sûrement des choses à me dire.

Quand je ne sais pas trop quoi dessiner, je commence le plus souvent par tracer une ligne horizontale qui aboutit à un gouffre. Parfois elle se transforme en escalier, qui monte ou qui descend. Ce sont peut-être des réminiscences de Santorin. Une route en zigzag, faite de grandes marches régulières, construite sur le flanc de la falaise, reliait le port à Fira. J'ai oublié combien il y avait de marches. Nous faisions habituellement la montée à dos d'âne. Une très longue file d'ânes et de mulets attendaient les passagers. Des engueulades féroces éclataient entre les *agoyatès*, les muletiers, qui se disputaient les clients. Je n'ai aucun souvenir de l'heure à laquelle nous arrivions.

La mer de Santorin m'inspirait aussi quelques craintes. On disait qu'elle était extrêmement profonde du côté de la falaise et fréquentée par des chiens de mer. Il y a quelques années, j'ai pu consulter à l'Institut océanographique de Paris une carte des Cyclades : effectivement, la mer atteint trois cent quatre-vingts mètres de profondeur dans le golfe de Santorin. Mais le plus souvent, nous allions nous baigner sur les plages de la côte opposée. C'est là que j'appris à nager. À peine avais-je fait quelques mètres sans prendre appui sur le fond que je sortis de l'eau pour annoncer la grande nouvelle à ma mère :

— *Pléo !* (ce qui veut dire « je flotte »).

Il nous fallait louer des ânes pour aller jusqu'à cette côte. Il n'y avait pas encore de voitures à Santorin, et la distance était considérable. Nous ne nous baignions pas souvent : une ou deux fois par semaine, peut-être ? Comme tous les enfants grecs, nous comptions le nombre de bains de mer que nous avions pris. À la rentrée des classes, chacun annonçait son score. Le mien paraissait dérisoire, compte tenu du fait que j'avais passé trois mois dans une île.

— Santorin n'est pas une île comme les autres, disais-je non sans quelque fierté. C'est une île où il n'y a pas la mer !

Ma mère, elle, se méfiait également du soleil. Nous allions à la plage, mon frère et moi, habillés comme des explorateurs anglais : chemise à manches courtes, culotte courte, chaussettes, chapeau. Nous nous distinguions ainsi nettement des enfants des *agoyatès* qui ne portaient même pas de sandales. Nous jouions peu avec eux. Nous étions réservés à leur égard, comme l'étaient avec nous les enfants des quelques familles riches de l'île.

Mon père ne venait que pour peu de jours à Santorin. J'avais l'impression que ma mère s'ennuyait un peu, qu'elle n'appréciait pas beaucoup la compagnie de sa belle-famille. J'ai toujours été prompt à partager l'état d'esprit de ma mère. J'ai essayé de me souvenir des livres que je lisais à Santorin. Je n'en ai retenu que deux, qui ont un caractère plutôt inquiétant : *L'Homme invisible* et *Les Aventures d'Arthur Gordon Pym*. L'histoire que nous lisait ma mère en la traduisant du français n'était pas rassurante non plus : c'était *La Petite Souris grise* de la comtesse de Ségur. Je croyais que Rosalie n'aurait jamais assez de volonté pour mettre un frein à sa curiosité, qu'elle ne réussirait pas à se soustraire à l'emprise de l'affreuse bête. J'étais convaincu que ma mère connaissait parfaitement le français.

J'aimais et n'aimais pas Santorin. Un de mes grands plaisirs consistait à regarder depuis la terrasse de la maison les bateaux qui arrivaient, les barques qui allaient chercher les passagers — le quai était trop petit pour accueillir les bateaux —, l'agitation des hommes et des bêtes. Quelquefois j'entendais une voix, un braiment. Il y avait quelques constructions, des entrepôts, une écurie, une maison creusée dans le rocher. Un minuscule port, abritant deux rangées de barques, se trouvait à gauche du quai. Je voyais les ânes s'engager sur la route en zigzag. Ils avançaient eux-mêmes en zigzaguant, allant d'un parapet à l'autre. Quand ils prenaient le virage de trop près, il leur arrivait de faire un faux pas ou de tomber sur un genou, car les marches n'avaient guère de profondeur à cet endroit. Je ne voyais le plus souvent que leur tête qui

dodelinait au bout d'un formidable amoncelle-
ment de bagages.

Nulle part ailleurs je n'avais l'occasion de
voir le monde d'aussi haut, en réduction. Les
bateaux étaient plus petits encore que mes
jouets, les gens mesuraient moins d'un centimètre. Je m'imaginais qu'ils ne retrouveraient
jamais leur taille réelle, qu'on verrait entrer
dans le village des espèces de soldats de plomb
et des ânes grands comme des souris. Santorin
tournait la réalité en dérision, révélait son absence de poids. Le quai ressemblait à un rayon
de jouets. La fébrilité de ces gens minuscules
faisait penser à une parodie de la vie. Leurs
bagages, qui étaient au centre de leur activité,
paraissaient bien trop petits pour pouvoir
contenir quoi que ce soit. Seul le volcan semblait réel. Telle est l'image la plus nette qui me
reste de Santorin : celle d'un rayon de jouets
aux couleurs vives placé en face d'un vrai
volcan.

Une petite fièvre me gagnait dès notre installation dans l'île et ne retombait qu'après mon
retour à Athènes. Je n'ai jamais joui d'une excellente santé : à Athènes aussi j'avais fréquemment des ennuis, mais je n'étais pas sujet à une
fièvre permanente. Santorin était une maladie à
part. Mon frère, qui n'a pas eu de problèmes
semblables dans l'île, lui est resté très attaché.
Chaque après-midi je devais prendre ma température. Elle oscillait entre 37,2° et 37,6°. Je

mettais le thermomètre sous le bras. Ce n'est qu'en France, et plus précisément à l'infirmerie du collège de Lille, que j'ai découvert, non sans stupeur, qu'on pouvait aussi le mettre ailleurs. Les uns attribuaient ma température au climat très humide de l'île, d'autres à mes amygdales.

— Il faut l'opérer des amygdales, disaient-ils.

L'opération des végétations que j'avais déjà subie m'avait laissé un bien mauvais souvenir. J'avais mordu les infirmières, donné des coups de pied au médecin, de sorte qu'on avait dû m'attacher avec des lanières de cuir dans le fauteuil pour m'opérer. Je ne me souviens pas de la forme de l'instrument que tenait le chirurgien — un genre de tenaille, je suppose ? — mais je revois le reflet de la lumière sur l'instrument. Je me souviens surtout de la lumière fixée sur le front du médecin. Le goût du sang est resté des années dans ma bouche. Santorin avait le grand tort à mes yeux de relancer le débat familial sur la nécessité de me faire opérer des amygdales.

Ma mère me soignait en me faisant garder le lit l'après-midi — c'est pendant ces séances de repos qu'elle m'apprit à regarder les murs — et en me faisant ingurgiter de l'huile de foie de morue et des jaunes d'œufs pas cuits, légèrement salés. Elle s'est toujours beaucoup occupée de moi, beaucoup trop peut-être. J'ai encore la nostalgie des repas qu'elle m'apportait au lit. Si j'ai été si malheureux à Lille, c'est avant tout parce que je ne pouvais pas la voir. La France fut une sorte d'orphelinat, où l'on ne parlait même pas ma langue. Est-ce pour remédier à ce manque que je me suis si vite marié après mon installation à Paris ? Le mariage a eu lieu en 1969 : hélas, les idées en vogue à cette époque n'incitaient guère les Françaises à servir leur mari au lit, sur un plateau.

Nous avons cessé d'aller à Santorin après le tremblement de terre de 1956, qui détruisit bon nombre de ses maisons. Je n'ai pas le souvenir qu'il ait fait de victimes. J'avais douze ans. Je fus attristé par cette nouvelle, qui occupait la une des journaux athéniens, à cause des amis et des gens de la famille qui habitaient l'île — tante Calliopi, le cousin Costas et sa sœur Frosso, cet autre cousin qui regardait sous les jupes des filles, le copain Minas, le fils de Mitropias le marchand de journaux — mais je ne peux pas dire que j'ai été malheureux de ne pas pouvoir y retourner. Je n'ai revu Santorin qu'en 1969, peu après mon mariage. J'y suis resté trois ou quatre jours, juste le temps de constater que Fira avait été reconstruit à la va-vite, que les rues étaient envahies de touristes, que l'échoppe de Mitropias, la pâtisserie de Zotos et le club de billard étaient devenus des magasins de souvenirs, que les usines qui fabriquaient du concentré de tomates avaient disparu. Je connaissais bien ces usines, j'y allais souvent avec mon frère pour récupérer les déchets des boîtes de conserve, des lamelles de fer-blanc fines et souples. Nous les utilisions, en les entrelaçant, pour fabriquer toutes sortes d'objets : dessous-de-plat, boîtes, boucliers. Mon frère réalisa même une véritable armure, avec jambières et casque muni d'un portillon sur le devant. J'ai jeté un coup d'œil aux fouilles archéologiques récentes, et revu Katérina, qui m'a semblé bien plus petite que jadis — dans mon souvenir, c'est elle qui me dépassait d'une tête — et un peu vieillie. Mais elle avait gardé son sourire. Elle aidait ma mère à faire le ménage quand nous étions à Santorin, jouait avec nous, nous racontait des histoires. Elle avait un répertoire absolument inépuisable d'histoires de rois, de princesses et de monstres. De qui le tenait-elle ? Elle ne savait pas lire. Elle racontait à merveille, je veux dire qu'elle compatissait aux infortunes des personnages en pleurant réellement. Nous l'aimions beaucoup. Elle finissait toujours par céder à nos demandes, même quand nous étions punis par ma mère. Elle était tout simplement incapable de faire de la peine. Sa générosité était légendaire. Mes parents essayaient de lui faire comprendre qu'elle avait tort de distribuer au tout-venant le peu de bien qu'elle possédait. Katérina était effectivement très pauvre et avait sept ou huit enfants. Son mari, Christodoulos, était muletier. Mais elle ne comprenait pas ce langage. Son sourire était la bonté même. J'ai été bien ému en la revoyant, et le suis encore maintenant en parlant d'elle. Je n'ai pas rencontré beaucoup de personnes de cette qualité dans ma vie.

Je viens de penser à une autre femme de Santorin au sourire bienveillant, enjoué. Elle m'avait fait un peu peur la première fois où je l'avais vue car elle n'avait pas de jambes. Sa chemise grise lui tenait en même temps lieu de jupe et masquait en partie ses bottines noires. Elle avait ma taille. Elle se déplaçait toute seule mais difficilement, en faisant pivoter tout son corps à chaque pas. Elle avait un visage plutôt carré, des épaules puissantes, des mains d'homme. Je n'arrive pas à me souvenir très bien d'elle, je crois l'apercevoir un instant mais elle disparaît aussitôt. Ma mémoire ne fait que la croiser. Quel était son nom ? Clotildi ? Non, c'est la sœur de ma grand-mère qui s'appelait ainsi. Son infirmité n'avait en rien assombri son humeur, il me semble même qu'elle était plus souriante que ses sœurs. Elle habitait dans une immense maison, pleine d'ombres et de plantes vertes. Je ne la vis jamais hors de cette maison. Irini ! Elle s'appelait Irini, comme ma grand-mère. Je ne crois pas l'avoir rencontrée quand je suis retourné à Santorin, en 1969. Peut-être n'était-elle plus en vie ? Elle avait déjà un certain âge quand j'étais enfant.

J'ai fait un tour au quartier de Fira où nous habitions autrefois. Je ne l'ai reconnu de façon certaine que grâce à la pierre ronde qui était restée à sa place malgré le tremblement de terre. Les maisons neuves qui l'entouraient étant plus grandes que les anciennes, on la voyait moins. Elle faisait désormais penser à un soleil sur son déclin.

Je fus probablement plus sensible à la beauté de l'île que je ne l'étais enfant. Le café qui se trouve en bas de chez moi, à Paris, s'appelle L'île de beauté : ce n'est pas à la Corse, que je connais peu, mais à Santorin que ce nom me fait penser. La Grèce reste constamment présente dans mon esprit. L'annonce lumineuse, perpendiculaire au mur, fixée sur la devanture de ce même café, porte le nom de la bière Jupiler : pendant longtemps — des années — je lisais Jupiter. Qu'est-ce que ça veut dire, d'ailleurs, Jupiler ? L'histoire de ce comédien italien de mes ancêtres, qui oublia de rentrer chez lui quand il eut découvert Santorin, me paraît plausible. C'est effectivement un lieu dont on peut devenir amoureux. Il a le charme maléfique des îles de *L'Odyssée*. Je crois comprendre pourquoi ses habitants n'ont jamais songé à s'en aller : ils sont prisonniers de sa beauté. Le plus modeste pot de fleurs posé sur un muret blanc est aussi beau qu'un tableau de Magritte. Cela tient au fait qu'il n'y a rien derrière, hormis le bleu du ciel et celui, tout aussi lointain, de la mer qui se confondent à l'horizon. La mer prolonge le ciel, elle en fait partie. On a l'illusion que Santorin, comme ce rocher peint par Magritte, flotte dans les airs, que le ciel l'enveloppe de tous les côtés, qu'elle est une petite planète à part. La moindre chose prend un relief singulier, comme si elle reposait sur une aile d'avion volant à haute altitude. Santorin donne envie et décourage de faire de la peinture : tout pourrait devenir un tableau et en même temps tout l'est déjà.

Je n'ai pas eu envie de prolonger mon séjour. Il m'est difficile de porter sur Santorin un autre regard que celui de mon enfance. Et puis, trop de beauté fatigue. Elle sollicite sans cesse l'attention, vous tire par la manche, vous importune. Tinos, elle, vous laisse en paix. Sa grâce est discrète. Les pigeonniers, qui constituent son plus bel ornement, sont cachés dans les replis de ses montagnes. Ce sont des maisonnettes carrées blanches, dont le devant, au-dessus de la porte d'entrée, est décoré de dessins géométriques formés par la tranche de pierres plates, disposées sur des rayonnages de pierre. De loin, cela fait penser à un ouvrage en dentelle, de près, à une bibliothèque garnie de livres blancs. Les quatre coins du toit sont surmontés de monticules de formes diverses qui ressemblent vaguement à des oiseaux. Selon Dzannis, ils attirent les pigeons. Tinos m'a débarrassé de l'idée, héritée de mes séjours à Santorin, que la nature, en particulier le climat marin, m'était néfaste.

La mer est si proche et si limpide que je distingue nettement son fond de l'endroit où je
suis assis. Quand je me penche un peu en arrière, je ne vois plus le jardin, mais seulement la
mer. Son mouvement me donne l'illusion que
la chambre bouge légèrement. L'après-midi,
quand j'écarte les volets, la mer pénètre dans la
chambre : elle se reflète sur les deux battants de
la fenêtre, ouverts vers l'intérieur à la manière
des volets d'un triptyque. Ce même tableau
orne toutes les pièces. La mer se reflète également dans le miroir qui fait face à la porte
d'entrée et dans celui de la salle de séjour. Ce
sont des fenêtres supplémentaires donnant sur
le large. Je n'ai accroché aux murs que ces miroirs et l'affiche du *Dernier Round* de Buster
Keaton : on le voit en tenue de boxeur, pris
dans les cordes du ring, la tête en bas.

Dans le port d'Andros, où le bateau fait escale
avant de venir ici, j'avais remarqué que la mer se
reflétait dans toutes les fenêtres des maisons qui
bordent le quai, si bien qu'elles paraissaient inon-
dées. J'avais même éprouvé une certaine angoisse
en distinguant ici ou là, dans ces espèces d'aqua-
riums, des silhouettes humaines.

Le bateau passe tout près de la maison. On le
voit surgir à peu près au milieu du mur qui protège la terrasse du vent. On entend le bruit ha-
letant de son moteur. On lui adresse des signaux

au miroir, auxquels il répond par des coups de sirène. À Santorin aussi on saluait ainsi les bateaux. J'ai soudain un doute : à quel genre de cheminée fait-on allusion quand on dit que quelqu'un fume comme une cheminée ? J'ai toujours dit cela, pour ma part, en pensant à une cheminée de bateau, conformément à l'expression grecque (on compare le fumeur à un *fougaro*, nom spécifique de la cheminée de navire). Longtemps après le passage du bateau, les vagues amples qu'il a soulevées continuent d'assaillir les rochers.

Nous imitions la sirène du bateau en soufflant dans le creux de nos mains réunies, ou entre le pouce et l'index, la main étant bien tendue et tenue en position verticale devant notre bouche. Je n'avais nulle peur sur la mer, même quand elle était très agitée. Il me semble bien que la première fois où j'ai pleuré sur un bateau ce fut à dix-sept ans, quand je suis parti pour la France. Ma mère ne se souvient pas du nom de ce premier bateau. Elle prétend qu'il était tout blanc et que le billet m'avait été offert par sœur Anne, une religieuse belge installée à Athènes, fondatrice d'un foyer pour jeunes filles déshéritées, qui accueillait occasionnellement des groupes de touristes. Et le bateau dont la coque était noire ? Je le pris, selon ma mère, lors de mon deuxième départ. C'était un vieux rafiot, qu'elle avait jugé dangereux. Elle a retenu son nom : l'*Atrée*.

Le plus ancien bateau dont je me souvienne portait lui aussi un nom antique : *Hellé*. C'était un bâtiment de guerre, une corvette reconvertie dans le service civil. Les cabines étaient grandes : elles devaient contenir une bonne dizaine de couchettes. Je connus ma première tempête sur ce bateau. Mon père eut la bonne idée de me conduire à la proue du navire, où nous reçûmes quelques bonnes vagues sur la tête. Il me rendit attentif aux effets comiques du gros temps, qui empêchait les gens de se déplacer, mais permettait aux objets — chaises longues, bagages, cendriers — de filer dans tous les sens. J'étais ravi de voir l'eau basculer dans les verres, comme si elle tentait de s'échapper. Je n'ai jamais eu le mal de mer, et je n'avais aucune commisération pour ceux qui en souffraient, pas même pour ma grand-mère qui occupait la couchette au-dessus de la mienne et qui vomissait contre le mur. Je chantais à tue-tête une chanson enfantine :

Itan énas gaïdaros
mé mégala aftia...

« Il était un âne avec de grandes oreilles. » J'ai une affection particulière pour les films comiques qui utilisent l'élément marin, comme *La Croisière du Navigator* ou *Les Vacances de M. Hulot*. Depuis que je m'intéresse de plus près au cinéma, il m'arrive de songer à un film qui se passerait sur un bateau. J'ai pris quelques notes au cours de mes voyages à Tinos, j'ai remarqué par exemple que les tableaux qui se trouvent dans le salon ne sont pas simplement accrochés, mais vissés aux murs. J'ai consigné cette image : sur le pont sont assis dos à dos un homme chauve qui lit le journal et une femme aux longs cheveux noirs ; vue de face, la tête de l'homme est encadrée par cette abondante chevelure, que le vent agite dans tous les sens. J'ai relevé aussi les propos d'une dame de soixante ans environ, qui venait de découvrir que ses parents n'étaient pas ses vrais parents. Elle s'adressait à ses voisines de table, qui avaient à peu près le même âge qu'elle :

— Mon nom, disait-elle, n'est pas mon nom : je ne m'appelle pas Euterpe, mais Stella, car je suis née le jour de la Saint-Stylianos. Ma date de naissance a été falsifiée. Toute ma vie, j'ai lu un horoscope qui n'était pas le mien. Mais le pire, c'est que j'ai découvert, à mon âge, que j'avais en réalité deux ans de plus que moi !

Il y a presque toujours sur ce bateau un jeune type qui fait la quête après avoir expliqué aux passagers qu'il doit subir une opération très délicate en Angleterre. Il leur montre des coupures de presse qui parlent de son cas. J'ai noté qu'un enfant faisait semblant de tirer des balles dans la tête d'un handicapé relativement âgé, installé dans un fauteuil roulant, avec un pistolet en plastique, dont la gâchette déclenchait une petite lumière placée dans le canon. Il tenait l'arme tout près de la tête de l'homme, qui ne paraissait ni gêné ni amusé par ce jeu. Beaucoup de handicapés, de malades se rendent à Tinos pour se recueillir devant l'icône de la Sainte-Vierge (la Toute-Sainte : *Panaghia*), qui a la réputation d'avoir accompli quelques miracles. Le port offre ainsi un curieux spectacle, où se côtoient vacanciers et malheureux en tout genre. Je vis un jour descendre du bateau, en rangs par deux, plusieurs dizaines d'enfants mongoliens. Sur l'avenue principale qui conduit à la somptueuse église qui abrite l'icône, au milieu des cyclomoteurs, des scooters et des taxis, on voit avancer sur les genoux des vieilles femmes, plutôt grosses dans l'ensemble, en train d'accomplir je ne sais quel vœu. Certaines portent des genouillères, comme les gardiens de but. Mais la plupart préfèrent se déchirer les genoux. Sur la chaussée, les traces de sang se mêlent aux taches d'huile laissées par les véhicules.

Mon père manifesta toujours un vif intérêt pour les bateaux. Avant de se lancer dans la confection de maquettes, il se contentait de les dessiner. C'étaient des dessins au crayon, très précis, très détaillés, qu'il conservait dans un tiroir de son bureau sous une feuille de papier grenat. J'aimais bien les regarder. Il n'a pas réalisé beaucoup de maquettes, trois ou quatre seulement, mais elles sont monumentales : elles mesurent plus d'un mètre. Il faut au moins deux personnes pour les porter. Elles sont fabriquées à partir de toutes sortes d'éléments récupérés sur des objets hors d'usage, machines à coudre, cuisinières à gaz, horloges, meubles, jouets. La moindre chose qui traîne par terre, lame de rasoir, boulon, bout de bois, est susceptible d'intéresser mon père. Les rares pièces qui lui manquent, il les achète en France. Paris est presque uniquement cela à ses yeux, un endroit où il peut se procurer des articles de modélisme et des produits de maquillage pour le théâtre. Il prétendait construire ces maquettes pour mes enfants, mais c'était faux, bien sûr. Il les a à peine autorisés à les toucher quand le moment fut venu de les essayer dans la mer de Tinos. En fin de compte, il joua tout seul. Craignant sans doute que la mer n'abîme leur peinture, il les sortit assez vite de l'eau et les rangea dans sa maison, non sans avoir pris soin de les couvrir de vieux tissus pour les protéger de la poussière, comme il protégeait autrefois ses dessins sous la feuille de papier grenat.

Mon père est un espace clos. Il vit à l'intérieur de lui-même. Ce qui se passe à l'extérieur l'intéresse peu, et même pas du tout, je crois. Combien de fois au cours de son existence a-t-il acheté le journal ? Il a dû l'acheter lors de la chute de la dictature et du retour de Caramanlis. Lors du tremblement de terre à Santorin aussi, naturellement. C'est l'homme le moins bien informé que je connaisse. Combien de livres a-t-il lus ? Je suis quasiment certain qu'il n'a pas lu en entier un seul des miens. Sans doute craint-il d'être choqué par certaines de mes plaisanteries ? J'ai bien commencé un de mes romans en avouant que je ne baisais pas assez. Je crois surtout qu'il lui est très difficile de se concentrer sur un sujet un tant soit peu éloigné de ses propres intérêts. Chaque fois qu'il ouvre un journal ou un livre, il doit avoir l'impression de s'expatrier, de se trahir. Les questions qu'il me pose ont un caractère purement formel : elles portent sur ma santé, mes finances, la santé et la scolarité de mes enfants. Il n'a jamais sollicité mes confidences. Il apprit par la presse, plus exactement par des amis à lui qui lisent la presse, que je m'étais séparé de ma femme — j'avais été interviewé par une journaliste dans le cadre d'une enquête sur le divorce. J'avais déjà annoncé la nouvelle par téléphone à ma mère, mais pas à mon père. Je comptais le faire de vive voix lors d'un voyage à Athènes. L'interview parut avant. Je devine que mon divorce contrarie sa foi et son sens de l'ordre, mais il ne m'en a fait aucun commentaire. Comment pourrions-nous aborder ce sujet étant donné que nous n'avons jamais parlé de ma vie ? Je me trompe, nous en avons parlé une fois, une seule, quand j'avais vingt ans. J'avais failli me marier avec une femme plus âgée que moi, qui était enceinte d'un autre. J'étais éper-

dument amoureux, comme je ne l'ai plus jamais été. Elle ne l'était guère, ni de moi, ni
vraisemblablement de l'homme qui l'avait mise
enceinte, car elle lui avait dissimulé sa gros-
sesse. Elle voulait néanmoins garder l'enfant.
Notre mariage lui aurait permis de sauver la
face vis-à-vis de ses parents, catholiques prati-
quants, qu'elle craignait énormément. Mon père
me dissuada de l'épouser. Je me souviens très
bien de la scène, nous étions à Néa Philadelphia, dans le salon, ma mère, lui et moi. Il ne
parla pas longtemps, mais je peux dire qu'il
parla bien. Les mots qu'il employa n'étaient
pas quelconques : il les avait puisés au fond de
lui-même.

Nous n'avons presque jamais parlé de sa vie
à lui non plus. Il m'a bien raconté, quand
j'étais enfant, quelques épisodes hilarants de sa
mobilisation pendant la dernière guerre, mais
ce fut tout. Il est bien agréable à entendre quand
il se donne la peine de parler, mais il s'est rarement donné cette peine. Il n'avait pas le temps
de le faire, n'en éprouvait pas le besoin. A-t-il
jamais envisagé de devenir capitaine, comme je
l'ai entendu dire il y a longtemps ? Je ne sais
même pas jusqu'à quel âge il vécut à Santorin.
A-t-il vécu ailleurs qu'à Santorin et à Athènes ?
J'ai toujours vu à la maison une photo de lui,
enfant, prise à Port-Saïd. Je sais que son père, qui
fut juge de paix, exerça ses fonctions dans le nord
de la Grèce à l'époque des guerres balkaniques. Il

fut fait prisonnier et mourut de la fièvre ty-
phoïde. Mon père n'exprime pas ses sentiments. La joie la plus profonde ne parvient à
lui arracher qu'un sourire fugitif. Il faut deviner
ce qui a pu le mettre de mauvaise humeur ou
en colère, car lui-même ne le dira pas. S'est-il
jamais confié à quelqu'un ? Je ne lui connais
pas d'ami intime. Les lettres qu'il m'envoyait à
Lille étaient plutôt courtes et sans grande saveur.
Il m'adressait les recommandations d'usage,
m'embrassait bien. Je ne doutais pas de son affection, je restais cependant sur ma faim. J'avais
besoin de longues lettres chaleureuses pleines
de nouvelles, qui m'eussent permis d'oublier
momentanément que j'étais à Lille. Celles de
mon père étaient un peu bâclées. Mon éloignement ne l'a pas rendu plus communicatif. Il ne
nous a pas rapprochés.

De quoi parlerions-nous, si nous étions obli-
gés de faire un long voyage ensemble ? J'aurais
l'impression de le violer si je tentais d'engager
le dialogue.

— C'est un homme difficile, dit ma mère.

Je n'ai pas l'impression qu'ils aient beaucoup
parlé en près de cinquante ans de vie commune.
Ont-ils seulement parlé quelquefois ? Sa solitude
à elle lui a été imposée.

Il y a sans doute une part de pudeur dans le
silence de mon père. De modestie aussi, peut-
être. Se juge-t-il peu intéressant ? Cela vaut peut-
être mieux qu'il ne me lise pas : il serait outré

par mon indécence. Je lui ressemble bien peu sur ce point, moi qui passe mon temps à me raconter, à étaler mes trucs, moi qui suis devenu une sorte de professionnel de moi-même. Je sais quelle serait sa réaction s'il lisait par hasard ce passage : il ne dirait rien.

Il lui arrive pourtant de devenir intarissable ; d'extérioriser ses sentiments ; de rire aux éclats, de pleurer ; de faire partager aux autres ses états d'âme : c'est quand il se produit sur une scène de théâtre. En passant des coulisses à la scène, il se transforme. Son visage devient plus expressif, sa voix plus forte, ses gestes plus nets, sa démarche plus assurée. Son existence prend de la vitesse, elle s'emballe, pétarade, menace d'exploser. Sa présence, si discrète habituellement, devient soudain indéniable. Je l'ai observé depuis les coulisses pendant les instants qui précèdent son entrée sur la scène. Il se tenait dans l'ombre d'un pan du décor. Il avait visiblement hâte de franchir les deux mètres qui le séparaient de la lumière et du public. Il m'a fait penser à un enfant qui s'impatiente au seuil de la cour de récréation. Il donne l'impression d'être heureux sur scène. Il paraît aussi beaucoup plus jeune. Dès la fin de la représentation, il se transforme à nouveau et redevient le personnage probablement le plus mystérieux qu'il a jamais incarné : lui-même.

Je n'avais pas l'intention de parler de mon père dans ce chapitre. Ni de m'étendre aussi longuement sur Santorin. Je ne pensais plus à Katérina, ni à Irini, ni à la pierre noire. D'autres souvenirs me sont revenus à l'esprit : le vin cuit de l'île porte un nom d'inspiration italienne, *vissanto* ; on appelait *patitiri* la cave où on écrasait le raisin pieds nus.

Je suis monté hier au village pour faire quelques courses, nous n'avions plus rien à manger. Arghiris nous approvisionne quand il peut, parfois il vient deux jours de suite, puis il disparaît. Le village s'appelle Cardiani, de *cardia*, le cœur. Il se trouve en haut de la montagne qui surplombe le golfe, à trois quarts d'heure de marche d'ici. J'ai remarqué la bague de l'épicier, une bague en or incrustée d'une pierre rouge ovoïde. J'ai été fasciné par cette pierre, je suis certain qu'une pierre semblable, du même rouge vif semi-transparent, est liée à un souvenir de mon enfance. Je la regardais fixement pendant qu'il exécutait ma commande, j'ai cru, à plusieurs reprises, que j'étais sur le point de me souvenir de quelque chose, je ne m'en suis pas souvenu. La pierre est restée muette.

Je comptais parler surtout de ma mère, qui est à Yannaki en ce moment, et voilà que je n'ai presque rien dit d'elle. J'ai vraiment l'impression que ce récit me conduit où bon lui semble. Il me fait penser à l'âne que loua jadis mon père à Cardiani pour descendre à Yannaki. Il avait peur de se perdre en route, mais le propriétaire de l'animal le rassura :

— Ne t'en fais pas, lui dit-il, l'âne connaît le chemin !

Il le connaissait, en effet ; seulement, à la sortie du village, il prit l'initiative d'entrer dans une étable où il mangea copieusement, et ce n'est qu'après qu'il consentit à conduire mon père jusqu'à la mer.

Tout compte fait, il était bien naturel que j'évoque mon père ici : les îles font partie de son univers. J'ai l'impression que ma mère se sent aussi peu à l'aise à Tinos que naguère à Santorin. Elle a épousé un monde qui n'est pas le sien. Elle a passé les premières années de sa vie à Istanbul, où elle est née, les autres à Athènes. Elle avait été hostile au projet de mon père de construire une maison à Yannaki. Il faut dire qu'à l'époque, il y a vingt-cinq ans, le golfe était complètement désert et bien plus difficile d'accès qu'aujourd'hui. Yannaki était loin de tout, sauf, naturellement, de la mer. Mon père surmonta les problèmes posés par la construction d'une maison en pareil endroit, aidé par un paysan, kyr-Andonis, grand propriétaire terrien, qui lui avait offert le terrain. Ce geste généreux n'était pas exempt d'arrière-pensées : kyr-Andonis était convaincu que la maison de mon père donnerait à d'autres l'idée de construire, qu'elle contribuerait, en quelque sorte, à lancer Yannaki. Son calcul s'est révélé juste : le golfe compte aujourd'hui une quarantaine de maisons. Bien avant sa mort, survenue il y a cinq ou six ans, kyr-Andonis avait vendu tous ses terrains.

La population de Yannaki se compose pour l'essentiel de gens originaires de Cardiani qui travaillent à Athènes ou à l'étranger. Nous n'avons, quant à nous, aucun lien de parenté avec les autochtones. C'est par hasard que mon père connut Cardiani, à l'occasion d'une tournée de théâtre, dans les mêmes circonstances en somme qui avaient permis à son ancêtre de découvrir Santorin. Je perçois de temps en temps, quand je suis sur la plage, des bribes de conversations en américain, en allemand, voire en français. Je ne suis pas le seul à avoir émigré en France : c'est aussi le cas d'une femme d'un certain âge, née à Cardiani, partie très jeune à Paris. Elle est propriétaire d'un cabaret bien connu du IXe arrondissement. Sa fille, née en France, travaille au Lido. Elle a épousé un Parisien qui est ici également et ne cesse de maugréer contre le vent qui l'empêche d'essayer son Zodiac. C'est dire que, même à Yannaki, Paris se rappelle sans cesse à mon bon souvenir. Cavafis parle d'un homme qui se sent bien malheureux dans sa ville et cherche à s'en aller vivre ailleurs. Il n'y a pas d'ailleurs, lui dit le poète. Ta vie, telle que tu l'as faite, te suivra partout. Où que tu ailles, la ville te suivra. Un autre Grec de Paris, à qui j'ai fait connaître Yannaki, a construit une maison à deux pas de la mienne. Les autochtones appellent pompeusement ce

coin du golfe où se trouvent nos deux maisons :
le quartier français ! Nous considèrent-ils comme
des Français ? Celui des leurs qui s'est expatrié
aux États-Unis, ils ne l'appellent jamais que
« l'Américain ». Ils semblent considérer qu'on
appartient davantage au lieu où on habite qu'à
celui d'où l'on vient. À leurs yeux, les vacanciers de Yannaki sont plus ou moins tous des
touristes. Nous n'avons pas le même mode de
vie qu'eux. Nos mœurs, nos goûts ont été fa-
çonnés ailleurs. Ceux qui habitent Athènes ont
construit des maisons carrées, semblables à des
appartements. Le couple qui a émigré en Allemagne a décoré la sienne dans le style bava-
rois. J'ai essayé pour ma part d'imiter le style
des maisons traditionnelles, j'ai même fait
construire, au bout de la terrasse, un petit pigeonnier. Mais l'architecture traditionnelle est
depuis longtemps passée de mode et on ne
construit plus de pigeonniers. Bref, je ne trompe
personne : ma maison reste celle d'un touriste.

Dzannis, Yakoumis, Frandzeskos, Arghiris
sont d'autant plus enclins à nous voir comme
des étrangers qu'ils considèrent leur île comme
un État autonome. Dzannis me disait que des
étrangers *(xéni)* l'avaient sollicité pour un travail : il s'agissait en fait de Grecs de Mykonos,
l'île voisine ! Malgré l'intensité du trafic mari-
time et la proximité relative du continent (nous
sommes à cinq heures du Pirée et à quatre heures
de Rafina, l'autre port de l'Attique), les habi-

tants de Tinos ont le sentiment d'être des gens à part. On dirait que la mer a le pouvoir de multiplier l'espace à l'infini. Vers quatorze, quinze ans, quand la fille dont j'étais amoureux partit en vacances sur une île, j'eus moi aussi le sentiment que la mer marquait une rupture absolue dans l'espace, comme le Styx entre les vivants et les morts. J'étais malheureux comme si je ne devais plus jamais revoir cette fille. Qui était-elle ? Comment s'appelait-elle ? J'ai tout oublié d'elle, hormis son absence. La mer me parut encore plus sinistre quand je pris le bateau pour la France. Je vis Le Pirée s'effacer au loin. Plus tard, à la fin du jour, la Grèce elle-même s'effaça. J'eus l'impression que la mer avait englouti mon pays, que je ne pourrais pas revenir en arrière. Cela fait maintenant vingt-six ans que je pense à cette fin de jour sur la mer.

Dzannis, Yakoumis, Frandzeskos, Arghiris me rendent parfois visite, l'après-midi. Ils portent des appréciations généralement sévères sur mes travaux de maçonnerie et l'état de mes arbustes. Ils sont curieux de savoir si je gagne bien ma vie et pourquoi je me suis séparé de ma femme. Ils la connaissent bien, elle continue d'ailleurs à venir ici, quand je n'y suis pas. Ils m'interrogent sur la situation économique de la France et me demandent des nouvelles de François Mitterrand. Ils évoquent le manque d'eau et disent que le vent a le mérite de tenir la terre au frais. Je connais leurs querelles, en particulier celles qui opposent catholiques et orthodoxes. La population de Cardiani, comme celle de plusieurs autres villages de Tinos, est mixte. Les catholiques ont vraisemblablement une origine italienne — des noms de famille tels que Dellatolas, Maravélias, Aperghis, Siotis semblent l'attester — mais si lointaine que personne n'y pense plus. Je remarque cependant qu'ils ont quelquefois tendance à italianiser les prénoms, comme pour les rendre plus conformes aux noms de famille. Ainsi Yannis Dellatolas a été surnommé Dzannis, prénom proche de l'italien Gianni.

Ce lieu me rappelle mon enfance catholique. À deux reprises j'ai croisé au port des frères que j'avais connus à l'école. Ils étaient restés tels que je les avais quittés vingt-six ans auparavant, n'avaient pas perdu un cheveu. Cela m'a rendu un peu jaloux car j'ai, moi, beaucoup vieilli pendant ces années. Je suppose que le temps passe différemment dans les couvents, les cloîtres. En fait, comme je l'appris incidemment par la suite, l'un des deux frères avait depuis longtemps quitté les ordres et s'était marié. Il était habillé en civil quand je le vis. L'autre, que j'avais eu comme professeur, portait toujours la soutane. Je ne sais plus ce qu'il nous enseignait à l'école primaire. En première année du collège, il nous apprenait le français. Il avait un faible pour le mot *étincelle*, il voulait absolument que la classe fît des étincelles, il écrivit un jour ce mot au tableau en lettres géantes. C'était sûrement le frère que j'aimais le plus, il avait les mêmes qualités que Katérina, il était doux et racontait bien. À la fin du cours, s'il était satisfait par notre travail, il nous contait, en grec, les aventures d'un certain Patapouf — je n'ai su que beaucoup plus tard que c'était le nom du héros d'une bande dessinée belge. Il tenait toute la classe en haleine. Il mit fin à un épisode alors que Patapouf était en train de tomber dans un trou noir comme le cratère d'un volcan. Qu'y avait-il au fond du trou ? Rien, peut-être ? Nous le suppliions de nous dire la suite. Je me souviens du silence qui s'installait en classe quand il devenait évident qu'il allait la dire. Puisque je m'applique à faire mes comptes, je dois inscrire ces instants parmi les plus heureux de mon enfance. Quel rapport y avait-il entre son récit et la bande dessinée belge ? J'aurais pu le lui demander quand je le vis à Tinos, mais je ne lui ai pas parlé. Je ne me suis pas présenté non plus au frère défroqué. Les souvenirs qu'ils me rappellent, dans leur ensemble, restent amers.

Les gens font preuve d'une désinvolture à l'égard du travail qui me réjouit. Ils ne sont pas dans le besoin : l'agriculture, le bâtiment, la Communauté européenne, le tourisme leur assurent des revenus suffisants. Ils pourraient gagner beaucoup plus s'ils se démenaient, mais ils ne se démènent pas. Ils refusent de se démener.

J'ai connu à New York un homme d'affaires grec extrêmement agité. Chaque fois que nous avons pris l'ascenseur ensemble, il s'est plaint de sa lenteur. Il tapotait la paroi du poing, battait la semelle, soupirait. Des rides profondes barraient son front. Ici, les gens honorent leurs rendez-vous parfois avec plusieurs jours de retard. Ils prennent un air consterné dès qu'on leur propose un travail. Il est très difficile de les convaincre de l'accepter et plus difficile encore de les convaincre de le réaliser. Ils se donnent le temps d'oublier ce qu'ils ont à faire. Ils égarent les plans, les mesures. Le menuisier confectionna une table de cuisine d'un mètre plus longue que celle que lui avait commandée mon père. Elle rentrait à peine dans la pièce.

— Comme ça, a-t-il dit en guise de justification, vous serez plus à l'aise pour déjeuner !

Dzannis, qui construisit ma maison, commença par perdre les plans et la maquette que je lui avais envoyés de Paris. Il la construisit de mémoire. Il m'est difficile de lui adresser des reproches : le simple fait qu'il porte toujours une branche de basilic à l'oreille me désarme. Je lui suis du reste reconnaissant d'avoir construit le pigeonnier avec goût et de m'avoir appris les rudiments de l'art d'entasser les pierres sèches. Son sourire me rappelle celui de ma grand-mère paternelle Irini. Il me semble qu'il existe un sourire propre aux Cyclades, légèrement moqueur. La vie n'a pas assombri l'humeur des gens. Ils plaisantent volontiers. Le comique des comportements, des situations ne les déconcerte pas : ils le guettent, ils l'appellent de leurs vœux, ils sourient d'avance. Irini souriait d'avance. Elle cherchait inlassablement autour d'elle de quoi alimenter son ironie. Elle se réjouissait de vivre. Elle sortait beaucoup, invitait souvent, ne supportait pas la compagnie des personnes âgées. Elle appréciait les gens d'abord en fonction de leur beauté — sa fille fut très belle dans sa jeunesse —, ce qui m'agaçait un peu. Elle est morte en 1979, un été, à cent deux ans. L'État grec a dû pousser un « ouf » de soulagement, car il lui avait versé une pension — elle avait perdu très tôt son mari et ne s'était pas remariée — pendant soixante ans ! Ma grand-mère maternelle Katina devint veuve, elle aussi, très jeune. Le fait que je n'ai connu ni l'un ni l'autre de mes grands-pères explique peut-être la conviction que j'ai eue enfant que tous les gens, en vieillissant, deviennent des grand-mères. Je me souviens des rires que je suscitais quand je parlais de l'époque où mon frère et moi serions devenus de vieilles dames.

Une ou deux fois par jour je rends visite à ma mère. Nous prenons le café sur la terrasse. La maison de mes parents porte le nom de sainte Rita, gravé sur une plaque de marbre.

— Pourquoi avez-vous opté pour cette sainte ? demanda un de mes amis, sur un ton taquin, à ma mère.

Elle répondit de la façon dont on annonce une évidence, comme s'il était notoire qu'elle formât avec mon père un couple aux problèmes insolubles :

— Mais parce que c'est la sainte des cas désespérés !

Elle le dit sans humour. L'humour ne fait pas partie de la culture de ma mère, ni de celle de sa famille. Je l'ai rarement vue rire — je suis même incapable de me souvenir de son rire. Elle porte sur les choses un regard lourd. Elle n'a pas toujours été aussi pensive, aussi désenchantée. Elle a joué son rôle de mère avec beaucoup d'enthousiasme, de passion. Elle fut mon premier conseiller littéraire et corrigeait, bien entendu, mes fautes de grec. J'ai toujours eu besoin de la complicité d'un premier lecteur, suffisamment proche de moi pour pouvoir me juger, en quelque sorte, de mon propre point de vue. Elle fut dépossédée de cette fonction quand je partis pour la France, cependant j'ai continué à lui envoyer systématiquement tous mes écrits. Elle finit ainsi par bien apprendre le français, qu'elle ne connaissait qu'approximativement. Elle traduisit un de mes romans en grec — ce fut le premier de mes livres qui parut dans mon pays. Je n'avais pas encore osé écrire directement dans ma langue. Le travail de ma mère, auquel j'ai participé, m'a encouragé à le faire.

Nous fumons. Elle a du mal à éteindre l'allumette, à la secouer assez vivement pour qu'elle s'éteigne. J'ai peur qu'elle ne se brûle les doigts. Elle me fait penser à une petite fille. Elle me disait, il y a quelques années, ici même, qu'elle était ennuyée à l'idée qu'elle aurait à nous quitter un jour, parce qu'elle ne pourrait connaître la suite de notre histoire — celle de mon frère, la mienne, celle de mes enfants. Brusquement, elle a cessé d'être curieuse de l'avenir. Elle s'intéresse à peine au présent. Le spectacle de la vie ne retient plus son attention. Elle m'a fait cette confidence terrible : la perspective de son départ ne l'ennuie plus. J'ai dû me mordre la lèvre pour me contenir, en me cachant derrière ma main. Je lui ai dit que nous avions toujours besoin d'elle, et je suis parti car je n'en pouvais plus.

Elle m'a demandé de déplacer le panier en osier suspendu sous la tonnelle car la fiente des oiseaux qui s'y sont installés tombait sur la table. Je l'ai décroché, j'ai regardé à l'intérieur : je vis trois oiseaux, collés l'un à l'autre, formant une assez grosse boule grise. Au bout d'un moment, ils levèrent la tête et me regardèrent : c'étaient des hiboux. Je les reconnus à leur tête presque carrée, leurs aigrettes, leur bec. Ils ne bougeaient pas. Ils se contentaient de me fixer sévèrement.

— Tu crois que c'est un bon signe ? me demanda ma mère un peu inquiète.

Nous ne sûmes pas si c'était un bon signe. Quelques jours plus tard, les hiboux avaient déserté le panier.

Nous regardons la mer. Nous ne voyons pas le soleil se coucher, il disparaît derrière les rochers. Sa lumière rase les flots. Puis la mer s'assombrit. Le soleil n'éclaire plus que la barque qui vogue à l'entrée du golfe. C'est la barque de Marcos, il est en train de ramer. En sortant de l'eau, les rames brillent d'un éclat surprenant. On dirait qu'il rame avec deux rayons de soleil.

Le curé de Cardiani évite de se baigner quand il y a trop de monde sur la plage. Je le vois enlever sa veste noire, sa chemise noire, ses chaussures noires, son pantalon noir. Son maillot de bain aussi est noir.

Le vent s'atténue à l'approche de la nuit. Il gêne énormément ma mère, qui a déjà quelques difficultés à marcher. Ses forces ont décliné brutalement, il y a moins d'un an.

— J'ai compté mes organes qui ne fonctionnent plus bien, dit-elle. Tu sais combien il y en a ? Sept !

Elle esquisse un pâle sourire. Son vieillissement la vexe, la blesse. Elle regarde aussi ses mains, la peau plissée de ses mains. Elle a perdu quinze kilos. Elle répète souvent qu'elle n'a plus faim, ni soif, comme si cette constatation rendait parfaitement compte de son état. Elle a du mal à respirer, surtout le matin, au réveil. Je lui rends parfois visite tôt le matin.

— *Dèn ékana kali zoï*, dit-elle.

« Je n'ai pas eu une bonne vie. » Quand son père mourut, elle fut mise à la porte avec ses trois sœurs et sa mère de la propriété de son grand-père paternel, un homme riche originaire de l'île d'Andros, installé près d'Istanbul, qui les avait entretenues jusque-là, comme il entretenait l'ensemble des familles de ses enfants. Son fils disparu, il avait jugé superflu de continuer à dépenser de l'argent pour une famille composée exclusivement de femmes. Ma mère, qui n'avait alors que quatre ans, se souvient de ce premier départ, qui se déroula sous la surveillance du grand-père qui veillait à ce que sa belle-fille n'emporte aucun objet de valeur.

— Ma grand-mère, dit-elle, eut pitié de nous et cacha un tapis dans nos bagages.

Il y eut un second départ, de Turquie celui-ci, lors de la guerre gréco-turque de 1922. Ma grand-mère, qui jouait du violon et aimait la poésie (en particulier, il me semble, celle du romantique Achille Paraschos, mort en 1895), n'était pas apte à affronter les problèmes de la vie courante. Elle eut bien du mal à élever ses quatre filles et n'y parvint que grâce à la modeste contribution de son père, un Épirote expatrié en Roumanie. Des quatre sœurs, seule ma mère est encore en vie. Zoï, la cadette, est morte la première, de leucémie. Puis sont mortes Anna et Efi, et leurs maris, Cléarque et Pétros.

Je sais aussi peu de chose sur son enfance que sur celle de mon père. Pourtant, j'ai toujours beaucoup parlé avec elle. Je suppose qu'elle n'a pas très envie d'évoquer le passé. C'est moi qui l'incite à en parler à présent. Elle se souvient des chaussures rapiécées qu'elle portait à l'école.

— Des chaussures rapiécées, tu t'imagines ?

Puis elle se tait. Je la revois en train de pleurer, assise sur un matelas, posé par terre, dans la cuisine, à Callithéa. Elle ne se plaint plus de mon père, au contraire, elle lui rend hommage, il s'est beaucoup occupé d'elle ces derniers mois.

— Nous sommes cependant deux personnes dissemblables, dit-elle.

Ces mots me viennent à l'esprit : « Elle cherche un endroit où s'asseoir… Ma mère est une personne qui cherche un endroit où s'asseoir… Ses pensées errent en quête d'un endroit où elles puissent se reposer et ne le trouvent pas. »

Certaines nuits, un caïque s'installe au creux des rochers en bas de ma maison. On ne voit ni les rochers, ni la mer, ni même les maisons car l'électricité n'est pas arrivée jusqu'ici. Tout est totalement noir. On ne voit que le plancher du caïque, éclairé par une lampe à pétrole, à côté de laquelle dînent le pêcheur, sa femme et son fils. Ils écoutent en même temps de la musique à la radio. On dirait trois survivants d'un monde disparu, qui poursuivent paisiblement leur existence comme si l'univers était encore là, comme si leur caïque ne flottait pas au milieu des ténèbres.

Je pense à une autre nuit, à Sifnos, une autre île des Cyclades. Je dînais avec des amis dans un minuscule restaurant situé au bord de l'eau, au milieu d'une plage de galets. Il était tenu par un pêcheur et sa femme, une boulotte noirâtre pas très dégourdie. Le pêcheur me fit signe qu'il fallait l'excuser, qu'elle n'avait pas toute sa tête. Il s'était installé seul à une table, et fumait tranquillement en regardant la mer. Il portait une chemise blanche. Il avait l'air complètement étranger à cette gargote. Les murs étaient peints en vert. Un chien boiteux traînait entre les tables. Il devait être bien malheureux car le restaurant ne servait que du poisson. C'était une nuit de tempête. Nous suivions la formation des vagues à leur crête blanche, qui s'allongeait pendant qu'elles progressaient vers la plage où elles se brisaient avec fracas. Personne ne disait rien. La nature elle-même donnait l'impression d'apprécier le spectacle, car au moment où la mer se retirait, les galets qu'elle avait inondés s'entrechoquaient, produisant exactement le même bruit que des applaudissements frénétiques.

Ma mère a peur que je m'ennuie ici, sans doute parce qu'elle s'ennuie, elle. Nulle part ailleurs je n'ai autant envie de vivre la journée qui commence. À Paris, les choses que je dois faire me fatiguent d'avance. Ici, j'ai hâte, au contraire, de poursuivre mes petits travaux. Je me réveille très tôt. Je reste un long moment sur la terrasse à contempler la mer, qui est grise et calme avant le lever du jour. Les vêtements qui sèchent, posés sur un muret, bougent à peine. Je pense aux pinces à linge de couleur, accrochées sur le fil de fer qui traverse ma fenêtre à Paris. Elles s'agitent parfois, sous l'effet du vent. Elles ne bougent pas toutes en même temps, tantôt le vent appuie sur une pince à linge verte, tantôt sur deux rouges, comme s'il jouait sur un piano aux touches multicolores.

Je pense souvent à Tinos quand je suis à Paris. Je crois que, dans mon esprit, la Grèce est d'abord une île. Les nuages parisiens, pour peu qu'ils ne soient pas trop gros, me font penser aux îles grecques. Les taches de café sur la planche blanche où j'écris me font penser aux îles grecques. Même la marque sombre sur le front de Gorbatchev me fait penser à une île grecque !

5

Le froid

Des amis, qui ont vu une photo de moi prise à l'époque de mon départ, m'ont demandé :

— C'est ton fils ?

J'ai, en effet, l'âge de mon père.

Je ne me souviens pas du visage qu'avaient alors mes parents. De mon propre visage non plus je ne me souviens pas. Je le vois certes sur la photo, mais je ne parviens pas à lui prêter vie. J'essaie en vain de me souvenir de mon reflet saisi dans une glace. Je me regardais souvent dans les glaces, je prenais grand soin de ma coiffure. Je disposais une mèche en biais sur mon front, un peu à la manière de Napoléon. J'avais eu, quelques années plus tôt, une vive admiration pour l'Empereur. J'avais lu plusieurs livres et vu au moins deux films sur lui. On m'avait apporté de France son buste, un petit buste en fer. Je l'avais installé sur mon bureau, posé sur un socle de marbre de la taille d'un paquet de cigarettes que j'avais moi-même réalisé et poli. J'étudiais avec le buste de Napoléon sous les yeux. Je dessinais inlassablement son visage dans la marge de mes livres scolaires. Je réussissais assez bien sa caricature. L'autre caricature que je réussissais, c'était celle de l'actrice Pascale Petit, que j'avais vue dans *Les Tricheurs*.

Les glaces ne reflètent plus mon image, à l'exception d'une seule, qui se trouve curieusement derrière mon dos. Elle est fixée au-dessus de la porte du cabinet de toilette. Je crois bien que c'est le cabinet réservé aux professeurs de l'École de journalisme de Lille. J'en ai pratiquement fini avec l'École, il ne me reste plus qu'à soutenir mon mémoire, ça va se passer dans quelques instants. C'est probablement mon dernier jour à Lille. Il y a une autre glace en face de moi, mais je ne me vois pas dans celle-ci, je ne me vois que dans l'autre, qui me fait subitement découvrir que je n'ai plus de cheveux au sommet du crâne. Cela fait pas mal de temps que j'ai commencé à perdre mes cheveux, cependant je ne soupçonnais pas l'ampleur du désastre. L'homme qui me tourne le dos est un inconnu d'un certain âge.

Plusieurs amis m'accompagnèrent au Pirée ce jour-là. Je continue à voir certains d'entre eux, de temps en temps. Leur figure d'adulte m'empêche de me souvenir du visage de leur jeunesse. Celui d'Alécos est cependant resté intact dans ma mémoire car il n'a jamais atteint, lui, l'âge adulte. Il est mort quand j'étais à Lille, d'une encéphalite. Le ciel étoilé de Tinos me fait penser à lui. Nous avions de longues conversations sur les femmes et sur la mort, la nuit, sous les étoiles. Il y a plus d'un mois que je suis revenu à Paris. C'est à Paris en fait que j'ai écrit près de la moitié du chapitre précédent. Alécos reste étrangement souriant dans mon souvenir, comme s'il voulait m'épargner toute pensée mélancolique.

Il m'offrit une pipe noire lors de mon départ. Ma mère m'offrit les poèmes de Cavafis. Ce livre est toujours là, parmi mes livres. C'est une édition de 1958, reliée. Une page porte deux minuscules traces de brûlure, dues à des brins de tabac incandescents. Je connaissais bien Cavafis, ma mère me l'avait fait lire de bonne heure, tout en me déconseillant ses poèmes à caractère homosexuel. Je les avais lus aussi, bien sûr, et j'avais été assez réconforté en constatant que le poète aussi était tenté par les plaisirs interdits. J'avais mal compris à quel genre de plaisirs il faisait allusion. Un ami de mes parents lui vouait un véritable culte, il connaissait par cœur son œuvre. C'était un peintre qui gagnait sa vie en vendant au porte-à-porte du beurre végétal. Il se déplaçait à vélo. Il passait périodiquement chez nous, à Callithéa, récitait quelques vers de manière un peu emphatique, puis il s'en allait. A-t-il été amoureux de ma mère ? Il avait fait son portrait, mais il ne l'avait pas réussi. Telle était en tout cas la conviction de ma grand-mère Katina, qui montrait le tableau aux visiteurs en posant invariablement cette question :

— Dites-moi, sincèrement, est-ce que vous voyez quelque rapport entre cette œuvre et ma fille ?

Je ne possède pas de photo de ma mère. Aucune photo d'elle ne m'a jamais paru satisfaisante. À Lille non plus je n'en avais pas. Avoir sa photo aurait été une manière d'accepter son absence et je ne l'acceptais pas.

Cavafis exerçait une séduction d'autant plus forte sur moi que mes professeurs de lycée l'ignoraient délibérément, à cause de son homosexualité, à cause aussi de son scepticisme. Je l'aimais pour ma part aussi passionnément que l'équipe de football de l'A.E.K., j'étais convaincu de sa supériorité sur les autres poètes, je militais pour lui, je souhaitais ardemment son triomphe. J'étais très sévère à l'égard de son principal rival, l'intarissable, le grandiloquent, le patriote Palamas, dont l'œuvre était enseignée au lycée. De toute façon, je ne pouvais pas m'attacher à deux poètes grecs, pas plus que je ne pouvais soutenir deux équipes de football à la fois.

L'école grecque ignorait également Kazantzakis, qui était considéré comme un communiste et un athée. Je ne l'appréciais pas pour autant. Je ne me reconnaissais pas dans ses personnages, véritables héros aux épaules puissantes et au verbe haut. D'où les sortait-il, d'ailleurs ?

Je n'en voyais guère autour de moi. Zacharias Papandoniou, poète et nouvelliste, qui ne faisait pas partie des exclus de l'enseignement, me plaisait bien. Ses textes, légers et amers, évoquaient la vie ordinaire. Je me souviens vaguement de l'histoire d'un petit garçon constamment surveillé par sa grand-mère, qui finit par lui échapper pour aller jusqu'à la Grand-Rue, où il est ébloui par les lumières. Il s'appelait Yannis. Ai-je pensé à lui quand je partis pour la France ? À la fin de la nouvelle, la grand-mère crie désespérément :

— Yannis ! Yannakis !

Que fait Yannis en fin de compte ? L'entend-il ? Revient-il à la maison ? Je ne me rappelle plus. La première nouvelle que j'écrivis ressemblait à celles de Papandoniou. Je parlais de la caissière d'une grande épicerie — je pensais à l'épicerie Herméion, de Callithéa — qui observait les mouches pour faire passer le temps. J'envoyai ce texte à un magazine, qui me fit une réponse encourageante, mais ne le publia pas.

Le romancier que je lisais avec le plus d'avidité c'était Dostoïevski. Lui aussi je l'aimais de manière partisane, j'étais pour lui et contre Tolstoï et Gorki. Il existait des éditions populaires des classiques de la littérature, qui étaient diffusées dans les rues. Les livres étaient exposés parfois à même le trottoir, le plus souvent sur des étalages de fortune. À tous les coins de rue, au centre-ville, se dressaient de jolies montagnes de livres. Dostoïevski devait être particulièrement apprécié, car ses romans — *I Adelphi Karamazov, I Démonisméni* — formaient habituellement le sommet de ces pyramides. Il était entouré de Steinbeck, de Hemingway, de Pearl Buck, de Daphné Du Maurier et de Joseph Cronin. Il y avait peu de Français dans le tas : Gide, je crois, Zola sûrement, mais je ne lisais ni l'un ni l'autre. Je me souviens également d'un Italien du nom de Pitigrilli, auteur de romans plus ou moins érotiques, plus ou moins humoristiques, truffés de métaphores hardies. Malgré son côté troisième âge, Agatha Christie me plaisait, mais je lui préférais nettement Leslie Charteris, l'auteur du Saint. J'admirais suffisamment ce détective (je n'ai pas oublié que sa fiancée s'appelle Patricia) pour avoir attribué son nom à l'association secrète que j'avais créée au sein de ma classe. J'avais récupéré le personnage filiforme qui lui sert d'emblème pour illustrer les cartes d'adhérents de mon club. Je me rends compte à présent que le petit bonhomme que je dessinais à mes débuts, quand je me suis lancé à la conquête de la presse parisienne, ressemblait beaucoup à ce personnage : il avait la tête ronde, et son corps était composé de trois lignes droites. Je ne l'ai pas beaucoup modifié par la suite, j'ai surtout réduit sa taille, de sorte qu'il a fini par ressembler à une grosse fourmi.

Les héros qui suscitaient ma sympathie vivaient presque toujours un drame — tel ce roi destitué,

dont parle Cavafis, qui s'habille avec des vêtements quelconques et quitte son palais comme
un voleur. Dostoïevski m'apprit le mot « humi-
liation ». Les vexations subies par les Palesti-
niens des territoires occupés ou les Noirs
d'Afrique du Sud me font penser à Dostoïevski. Les Indiens du Canada me firent penser à
Dostoïevski. J'ai oublié tous les personnages
de Steinbeck, à l'exception d'une sorte de de-
meuré. Les personnages maléfiques qui me fas-
cinaient, comme Dracula, n'étaient pas très
joyeux non plus.

Le mousquetaire pour qui j'avais le plus
d'amitié c'était Athos, ce pauvre Athos contraint
de faire exécuter par le bourreau de Béthune la
femme qu'il avait aimée. Sans doute n'étais-je
pas insensible au caractère grec de son nom — il
me semble qu'il s'écrit avec un oméga en grec
(Ἄθως), comme le mont Athos. Je me demandais si d'Artagnan n'était pas d'origine armé-
nienne. Un de mes camarades de classe s'appelait
Caramagnan. Je n'étais pas mécontent que la
petite amie du comte de Monte-Cristo fût originaire de Jannina. J'attachais une grande importance à la fin des histoires : en gros, celles
qui se terminaient bien ne me paraissaient pas
bonnes. Je n'ai jamais eu d'affection particulière pour les héros de Jules Verne car ils
étaient de taille à surmonter tous les obstacles.
Je préférais simplement ceux de ses romans
qui se passent sur la mer, plutôt que sur la

terre ou dans les cieux. J'aimais bien le nom de César Cascabel.

Le personnage favori de mon enfance fut cependant Cyrano de Bergerac. J'ai fait sa connaissance grâce aux Classiques illustrés *(Classika iconographiména)*, collection de bandes dessinées inspirées des œuvres les plus connues de la littérature mondiale. Il me semble que la série était conçue aux États-Unis et que son premier titre était consacré aux *Misérables*. J'étais convaincu que mes grandes oreilles ne me permettraient pas d'avoir plus de succès avec les femmes que n'en avait Cyrano avec Roxane. Son goût de la littérature me le rendait encore plus cher. Les petits articles que je donnais au journal de l'école primaire — un journal manuscrit, affiché dans le couloir — je les signais Cyrano. Longtemps avant de venir en France, je m'étais donc choisi un pseudonyme français.

Je suppose que j'aurais eu moins d'affection pour Napoléon s'il n'avait pas subi un tel revers en Russie, s'il avait été plus heureux en amour (j'étais indigné par les frasques de Joséphine), s'il avait été moins petit.

Il est midi. Lors de notre troisième rencontre j'ai pris la résolution de lui parler. J'ai attendu la fin du repas, nous déjeunions dehors, la rue était en chantier. Juste au moment où j'allais lui faire part de mes sentiments, un marteau-piqueur s'est mis en action à trois mètres de notre table. Elle devina plus qu'elle n'entendit ma déclaration. Elle repoussa résolument mon offre. Un jour de pluie elle changea d'avis. Nous vîmes ensemble *Le Grand Sommeil*. Nous entrâmes dans la salle au milieu d'une séance, nous partîmes au milieu de la suivante. Le couloir de sortie passait derrière l'écran. Nous nous attardâmes là, derrière l'écran. Nous ne dîmes rien : Humphrey Bogart et Lauren Bacall assuraient le dialogue. Je mis des draps blancs la première fois. Quand nous nous réveillâmes, je vis sur le drap l'empreinte, très nette, du maquillage de ses yeux. Elle avait dû bouger pendant son sommeil car les deux yeux étaient distants l'un de l'autre d'une bonne dizaine de centimètres. Elle partit une nuit, pendant que je dormais, sans me laisser un mot.

Il pleut. La fenêtre est à demi ouverte. C'est une toute petite pluie silencieuse que je n'aurais pas remarquée si les toits en tôle des immeubles d'en face ne brillaient ainsi. Les pinces à linge sont immobiles.

J'ai du mal à raconter la suite de mon voyage en France. Plus d'une fois j'ai parlé de la journée du départ, mais je ne suis pas encore parti. Je fus affreusement malheureux et cependant pas tout à fait mécontent de partir. J'avais été ravi quand j'avais appris que l'archevêché catholique d'Athènes m'avait alloué une bourse afin que je puisse poursuivre mes études en France. C'était une petite bourse en vérité, qui ne couvrait que les droits d'inscription à l'École de journalisme. En guise de complément, l'archevêché s'était arrangé pour me trouver du travail chez les jésuites. La France me donnait la possibilité de faire exactement les études que je voulais (il n'existait pas encore d'école de journalisme en Grèce). Un instant, un seul, j'ai hésité entre le journalisme et les beaux-arts. En fait, je crois que j'avais renoncé depuis longtemps aux beaux-arts, à cause d'un cheval que je n'avais pas réussi à dessiner. J'ai l'impression d'avoir encore sous les yeux ce dessin : tantôt les membres de l'animal sont trop longs, tantôt trop courts. Je les efface et les redessine inlassablement, en les modifiant d'un millimètre. Je me dis que je finirai bien par trouver la longueur exacte. Je ne l'ai jamais trouvée. J'ai mis longtemps à surmonter le complexe hérité de ce ratage et de quelques autres. L'ai-je réellement surmonté ? Les dessins que je fais sont d'une simplicité enfantine. Ce ne sont, au fond, que des idées de dessins. Aurais-je fait des choses plus compliquées si j'avais su dessiner ? J'en ai fait quelques-unes, pas forcément ratées, mais ce ne sont pas celles que je préfère. Les dessins qui me ressemblent le plus sont ceux où il n'y a presque rien. Je ne consomme qu'un flacon d'encre de Chine par an. Il m'est arrivé de prétendre que j'avais cet avantage sur les autres dessinateurs que, moi, je ne savais pas dessiner !

L'idée que je me faisais de la France n'était pas déplaisante. C'était le pays de femmes bien séduisantes, le pays de Bardot et de la blonde en bikini blanc aperçue sur la Côte d'Azur. La première fille dont j'avais été amoureux, la sœur de Paul, était à moitié française. Elle parlait le grec avec un léger accent, elle ne roulait pas les *r*. C'était le pays des impressionnistes, celui aussi où avait choisi de s'installer Van Gogh — je discernais une certaine parenté entre Van Gogh et Dostoïevski. J'étais convaincu que les arts étaient plus développés en France qu'en Grèce. J'étais un fervent amateur du nouveau cinéma français — j'avais vu *Les Cousins, Les 400 Coups, Hiroshima mon amour, Les Vacances de M. Hulot* — tandis que je méprisais les comédies et les mélos du cinéma grec. En revanche, je n'avais pas d'estime particulière pour la musique française. Les quelques airs d'opéras français que j'avais entendus m'avaient horrifié. Comment peut-on chanter l'opéra dans une autre langue que l'italien ? Je rêve encore d'une version italienne de *Carmen*. J'avais une passion particulière pour Verdi. Je connaissais par cœur la liste fort longue — elle occupait une colonne et demie dans l'encyclopédie Ilios —, de ses œuvres. J'écoutais si souvent *Rigoletto*, à Callithéa, sur un gramophone — j'ai l'impression que notre déménagement à Néa Philadelphia eut lieu juste à l'époque où l'électrophone supplanta le gramophone —, que mon frère m'avait surnommé Gigli, du nom du chanteur qui incarnait le duc de Mantoue. L'opéra comblait mon goût des histoires sombres. Je refusais de me laisser séduire par Rossini. En matière de musique légère, peu d'œuvres françaises m'avaient ému : *Le jour où la pluie viendra*, deux ou trois chansons d'Aznavour, la musique du film *Toi... le venin* (je me souviens toujours de cet air). Josette, ma correspondante, m'avait envoyé *Petite Fleur*, jouée par un orchestre. On voyait sur la pochette du disque les pieds d'un couple de danseurs, lui en pantalon gris-bleu à galon de soie et chaussures noires étincelantes, elle en escarpins blancs. Josette habitait Fontenay-aux-Roses. Je correspondais également avec un garçon, Christian, qui habitait Arras, ou Amiens. J'eus l'occasion de les rencontrer tous les deux, Christian m'invita à un match de football de l'équipe de Reims — je vis ainsi jouer Kopa —, le père de Josette me fit faire un tour de voiture dans Paris. Josette avait de longs cheveux ondulés et un visage très mince. J'étais intimidé. Je me souviens du pull-over jaune que je portais lors de cette promenade.

Nous écoutions essentiellement des chansons anglo-saxonnes, latino-américaines et italiennes. Nous dansions le rock (pas moi, à vrai dire : bien que j'aie toujours observé avec la plus grande attention les danseurs de rock, je n'ai jamais compris comment ils procèdent pour changer de place avec leur partenaire), le mambo, le cha-cha-cha, le tango, le slow et le charleston, où j'excellais. Les maîtresses de maison parisiennes m'ennuient d'autant plus quand elles m'invitent à faire une démonstration de sirtaki, que je n'ai jamais appris à danser ce genre de chose. Nous n'avions nulle considération pour la musique folklorique et nous ignorions les *rébétika*, ces mélopées arabisantes des bas-fonds urbains que la radio répugnait à diffuser. La société grecque de l'époque ne voulait plus entendre parler de son passé. Elle cherchait désespérément son visage dans le miroir de l'Occident. Nous fûmes donc, par la force des choses, des jeunes gens résolument modernes. C'est un peu par accident que j'emportai à Lille un disque de Tsitsanis, le plus populaire des compositeurs de *rébétika*. Je pris aussi un disque d'Hadjidakis. C'étaient des petits 33 tours. Cela faisait au total huit chansons. Comme je n'avais pas d'électrophone, j'allais les écouter chez un étudiant, le dimanche où il rentrait chez ses parents. Il me laissait ses clefs. Il habitait assez loin du collège. Je me souviens des rues désertes de Lille que je traversais le dimanche matin avec mes chansons sous le bras.

Je me demande si le besoin d'écrire n'est pas révélateur d'une certaine bêtise — chez moi, j'entends. Je ne comprends pas les choses au fur et à mesure où elles se déroulent, il me faut revenir en arrière pour essayer d'en saisir le sens, comme on peut avoir besoin de voir deux fois certains films trop compliqués. Mais ce n'est peut-être qu'un mauvais film, où il n'y a rien à comprendre.

Que pensais-je de la littérature française avant mon départ ? Les livres pour enfants mis à part, je n'avais jamais lu un auteur français pour mon plaisir. Je ne connaissais de cette littérature que les morceaux choisis qu'on nous enseignait à l'école. Un seul de ces extraits m'avait enchanté : celui où Pascal évoque la place de l'homme dans l'univers. Je l'avais lu en descendant l'escalier en bois qui relie le rez-de-chaussée au premier étage de la maison de Néa Philadelphia. Lors d'une fête à l'Institut, j'avais entendu un comédien français réciter avec fougue un texte composé de mots incompréhensibles, créés de toutes pièces, qui m'avaient cependant touché. J'avais tenu à connaître le nom de son auteur : c'était Michaux. J'étais fâché contre les classiques français qui avaient pillé les Grecs. Je les considérais comme des classiques de deuxième division. Je les estimais d'autant moins que les Grecs eux-mêmes me paraissaient ennuyeux. Je n'appréciais que Molière. Mon plus ancien souvenir de théâtre est une représentation du *Malade imaginaire (O kata fandassian asthénis)*, avec mon père dans le rôle d'Argan et mon frère dans celui de la petite fille. Je connaissais minute par minute le déroulement de *L'Avare (O philarghiros)*. On considère dans la famille que mon père n'a jamais été aussi bon que dans le rôle d'Harpagon. Nous avions tous très peur qu'il lui arrive un accident à la fin du monologue où il s'écroulait, comme foudroyé. J'avais hâte que le monologue se termine et en même temps je souhaitais qu'il dure indéfiniment.

Je connaissais suffisamment le français pour écrire des rédactions de deux ou trois pages, bien maladroites sans doute, mais qui suscitaient le même genre de commentaires que mes rédactions en grec. Déjà, à l'époque, je n'avais pas l'impression que le français me trahissait. Je suis arrivé à Lille sans trop de complexes : j'étais convaincu que l'écriture est avant tout affaire d'imagination. Ma connaissance de la langue ne me permettait pas toutefois de lire un roman comme *Les Faux-Monnayeurs* de Gide, que j'avais commencé et abandonné au bout de quelques pages. Ce n'est qu'à la veille de mon départ que je lus, pour la première fois, un texte français en entier : ce fut *La Cantatrice chauve*. J'ai ouvert le livre, qu'on venait d'envoyer à mon père, sans grande conviction, et ne l'ai plus lâché. Je ne soupçonnais pas que la langue française pouvait me faire rire. Le français me parut soudain très proche : une langue qui vous fait rire cesse d'être une langue étrangère. Les mots qu'employait Ionesco étaient très simples, c'étaient des mots que je connaissais parfaitement, que j'aurais pu utiliser moi aussi. Il a été le premier auteur qui me donna envie d'écrire en français.

L'extrait des *Pensées* de Pascal que j'avais remarqué était aussi écrit simplement. C'est ainsi, je suppose, qu'a commencé à se cristalliser en moi l'idée qu'on peut tout dire avec des mots ordinaires. Elle me paraît conforme à la tradition littéraire de la Grèce moderne, qui a un caractère bien plus populaire que savant. « Je ne souhaite rien d'autre que parler simplement », note Séféris.

Je suis donc parti. La mer était d'huile. On dit la même chose en grec : *i thalassa itan ladi*. J'étais curieux de franchir la ligne droite de l'horizon. Personne ne doutait que cette expérience me serait bénéfique. Je me sentais coupable de la souffrance que j'infligeais à ma mère. Tandis que la mienne était atténuée par l'agrément de l'aventure, la sienne ne l'était par rien. En partant, je lui faisais davantage de peine que je n'en avais. Cela m'était insupportable et cependant je le supportai.

Le voyage dura trois jours. Je descendis du bateau à Venise. Il était midi. Je pris en filature un groupe d'ouvriers du port, en me disant qu'ils devaient bien connaître, eux, un restaurant bon marché. Ils en connaissaient un, en effet. On nous servit des steaks géants et une quantité impressionnante de spaghettis. À mon grand étonnement, ils se mirent à discuter d'opéra. Ils critiquaient vivement l'interprétation d'un chanteur. L'un des ouvriers, un colosse ruisselant de sueur, chanta à plusieurs reprises le passage incriminé. Ce fut sans doute une des plus belles scènes que l'Italie m'ait jamais offertes. Je pense à une autre scène, une nuit, dans les Abruzzes. Nous allâmes, ma femme et moi, prendre un verre au bar de l'hôtel. C'était une toute petite ville, mais l'hôtel était somptueux. Seul le barman se trouvait là, un vieil homme à l'air grave, qui se tenait parfaitement droit derrière le comptoir. Il ne sourcilla pas à notre arrivée, son regard resta fixé à l'autre bout de l'immense salle où plusieurs tables de billard, recouvertes de tissu, faisaient penser à un dortoir désert. Il enregistra notre commande d'un léger signe de tête et se mit à préparer nos cocktails, sans se départir de sa gravité, en faisant des gestes d'une extrême élégance. « Il donne une représentation, ai-je pensé. Il n'a pas de public, mais cela lui importe peu apparemment. Il a le respect de son art. »

Je passai une nuit à Paris, dans un petit hôtel en face de la gare du Nord. J'écrivis à mes parents. Peut-être retrouverai-je cette lettre parmi celles que m'a rendues ma mère, si je me décide à les sortir du fond de la penderie où je les ai entreposées, à Athènes. Le matin, je remarquai les statues sur la façade de la gare, ces guerrières inflexibles qui incarnent les villes du Nord. Lille tenait une grande épée, qui me fit penser au bourreau des *Trois Mousquetaires*.

Je fus surpris de découvrir un paysage aussi vert et aussi plat. Sa monotonie n'était rompue que par des collines de charbon. Je fus surpris de découvrir un ciel aussi bas. À la gare de Lille, je pris le tramway. Je suscitai l'étonnement des passagers : ils n'avaient probablement jamais vu un type aussi chargé dans le tramway. Je n'avais que peu d'argent de poche. À l'époque où j'habitais Callithéa, je prenais le tramway pour aller au lycée. Je faisais le trajet avec mon frère. Nous nous tenions à l'arrière et nous identifiions les voitures qui nous suivaient. C'étaient surtout des américaines : des Buick, des Ford, des Chrysler, des Chevrolet, des Cadillac, des Studebaker, des Pontiac, des Plymouth, des Packard, des Oldsmobile. Il faut croire que j'avais une âme de supporter, car je m'étais pris d'une affection particulière pour les Studebaker, dont la ligne était originale, mais sans excès. J'exécrais les grosses Cadillac, aux ailes arrière en forme de montagnes russes. Le Saint aurait dû avoir une Studebaker. Je rêvais que j'étais assis à la place du mort dans une Studebaker conduite par Françoise Arnoul. Je défendais avec ardeur mes choix parce qu'ils reflétaient mes goûts bien sûr, mais aussi parce qu'ils étaient parfois liés à mon histoire. Je m'étais attaché à l'A.E.K. parce qu'elle avait été créée par des Grecs qui, comme ma mère, étaient originaires d'Istanbul. Sans doute aurais-je porté un intérêt moins vif à Verdi si je n'avais su que je comptais un Italien parmi mes ancêtres. Dans le flot des voitures, je distinguais parfois la petite Austin verte de la mère de Paul. Cela me troublait énormément, je faisais semblant de ne pas l'avoir aperçue, je regardais le ciel. J'entendais ainsi dissimuler mes sentiments, car j'étais à peu près certain que la sœur de Paul n'était pas amoureuse de moi. Je m'efforçais de regarder le ciel d'un air inspiré.

Il y avait une église gothique au coin de la rue. C'est là que je pris congé de Dieu peu de temps après mon arrivée à Lille. Sa flèche me rappelait les cyprès de la route de Néa Philadelphia. Je fus surpris par les dimensions du collège, qui se composait de plusieurs bâtiments, de plusieurs cours et d'une chapelle, et par la noirceur de ses murs. La cage d'escalier sentait l'humidité, la cire et quoi encore ? J'ai pensé que cette odeur avait mis longtemps à se former, des centaines d'années peut-être, que c'était l'odeur même du temps.

Le casier à lettres se trouvait au rez-de-chaussée, dans la cage d'escalier à côté de la porterie. J'appris le mot *porterie*. J'eus une sérieuse dispute avec la concierge, que je soupçonnais de retarder la distribution de mon courrier. Le réfectoire se trouvait au sous-sol. Lors de mon premier repas, je demandai un cure-dents. La connaissance du mot *cure-dents* me valut les félicitations de mes convives. Plusieurs jésuites avaient fait du grec et me citaient volontiers quelques vers d'Homère. Comme j'avais appris le grec ancien selon la prononciation de la langue moderne, j'avais bien du mal à les comprendre. L'économe du collège connaissait cette bizarrerie syntaxique qui fait que les mots neutres au pluriel s'accordent avec le verbe au singulier et me lançait, en guise de salutation, la phrase : *Ta zoa tréchéï* (les animaux « court »). On me demandait si je connaissais *L'Enfant grec* de Victor Hugo et la chanson *Où vas-tu Basile ?*, car à l'époque je m'appelais Basile. Les autorités grecques avaient l'étrange habitude de faire figurer dans les passeports, en regard du prénom grec, non pas sa transcription phonétique en caractères latins, mais le prénom français équivalent : les Yannis étaient nommés Jean, les Yorgos Georges. Ainsi, les Grecs voyageaient à l'étranger sous un faux nom français ! Je vécus donc à Lille sous le nom de Basile. Je pris la décision de l'abandonner parce que ce n'était pas mon nom, parce qu'il faisait sourire, sans doute aussi parce qu'il me rappelait Lille.

De ma fenêtre je voyais le toit de la chapelle du collège et le sommet des arbres qui entouraient la cour de récréation. Il me semble que les murs de ma chambre étaient marron clair. Il y avait une cheminée qui ne marchait pas, une penderie encastrée dans le mur. Y avait-il une armoire ? Probablement, mais je ne m'en souviens plus. Je ne me souviens pas davantage du bureau, ni du siège, ni de la table de nuit. Je crois que le lit était de fer. Tous ces meubles ont disparu, comme des tableaux enlevés dont il ne reste qu'une trace rectangulaire sur le mur. Je revois en revanche ma lampe de bureau qui était verte et le poste de radio blanc que j'avais acheté rue Nationale au prix de cent dix francs. Je l'avais posé sur la table de nuit. La lampe et le poste sont à présent suspendus dans le vide. Je fixais mes feuilles de papier à dessin sur la porte, avec des punaises. Je dessinais debout devant la porte. Je pris part à une exposition d'étudiants. J'avais intitulé un de mes croquis *Moi*.

Je passai là trois années bien difficiles. L'année de la naissance de mon second fils, qui fut aussi l'année de la publication de mon premier roman, je faillis demander la nationalité française. C'était juste après la première crise pétrolière, on sentait déjà que l'attitude des autorités françaises à l'égard des immigrés allait se durcir. Je pris le métro pour me rendre à la préfecture. Avant d'entrer dans le bâtiment, je décidai d'en faire le tour pour réfléchir une dernière fois. Il me semble que le ciel était gris. Je regardais par terre, le trottoir goudronné. En levant un peu les yeux, je vis le mur noirâtre de l'édifice. Il me rappela le collège de Lille, mon arrivée en France. Je rentrai sans plus attendre à la maison.

Je ne suis plus retourné à la préfecture que pour le renouvellement de ma carte de séjour. Ce n'est pas une démarche bien agréable, mais tant pis. La dernière fois où j'y suis allé, j'assistai à une scène plutôt cocasse : la dame du guichet fit signe à un Vietnamien de s'approcher pour prendre sa carte. Il regarda le document et sourit :

— Mais ce n'est pas moi ! dit-il.

La dame examina à nouveau la photo figurant sur la carte.

— Comment, ce n'est pas vous ?

Le Vietnamien laissa échapper son hilarité. Elle, agacée, passa le document à un de ses collègues en lui demandant :

— Ce n'est pas lui, ça ?

Je me souvins de cette scène en voyant fleurir un peu partout des photos de jeunes Arabes recherchés par la police. « Tous les Arabes auront l'air suspect... On suggère l'idée que l'Arabe est un être suspect. » Je vis effectivement dans le métro se poser sur de jeunes Maghrébins des regards peu amènes.

Les journées tardaient si désespérément à s'écouler que l'arrivée de la nuit me faisait l'effet d'un événement. Lille me fit apprécier l'arrivée de la nuit. À minuit pile, je barrais sur mon calendrier la journée passée. Je la noircissais complètement, avec rage, la rendais indéchiffrable. À la fin du mois, je barrais aussi le nom du mois. J'eus de la sympathie pour le petit mois de février.

Lille était beaucoup trop loin d'Athènes au début des années soixante : voilà, essentiellement, ce que je lui reprochais. Les liaisons téléphoniques n'étaient pas directes et coûtaient trop cher. Je ne pouvais appeler mes parents qu'une fois par mois. C'était peu, neuf coups de téléphone et huit chansons pour meubler un temps aussi long. La nuit, je relisais les lettres de mes parents, de mes amis. Je leur écrivais la nuit. Je ne dissimulais nullement mes états d'âme, ma nostalgie. Je pense que ces années ont dû être difficiles pour mes parents aussi, en particulier pour ma mère. Est-ce pour oublier cette période qu'elle me remit mes lettres ? L'effort de mémoire que je suis en train de faire n'a peut-être d'autre but que de me débarrasser de Lille, de me débarrasser aussi des peurs de mon enfance. Je cherche à me souvenir pour oublier en quelque sorte.

Je n'avais l'impression de vivre que la nuit, quand cessait toute activité autour de moi. Le silence des autres me rendait à moi-même. Je menais une existence de fantôme. Les petites histoires que j'écrivais, en grec naturellement, se passaient la plupart du temps dans un cimetière. C'étaient des histoires de morts qui sortaient la nuit de leur tombeau pour se rendre à un rendez-vous ou simplement pour se dégourdir les jambes. Dès que je voyais le mot *mort* ou le mot *désespoir* dans le titre d'un bouquin, je l'achetais. J'acquis ainsi *La Légende de la mort* d'Anatole Le Braz et le *Traité du désespoir* de Kierkegaard.

Avant de m'endormir je rendais visite à mes parents, je voyais mon frère, mes amis. Toutes les nuits je rentrais en Grèce. Et tous les matins recommençait le même mauvais rêve : je me réveillais dans un autre monde. Personne ne comprenait autour de moi la langue dans laquelle je me parlais. Je n'avais envie de parler à personne. L'odeur de lait qui flottait dans le réfectoire du collège m'écœurait. J'avais hâte que les cours se terminent pour regagner ma chambre. Pas une fois je n'ai mis les pieds au café fréquenté par les étudiants. Il y avait pourtant quelques jolies étudiantes... Je m'obstinais à nier que j'étais en France. Je ne me suis jamais habitué à la pluie. Je lui attribuais la tristesse des gens. « Ce n'est pas possible, pensais-je, qu'ils soient de bonne humeur quand ils reçoivent quotidiennement tant d'eau sur la tête. » Les voix des femmes me paraissaient trop aiguës. Certaines phrases ont été enregistrées dans ma mémoire prononcées d'une voix stridente :

— Qui c'est ? Qu'est-ce que c'est ? C'est à quel sujet ?

Les rares jours où il faisait beau, je choisissais d'instinct, comme en Grèce, le trottoir ombragé. Je ne m'intéressais guère à l'actualité — j'avais choisi le journalisme par goût de la littérature et non de la politique. Je tiens probablement de mon père la capacité d'ignorer complètement ce qui se passe autour de moi. La guerre d'Algérie aurait dû m'émouvoir, ne fût-ce que par son analogie à la guerre d'indépendance grecque. Pourtant je ne l'ai pas suivie. Je lisais les journaux, mais je m'intéressais aux mots, pas aux événements. Quand de Gaulle dénonça à la télévision le quarteron de généraux rebelles, je voulus simplement savoir ce que signifiait le mot *quarteron*. D'une certaine manière, je n'ai jamais vécu à Lille. Je cultivais mon absence. J'étais surpris quand on m'adressait la parole, comme le serait un spectateur interpellé en pleine représentation par un comédien. Je ne faisais pas partie de la troupe.

L'intérêt, l'affection même que je portais à la France quelques années plus tôt — je m'étais réjoui des succès de son équipe en Suède — s'atténuèrent dès mon installation à Lille. Je regardais certes le football à la télévision, mais avec détachement — il est vrai que les années soixante n'ont guère été brillantes pour le football français. La cuisine française me paraissait insipide. J'appréciais énormément en revanche la cuisine vietnamienne que me fit découvrir un prof de l'École de journalisme, un Polonais qui enseignait la philo. Il m'invita quelquefois au restaurant. C'était un homme d'un certain âge qui parlait difficilement, hésitant sur chaque mot, ne paraissant jamais satisfait de son choix, comme s'il cherchait à exprimer l'indicible. Il donnait l'impression de souffrir physiquement quand il parlait. Il écrivait de la poésie. Il m'avait recommandé la lecture de Roger Caillois et de Mircea Eliade. Il m'apprit à lire les lignes de la main, en m'assurant que je susciterais ainsi l'intérêt des femmes. Son amitié me flattait, me faisait momentanément oublier mes difficultés. Quand je le rencontrais, je pensais que j'avais eu raison de venir à Lille. L'encouragement que je lisais dans son regard m'était nécessaire car j'avais bien des problèmes avec les profs qui nous enseignaient la littérature et corrigeaient nos travaux pratiques. Ils entendaient nous imposer des règles d'écriture. Ils étaient convaincus que la vérité ne pouvait échapper à un discours ordonné en trois parties. J'avais le sentiment qu'ils me demandaient d'écrire des textes qui existaient déjà, que leur système tendait à me dépouiller de moi-même. J'en rajoutais dans l'autre sens, je personnalisais à outrance le moindre reportage qu'ils nous faisaient faire. Je me souviens d'avoir commencé ainsi un texte : « J'ai deux mains. » Je prétendais qu'on peut écrire dans la presse à la première personne. Ils doutaient fortement de mon aptitude à devenir journaliste. Leurs jugements défavorables n'ébranlaient pas mes convictions. Il n'empêche que je fus privé de satisfactions dans un domaine où j'avais toujours eu quelque succès. Le semblant d'équilibre que j'avais trouvé adolescent entre mes angoisses et mes bons résultats scolaires, Lille le rompit complètement. Elle ajouta à mes malheurs et supprima mes joies.

Le film que je veux réaliser sur un bateau s'est enrichi, il y a quelques jours, d'une scène imaginaire. Elle me revient sans cesse à l'esprit, autant donc la raconter : dans le recoin d'un couloir, on voit un jeune homme et sa mère, une petite femme vêtue de noir, au visage à moitié caché par un fichu noir. Elle sanglote, son fils la console. À leurs pieds, un cercueil. Le jeune homme le protège tant bien que mal de l'agitation générale, des voyageurs excédés, chargés d'innombrables bagages, qui avancent difficilement.

— Attention, nous avons un mort là ! dit-il à un passager.

Celui-ci remarque effectivement le cercueil, mais surmonte vite sa surprise :

— Nous aussi on a des morts, jeune homme, répond-il. Seulement on ne les emmène pas en vacances !

Je suis un peu déçu de l'avoir racontée, elle me paraissait plus amusante telle que je l'imaginais. Il me semble que ce genre de dialogue passe beaucoup mieux en grec qu'en français.

La littérature française du XXe siècle qu'on nous enseignait ne me plaisait pas énormément. Ni Proust ni Céline — à l'époque je n'avais entendu parler ni de l'un ni de l'autre — ne faisaient partie du programme. Certains écrivains, Malraux en tête, me paraissaient trop gourmands de mots, trop littéraires. Je me souviens d'une formule de Malraux (je vais la citer de mémoire) qui ravissait un de mes profs : « C'était une femme. Pas une espèce d'homme. Autre chose. »

— Mais cela ne veut rien dire ! protestai-je. C'est de l'esbroufe !

J'avais lu le mot *esbroufe* dans la déclaration d'un homme politique publiée dans *Combat* : il accusait ses adversaires de faire de l'esbroufe.

D'autres écrivains, comme Gide, que je finis par lire, et Mauriac me donnaient plutôt l'impression de ne pas en dire assez, d'écrire à l'économie. J'avais chaque fois le sentiment qu'ils gardaient le meilleur d'eux-mêmes pour leur prochain livre. Aucune des lectures imposées par l'École ne m'a ému, à l'exception d'un passage des *Chemins de la liberté* où le personnage principal se rend brutalement compte, juste au moment où il voit passer un train (peut-être l'entend-il simplement siffler ?), qu'il a vieilli. Je jugeais bien meilleurs les écrivains étrangers, Dostoïevski que je lisais toujours, Faulkner et Graham Greene que je venais de découvrir. Le seul auteur français qui m'ait inspiré une véritable passion au cours de ces années, fut un étranger lui aussi : Beckett. Il m'a d'abord donné la conviction qu'on peut très bien écrire dans une autre langue que la sienne. Il m'a surtout appris que le comique et le tragique peuvent se rendre complices. Je continuais cependant à apprécier Ionesco : je devenais moins sectaire probablement puisque j'étais capable de m'attacher à deux auteurs dramatiques en même temps.

Je lisais aussi les classiques grecs. J'avais probablement conscience qu'un match se livrait en moi entre la culture française et la culture grecque, et je faisais de mon mieux pour renforcer celle-ci. Je me doutais bien qu'elle méritait plus d'attention que je ne lui en avais prêté à l'école. Nos professeurs nous avaient appris à vénérer les anciens Grecs, pas à les aimer. Ils n'avaient fait que creuser l'écart, déjà considérable, qui nous séparait de ces glorieux ancêtres. Nous ne songions guère, quand nous étions enfants, à nous inspirer de la guerre de Troie ou des péripéties d'Ulysse. Pendant le carnaval, nous nous déguisions en Robin des Bois, en Indien, en cow-boy, en gitane (ma mère me fit déguiser une fois en gitane, j'en ai gardé un très mauvais souvenir car on me prit réellement pour une fille), parfois en evzone, mais jamais en hoplite. L'école nous donnait de l'Antiquité une image conforme aux valeurs qu'elle entendait nous inculquer : amour de la patrie, respect des institutions (la Grèce était alors une république couronnée) et de la morale chrétienne. Elle passait Aristophane sous silence. Elle nous parlait certes un peu des sophistes, mais c'était pour déplorer leur goût de la dérision. Elle mettait moins en valeur l'esprit de résistance d'Antigone, que son obéissance aux lois divines et son extraordinaire sens de la famille. Si j'avais su que les dieux grecs passaient leur temps à poursuivre les nymphes dans les bois, j'aurais certainement mieux compris mes propres désirs — mais je ne le savais pas. Je savais simplement qu'ayant eu à choisir entre le bien et le mal, Hercule avait opté pour le bien. Bref, l'école grecque ne m'a jamais donné envie de savoir qui était cet Anacréon qui avait donné son nom à la rue de Callithéa où j'ai passé toute mon enfance.

J'entrepris donc, à Lille, de redécouvrir cette culture. Je m'attaquai d'abord aux sophistes, puis, courageusement, à Platon. Je lisais les textes que j'aurais probablement étudiés à l'université d'Athènes si j'étais resté en Grèce. J'avais cent fois entendu la recommandation « Connais-toi toi-même » (γνῶθι σεαυτόν), mais ce n'est qu'à Lille que je fis véritablement attention à ce qu'elle disait. J'eus le sentiment troublant qu'elle m'était adressée personnellement. Pressentais-je, confusément, que j'étais en train de changer ? Lille m'avait travesti : pour la première fois de ma vie je portais un manteau et un foulard et je tenais un parapluie — un gigantesque parapluie noir que m'avaient acheté mes parents. Je m'étais laissé pousser la barbe comme pour achever mon déguisement. Je ne soupçonnais pas à l'époque qu'il est des déguisements qui durent, auxquels, à la longue, on s'habitue, dont on ne se défait pas. La recommandation antique déclencha une certaine douleur en moi, une douleur diffuse, discontinue, comme celle que provoque une épine qui a profondément pénétré dans la chair. Peut-être est-ce justement cette épine qu'après tant d'années je suis en train d'enlever ?

Je finis même par m'intéresser à Anacréon. J'appris, non sans satisfaction, qu'il fut un joyeux luron (qu'est-ce que c'est un *luron* ? Voilà un mot que j'emploie sans le connaître) et qu'il répondait à ceux qui lui reprochaient de ne pas parler des dieux dans ses poèmes : « Mes dieux sont mes amours. » En revanche, je dois avouer que je ne me suis jamais renseigné sur Philarète, qui formait avec Anacréon le carrefour où se trouvait notre maison.

Je lisais les classiques grecs en français. Je ne perdais pas de vue que je devais faire des progrès dans cette langue. Je ne songeais qu'à quitter Lille au plus tôt, à réussir donc mes examens. Cela peut paraître paradoxal, mais c'est ainsi : je me suis acharné à bien apprendre le français parce que j'avais hâte de quitter la France. Je travaillais sans relâche. En arrivant à Lille, j'ai découvert que je connaissais beaucoup moins bien la langue que je ne le croyais. J'étais incapable de suivre les cours d'économie, de droit. J'étais troublé par la ressemblance des mots *juridique* et *judiciaire*. Le mot *jurisprudence* me paraissait maléfique. Le dictionnaire ne m'était pas d'une grande utilité, car je ne comprenais pas davantage le sens des mots grecs correspondants. Un grand nombre de termes techniques, je les ai d'abord compris en français. Ils n'appartiennent pas au vocabulaire de ma langue maternelle. Je travaillais avec l'ardeur du détenu qui creuse un tunnel. Je me couchais aux aurores.

J'ai revu Akoumba, nous avons pris un pot, rue Dauphine. Il a ri, je ne sais plus à quel propos. Son rire a ressuscité instantanément le décor somptueux de l'hôtel québécois. Il m'a parlé d'un de ses compatriotes installé au Canada qui est devenu fou à cinquante ans. Il refusait de mettre d'autres vêtements que ceux qu'il portait autrefois en Afrique. Il marchait pieds nus dans la neige. Il est mort de froid. Je me demande à présent s'il ne compte pas faire mention de cette histoire dans un de ses bouquins. Je lui poserai la question. Nous avons parlé des deux femmes que nous avons connues là-bas. La sienne lui a écrit. Je lui ai donné des nouvelles du Belge : il m'a envoyé un petit mot d'un hôpital de Namur, il dit qu'il espère s'en tirer, c'est tout.

Je remarquai que les gens parlaient très souvent du temps. J'appris ce qu'est un temps *franchement dégueulasse*. J'appris les mots *pébroque, riflard, pépin*. J'étais étonné d'entendre les adultes dire aussi souvent *merde*, car ce mot est surtout utilisé en Grèce par les enfants. J'étais étonné de les entendre dire aussi souvent *pardon* — un Français traversant une assemblée disait *pardon* pratiquement à chaque pas. J'ai découvert que le mot *vieux* pouvait s'appliquer à un camarade :

— Salut, vieux ! Ça va, vieux ? Dis, vieux, t'aurais pas une sèche ?

J'appris le mot *sèche* — je constate que mes enfants l'ignorent —, le mot *cibiche*, le mot *clope*. J'appris le mot *rapacité*. Un vieux jésuite, mécontent de me voir embarquer la dernière patate qui restait dans le plat, s'écria :

— Ah ! On la voit bien là, la fameuse rapacité hellénique !

Pendant le dîner, un pion ou un jésuite lisait à haute voix *Le Petit Nicolas*. Ce texte ne m'amusait pas beaucoup : j'avais bien du mal à faire régner l'ordre dans les classes que je surveillais. On me déchargea en fin de compte de ce travail pour m'affecter au standard, le soir, pendant une heure et demie. Ce poste solitaire me convenait parfaitement. Le téléphone ne sonnait pas souvent. Que répondais-je, quand je décrochais, « Ici Saint-Joseph » ? Le collège s'appelait Saint-Joseph.

Je me souviens d'avoir souligné le mot *soldatesque* dans un roman de Balzac. Je ne sais pas au bout de combien de temps j'ai commencé à lire Balzac et Zola, à remettre donc en question l'idée que je me faisais de la littérature française. J'appris que les lettres minuscules se nomment des *bas de casse*. Je croyais que les faits divers sont des événements qui se produisent pendant la saison froide, que l'avalanche de neige était le fait divers par excellence. Je croyais que le musée du Jeu de paume, à Paris, était une ancienne salle de billard — je pensais que paume s'écrivait comme le fruit, qui ressemble, on en conviendra, à une boule de billard. Il y avait un billard, au collège, sur le palier du deuxième ou du troisième étage. J'y jouais le dimanche, seul. L'après-midi j'allais au cinéma. Je vis *Des pissenlits par la racine*, ce qui me valut d'apprendre une bien belle expression. Je vis, avec infiniment de plaisir, *Une femme est une femme*. Imperceptiblement, la culture française commençait à me séduire.

J'appris le mot *con*, mais je n'ai compris son sens propre que beaucoup plus tard. Je fus emballé par cette chanson de Brassens où il regarde de son balcon passer les cons. Je fus emballé par toutes les chansons de Brassens. Je n'écoutais que lui pendant mon service militaire en

Grèce. Il a été, je crois bien, le premier Français dont la mort m'a peiné.

J'essayais de deviner le sens des mots à travers leur musique. Le mot *dégueulasse* me parut très déplaisant et je ne fus pas étonné quand j'ai découvert son sens. Je fus déçu par contre en apprenant que le mot *pétasse*, qui me paraissait assez guilleret, désignait le même genre de filles que les vilains mots *poufiasse, radasse, conasse*. Je fus choqué d'entendre Jean Gabin parler, dans *La Belle Équipe* de Julien Duvivier, avec infiniment de mépris, « des morues et des pauvres pétasses qui ne comprennent rien à rien ». À mon avis, *pétasse* mérite un meilleur sens, un peu moins vulgaire que celui qu'on lui attribue. Je n'ai jamais aimé le mot *bagnole* — est-ce parce qu'il me rappelle le mot *bougnoul* ? Je préfère voiture, ou tire. Je jugeais de mauvais goût l'adverbe *vachement* et répugnais à l'employer. Je répugnais également à raccourcir les mots — on disait couramment *sensas, formide* — d'une part parce que cela ne se fait pas en grec, d'autre part parce que je ne me permettais pas ce genre de familiarité avec la langue.

J'appris le mot *gonzesse* et le mot *nana*. Marcel, un surveillant, m'apprit le mot *biroute*. Il était de Grand-Fort-Philippe, un petit port sur la mer du Nord. Il m'invita chez lui. Sa sœur tenait un salon de coiffure. Elle me fit un shampooing. J'embrassai une de ses employées au cours d'un bal masqué à Dunkerque. Je vécus tout de même

quelques moments agréables pendant ces années. Je me liai avec quelques Français : Jean-
Claude, Marcel, Guy. Marcel vint un été en
Grèce. Nous fîmes une *bourdélotsarka* au Pirée.
Guy m'apprit le mot *zob*, il disait souvent :
« Mon zob ! » Il venait de faire son service militaire en Algérie. Il avait eu très peur, là-bas, il
me semble. Il aimait beaucoup la première
phrase d'un roman de Le Clézio qui venait de
paraître. Lui aussi m'invita chez lui, dans une
cité minière. Je me souviens d'une longue rue
droite aux pavillons absolument identiques.

J'appris qu'une nana pouvait être *chouette*,
voire *du tonnerre*. On disait quelquefois aussi *du
tonnerre de Zeus*, ce qui, forcément, me touchait
un peu. Je découvrais petit à petit que le français était truffé de mots grecs. Ils formaient, à
mes yeux, une sorte de comité d'accueil bien
sympathique. Certains de ces mots cependant
m'induisaient en erreur, car ils présentent des
différences notables par rapport à leurs cousins
grecs. On dit par exemple en grec *un* épitaphe,
une écho, *une* ténia. *Ténia* désigne, outre le parasite de l'intestin, le film de cinéma. Le sens
courant du mot *aphorisme* est excommunica-
tion, et celui de *prothèse* intention, ou préposi-
tion. Si l'on m'avait parlé à cette époque d'une
bonne prothèse et d'un mauvais ténia, j'aurais
compris probablement qu'il s'agissait d'une intention louable et d'un film raté. Influencé par
le grec, j'avais tendance à dire *idiomatisme* au

lieu d'idiotisme, *clistophobie* au lieu de claustro-
phobie, *comico-tragique* plutôt que tragi-comique
et à orthographier le mot cristal comme en grec,
krystalle.

Les mots me rappellent des visages. *Surprenant* me remet en mémoire un écrivain français
que j'ai connu lors de mon premier séjour à Paris.
Les comportements, les événements lui paraissaient souvent surprenants. Il disait cela d'un
air moqueur, en souriant finement. Je me souviens de son sourire chaque fois que j'emploie
ce mot. *Opportunité* me fait penser à une Brésilienne, qui l'employait fréquemment et abusive-
ment : « Je n'ai pas l'opportunité de te voir »,
disait-elle. Le mot *blessure* me renvoie à un ami
marocain, le mot *angoisse* à Charly, *séduisant* et
funeste à François, *cocasse* à un oncle de ma
femme, *pipistrelle* à mon fils aîné, *excentrique* à
ma mère (elle dit volontiers, en parlant en grec,
d'un vêtement ou d'un spectacle, qu'il est *poly
excentrique*), *rayonner* à une Française que j'ai
rencontrée dans le train en Italie. Elle voyageait
avec sa fille.

— Nous passerons les vacances à Lecce, me
dit-elle, mais nous allons *rayonner* dans les en-
virons.

Lille m'apprit des mots que je croyais connaître, comme le mot *froid*. Les mains des gens
étaient froides. Les choses aussi étaient froides :
les murs, les poignées de porte, le bouton du
poste de radio, mes lunettes, mon stylo. Les

185

paroles, les bruits, la musique traversaient un espace froid qui leur conférait une certaine dureté. Les airs de musique classique que j'écoutais à la radio me paraissaient différents de ce qu'ils étaient à Athènes. Je pensais que les Bretons avaient tout à fait raison d'imaginer l'enfer comme un endroit glacial.

À de rares exceptions près, je n'ai pas voulu revoir les gens que j'ai connus là-bas. Je n'y serais sûrement jamais retourné si, quinze ans plus tard, les besoins d'une enquête journalistique ne m'y avaient contraint. C'était une enquête sur les pompes funèbres, qui m'a fatalement remis en mémoire les histoires de morts que je me racontais quand j'étais étudiant. J'ai appris que la terre du cimetière réservé aux riches Lillois conserve mieux les corps que celle du cimetière qui accueille les pauvres. J'ai traversé la ville en taxi sans la regarder, je ne saurais même pas dire s'il y avait encore des tramways. J'ai fait l'aller-retour dans la journée.

Je traduisis en français une bonne dizaine de ces petits récits sur les morts, je les tapai à la machine et les agrafai. À Callithéa déjà je rêvais de faire un livre. Tantôt j'agrafais les feuilles avec une machine couleur d'argent que m'avait prêtée mon père, tantôt je les maintenais ensemble avec des épingles, tantôt je demandais à ma mère de me les coudre. Je commençais par écrire mon nom sur la couverture, puis le titre, puis je faisais une illustration. Je tournais ensuite la page, je numérotais celle de droite (je devais avoir grande hâte d'avancer car je lui attribuais toujours le numéro trois), et j'ajoutais en majuscules ces mots qui avaient le mystérieux pouvoir de rendre toute chose possible : KÉFA-LÉO PROTO, chapitre premier. Mon père a écrit plusieurs pièces de théâtre, comiques pour la plupart, dont une a été publiée. Est-ce qu'il écrit encore maintenant ? Je n'ai pas pensé à lui poser la question. Ses pièces — je lisais les brochures — me faisaient rire. J'étais sûr qu'elles méritaient d'être davantage connues. Entendais-je réparer l'injustice qui frappait mon père en devenant moi-même un écrivain ? Étais-je animé d'un esprit de rivalité par rapport à lui ? Je crois que j'aspirais surtout, en réalisant des choses remarquables, à distancer le plus possible le personnage déplorable que je croyais être, à le perdre définitivement de vue.

Devenir un écrivain et devenir célèbre étaient à l'origine deux rêves distincts. J'imaginais le romancier comme une créature solitaire, enfermée dans un local infâme, écrivant fébrilement, peut-être pour se réchauffer. J'étais convaincu qu'il faut tremper sa plume dans le malheur pour composer un roman, comme le dessinateur dans l'encre de Chine. « Les gens heureux n'écrivent que des cartes postales », pensais-je. Comme je me sentais bien malheureux, bien seul et que j'éprouvais déjà le besoin de raconter mes misères par écrit, il ne m'était pas difficile d'imaginer

que je serais un romancier. L'écriture adoucis-
sait mes angoisses, elle leur donnait aussi un
sens. Je ne suis pas sûr de ne pas avoir vécu
avec une certaine complaisance mes tourments
lillois en pensant au récit émouvant que je ne
manquerais pas d'en tirer plus tard.

Je faisais en même temps des rêves de gloire.
Tantôt je triomphais en tant que pianiste. Je
jouais si bien que personne ne remarquait mes
oreilles décollées. On ne voyait que mes mains,
qui se déplaçaient à une vitesse prodigieuse sur
le clavier. Il me suffisait de jouer un tout petit
air pour déclencher des applaudissements si dé-
lirants qu'ils menaçaient de faire tomber le plafond de la salle. Mais parfois l'émotion du
public était telle qu'il jugeait superflu d'applaudir,
voire de m'acclamer : il me rendait hommage
en se levant et en observant un silence parfait.
Je n'avais pas inventé cette marque de considération : aux jeux balkaniques auxquels j'assistais
régulièrement, le public accueillait le vainqueur
du marathon debout et en silence. Cela se passait au vieux stade d'Athènes, ce superbe stade
de marbre où s'entassaient soixante-dix mille
spectateurs. Le silence était tel qu'on entendait,
faiblement certes mais distinctement, les pas du
coureur sur la piste. Tantôt je triomphais en
tant que footballeur : je marquais des buts superbes de ma position préférée d'ailier gauche.
Quelquefois je me contentais de faire le centre qui
allait ouvrir le chemin du but à un coéquipier,

mais c'était naturellement un centre fabuleux. Je faisais très souvent ce genre de rêve, dans la rue, dans le tramway, dans la salle de bains. Je triomphais un peu partout. Il me semble que je donnais plus souvent des récitals que je ne participais à des matchs de football, car j'avais remarqué que les femmes fréquentent plus assidûment les salles de concert que les stades.

Jamais je n'ai rêvé que je triomphais sur une scène de théâtre. Faut-il voir dans la modeste activité cinématographique que je déploie ces dernières années une tentative de rapprochement avec mon père ? Je l'ai fait jouer dans les deux films que j'ai réalisés — il est vrai que, dans l'un des deux, il projette de se jeter dans la mer avec une pierre au cou ; on le voit attendre le bus qui va jusqu'à la mer, tenant un rouleau de corde à la main.

La réalité m'a obligé à renoncer petit à petit à mes rêves de gloire. J'ai dû me résigner à ne devenir qu'un romancier. Je savais certes que les écrivains ne sont jamais portés en triomphe par le public, sauf parfois lors de leur enterrement, mais je me consolais en pensant que j'aurais tout de même des lecteurs. Ma solitude ne serait qu'apparente. Le facteur glisserait sous ma porte des lettres enflammées. Je finirais bien par rencontrer un jour ou l'autre les jolies rédactrices de ces missives sur un bateau ou, pourquoi pas, sur un caïque.

— C'est vous ? diraient-elles.

Ce serait moi. Pour cinq romans publiés en France (je suis en train de les compter : oui, ils sont bien cinq), je n'ai reçu en fait que deux lettres enflammées, l'une de Nantes, l'autre, quelques années plus tard, de Bordeaux. J'ai rencontré la lectrice de Bordeaux et, comme il était fatal, je lui ai parlé de celle de Nantes.

— Mais c'était moi ! dit-elle. J'habitais Nantes à l'époque !

Quand j'avais douze, treize ans, j'envoyai un dessin à un magazine de jeunes. Je me souviens très bien de l'après-midi où j'achetai ce magazine au kiosque qui se trouvait près de l'épicerie Herméion, à Callithéa. Je le feuilletai tranquillement en rentrant à la maison. C'était l'heure de la sieste, il n'y avait personne dans les rues. Je m'arrêtai quelques instants, stupéfait, puis je me mis à courir comme un fou pour montrer le dessin à ma mère. Il était publié en haut d'une page, à droite.

Je pensais que le métier de journaliste, qui me séduisait en raison de sa parenté avec celui d'écrivain, me permettrait de gagner rapidement ma vie. J'étais pressé de gagner ma vie. Mes parents n'avaient pas beaucoup d'argent. Mon père avait été obligé de prendre un emploi dans une compagnie d'assurances et de renoncer partiellement au théâtre mais, malgré cela, ses finances restaient médiocres. J'entendais le débarrasser au plus vite de la charge que je représentais. Cette préoccupation renforçait encore ma volonté de réussir mes examens et donc, j'y reviens, de bien apprendre le français.

Je crois que j'ai commencé à écrire en français parce que j'avais besoin de communiquer avec les gens que j'aimais bien : le prof polonais, Jean-Claude, Guy, Marcel. Je publiai un petit article dans le journal universitaire. J'évitais la compagnie des autres, je tenais cependant à leur signaler ma présence. J'avais envie de jouer avec les mots que j'apprenais. Cela m'amusait de faire des phrases courtes, sujet, verbe, complément, sujet, verbe, complément. J'avais l'impression que les phrases devenaient plus vite autonomes en français qu'en grec. J'utilisais les mots que j'entendais de préférence à ceux que je découvrais dans les livres. Je connaissais mieux les premiers, j'avais déjà l'habitude de les utiliser oralement, j'étais sûr de leur sens. Je les connaissais personnellement, en quelque sorte. C'est le français parlé qui m'a toujours été le plus familier. Mes premiers romans comportaient énormément de dialogues. Je n'ai jamais écrit le mot *soldatesque*.

J'ai vu, non pas cette nuit, une autre, mon éditeur en rêve, à l'entrée d'un supermarché, avec sa femme. Je l'ai aperçu de loin. Il portait un énorme manteau noir, très épais, aux épaules carrées, beaucoup trop grand pour lui. J'ai pensé : « Mais ce n'est pas un manteau, c'est une adresse ! » Je me répétais cette phrase et je riais. Il m'arrive donc de rêver en français aussi. Je devrais lui donner des nouvelles du manuscrit. Il va s'impatienter, la date d'échéance approche. « Où tu en es ? » me dira-t-il ; il faudra bien que je lui avoue la vérité : « Je viens juste de finir avec la période de mes études. — Mais tu n'auras jamais terminé à temps ! » Je lui dirai que j'ai pas mal d'idées pour les derniers chapitres, que j'ai déjà pensé à la fin du récit, à la dernière image plus exactement, il me demandera de la lui raconter et je ne veux pas la raconter maintenant, bien sûr.

D'innombrables fois depuis cette époque j'ai fait le voyage entre Athènes et Paris. Je le fais sans amertume ni joie excessives. Les deux pays se sont singulièrement rapprochés depuis les années soixante : ils étaient à trois jours de distance, ils ne sont plus qu'à trois heures. J'étais capable de me mettre à pleurer, mais de joie, quand ma mère m'écrivait qu'on faisait le ménage dans le cinéma en plein air du quartier, qu'il allait se remettre en activité, ce qui signifiait que l'été était déjà là et que la date de mon départ de Lille approchait. Je ne me rasais pas la barbe quand je rentrais en Grèce. Parfois, dans le bus, on m'adressait la parole en anglais. Cela m'agaçait, pourtant je ne me rasais pas. Le fait que je faisais mes études à l'étranger me valait des marques de considération. Je le constatai notamment lorsque je me présentai au journal athénien *Hestia*, réputé pour ses commentaires acides, pour faire un stage.

Je ne peux pas dire que je fus toujours très heureux de revenir en Grèce. Après Lille, je passai deux ans à Paris. J'eus du mal, à la fin de ce séjour, à retourner au pays où je devais remplir mes obligations militaires. Il me semble pourtant qu'il reste quelque chose de l'émotion qui m'accompagnait lors de mes premiers retours. Je voyage par Olympic, car je suis pressé de parler en grec. Je connais tous les membres de l'équipage qui travaillent sur cette ligne. Je les ai vus prendre de l'âge. Je me réjouis quand j'aperçois du haut du ciel le dessin si compliqué des côtes grecques, la mer et les minuscules bateaux qui la sillonnent. Ils me rappellent ces autres minuscules bateaux que je voyais de notre terrasse à Santorin. À quoi ressemble donc la Grèce ? À un vêtement en lambeaux, je pense (je me souviens que j'ai utilisé le mot *lambeaux* en parlant de l'ombre chétive de mes arbres à Tinos). Un vêtement qui n'a qu'une manche, la Thrace. Un vêtement féminin, car le Péloponnèse fait indéniablement songer à une jupe — à moins que ce ne soit une jupette d'evzone ?

Ce n'est pas sans joie que je me suis installé à Paris après mon service militaire, à l'époque où sévissait en Grèce la dictature des colonels. Paris avait la dimension de mes rêves. Mais la plupart du temps je ne ressens nul enthousiasme quand je prends l'avion à l'aéroport d'Athènes, quand je vois la campagne française à travers les nuages, ces champs rectangulaires si parfaitement tracés qu'ils me font penser à des billets de banque. Il subsiste des premières années vécues en France comme une rancune. Il est difficile d'être heureux là où on l'a été si peu. Je comprends, je crois comprendre en tout cas, pourquoi j'ai préféré intituler ce récit *Paris-Athènes*, plutôt qu'*Athènes-Paris* : j'avais besoin d'indiquer dans quel sens ce voyage m'était le plus agréable.

6

La comédie

— Tu sais que personne ne m'a jamais traitée ainsi ? dit-elle.

Elle est très en colère. Que lui ai-je dit, au juste ? Je ne sais plus. Je ne vais pas le lui demander, ça va l'énerver davantage. Je songe un instant à raccrocher, mais je ne suis pas sûr de ne pas avoir envie de la revoir.

— Tu es vraiment dégueulasse !

Elle vient de dire en fait, car la conversation se déroule en grec, que je suis un « enfant du cul » *(kolopédo)*. Cela ne m'offusque pas, c'est une injure courante dont le sens littéral s'est dilué, perdu.

L'incident s'est produit au cours d'un dîner, chez des amis communs. Je suppose qu'elle m'en veut surtout parce que je l'ai mal traitée devant ses copines. Elle ne cessait de m'accuser de lui avoir transmis un parasite trois mois auparavant quand nous avions dormi ensemble.

— Je n'ai jamais eu ce parasite, l'assurais-je. Je ne le connais pas ! Je n'en ai même jamais entendu parler !

Je me suis mis à rire. Ça ne lui a pas plu. À la fin, je me suis fâché aussi. Voilà qu'elle relance le sujet à présent :

— Tu me refiles tes parasites et tu m'insultes par-dessus le marché ! C'est quand même un peu fort, non ?

— Tu veux me faire croire que tu n'as dormi avec personne d'autre depuis trois mois ? dis-je. Soyons sérieux ! Chacun sait que tu passes ta vie à aller d'un lit à l'autre !

Ce n'est pas vrai, mais ça m'amuse de lui dire cela.

— Tu ne te déplaces jamais qu'en pantoufles !

Elle a raccroché. Je me souviens soudain de mon porte-monnaie, un porte-monnaie en peau de phoque que j'ai acheté au Canada, à l'aéroport : je l'ai oublié dans une taverne, pas loin de chez elle, un soir. Je n'étais pas avec elle ce soir-là. Je compose son numéro.

— Tu veux me rendre un petit service ? dis-je d'une voix suave.

Elle veut bien faire un saut jusqu'à la taverne.

— Mais pas maintenant, dit-elle.

— Quand tu voudras, dis-je. Quand tu pourras. Quand cela te dérangera le moins. Tu sais que je t'aime ?

— Salut, dit-elle.

Je l'ai revue une fois après ce coup de téléphone, nous avons déjeuné ensemble, elle m'a
rendu le porte-monnaie, j'ai vidé son contenu
sur la table. Je l'ai regardée soupçonneusement :

— Tu es sûre qu'il ne manque rien ?

Décidément, rien ne l'amuse.

— On aurait dû te corriger davantage quand
tu étais petit, a-t-elle dit. On ne t'a sûrement pas
assez battu.

— Tu as peut-être raison.

Mon père nous battit une nuit, mon frère et
moi, avec sa ceinture. Je crois que nous avions
aspergé ma grand-mère Katina d'eau glacée.
Nous avions une glacière, à Callithéa. Le ven-
deur de glace *(pagopolis)* se servait d'une tenaille
à mors en forme de crochets qui m'inspirait une
certaine terreur. Nous n'avons acheté de réfri-
gérateur qu'en 1958, quand nous avons déménagé à Néa Philadelphia. Nous ne nous lassions
pas de le contempler. Nous avions très peur qu'il
ne marche pas. Ses premiers glaçons nous ont
autant émerveillés que les premières paroles d'un
bébé. Mon père a toujours pris si grand soin de
cet appareil qu'il fonctionne encore.

Nous avons commandé de l'agneau au citron
et du vin. Elle n'a presque pas parlé du parasite, elle m'a simplement indiqué quels antibio-
tiques je devais prendre. Elle a dit qu'elle en avait
assez des relations épisodiques, sans lendemain,

qu'elle avait besoin d'un compagnon, d'une présence.

— Je comprends, ai-je dit assez gravement.

Je faisais semblant de méditer, en réalité je regardais une autre femme qui déjeunait seule.

— J'ai peut-être aussi besoin d'une compagnie, ai-je ajouté, mais où ? Je m'absente de plus en plus souvent de Paris et à Athènes je ne reste jamais bien longtemps.

Nous avons bu un litre de vin. Je l'ai convaincue de venir prendre un café dans mon studio. Nous nous sommes couchés, elle m'a demandé de mettre le réveil à dix-sept heures, elle avait rendez-vous avec ses parents. Elle n'a pas enlevé sa jupe. Elle m'a juste laissé lui soulever son pull-over noir. Sa poitrine m'a fait penser aux superbes seins en plastique qu'on vend à l'époque du carnaval avec les faux nez et les serpentins. Nous avons dormi. Quand elle est partie, j'ai pris un bain puis j'ai commencé à téléphoner.

Je passe beaucoup de temps à téléphoner quand je suis à Athènes. Il me faut continuellement voir des gens, sortir. Le moindre creux dans mon emploi du temps m'attriste. Je suis aussi impatient de sortir que lorsque j'entendais, enfant, les voix des copains dans la rue. Revoir les vieux amis ne me suffit pas. J'ai besoin de rencontrer des gens nouveaux, d'entendre d'autres voix. Athènes me rend sociable à outrance. Ceux qui ont toujours vécu ici sont bien moins avides de mondanités que moi. La ville ne les amuse plus. Ils se plaignent de sa pollution, de ses transports. Ils m'envient de vivre à Paris. Je les choque quand je déclare que Paris n'est plus à mes yeux qu'un lieu de travail, un immense bureau traversé par un fleuve. Ils rêvent de se promener sur les ponts de la Seine que je trouve pour ma part bien trop longs. Ils ne tarissent pas d'éloges sur le métro parisien, que je ne prends plus qu'à contrecœur. En vingt ans, j'ai dû y passer plusieurs milliers d'heures, probablement même plusieurs mois. Je ne sais pas de quel poids pèse sur ma vie ce temps passé sous terre, mais il pèse son poids. Je ressens une certaine angoisse chaque fois que j'entre dans une station, comme si j'allais entreprendre une petite traversée du néant.

Je suis aussi sévère pour Paris qu'on peut l'être à l'égard d'une épouse. En revanche, j'ai pour Athènes l'indulgence qu'on réserve à sa maîtresse. Pendant longtemps j'ai refusé d'admettre qu'elle était aussi polluée qu'on le disait. Il a fallu que mes séjours ici deviennent plus fréquents, que je commence à ressentir moi aussi des brûlures aux yeux, pour accepter de voir ce brouillard jaunâtre que dégage la ville. Travailler à Athènes ne m'indispose guère. Je considère cela comme un jeu qui donne plus d'intensité à mes séjours, me permet de voir du monde et d'organiser d'autres sorties.

J'ai l'impression que je cherche à vivre en quelques jours tout ce que je n'ai pas vécu en vingt ans d'absence, à faire tout ce que je n'ai pas fait, à connaître tous les gens que je n'ai pas connus, toutes les femmes dont Paris m'a privé. À Athènes je n'éprouve nullement la lassitude des gens de mon âge. Athènes me rend l'âge que j'avais quand je l'ai quittée. Comment ne pas être amoureux d'une ville qui vous fait pareille faveur ? Mon éditeur parisien me demanda une photo pour la quatrième page de couverture d'un de mes livres. Je lui en ai proposé une prise à Athènes. Est-ce parce que je riais sur cette photo ? Parce que j'étais habillé différemment qu'à Paris ? Il ne me reconnut pas.

— Elle ne te ressemble pas ! a-t-il dit.

— Mais si ! insistais-je. C'est moi qui ne me ressemble pas !

À Paris j'ai mon âge, bien sûr. J'ai même, probablement, quelques années de plus.

Le café qui se trouve à côté de chez moi porte un nom italien, *Dolce*. Un des serveurs, un petit rouquin aux yeux vifs, s'appelle Ulysse. La clientèle se compose de quelques retraités, mais surtout de comédiens, de réalisateurs et de journalistes. C'est un endroit où l'on rêve beaucoup. On envisage des amours, on échafaude des projets, on se donne en spectacle. Je connais la plupart des habitués, mais superficiellement.

Le rire tonitruant d'un comédien, qui inter-
préta Dracula dans une parodie de film d'horreur tournée en Grèce, me paraît un peu forcé,
mais je ne suis pas sûr qu'il le soit. Comme j'ai
de la sympathie pour lui, je lui offris un pot de
confiture de figues confectionnée à Tinos. Un
bref instant son visage prit une expression grave
que je ne lui connaissais pas, mais aussitôt
après il me remercia avec son exubérance habi-
tuelle. Ici la vie même joue la comédie. Une fin
d'après-midi où le café était presque désert, je
suivis la conversation d'un couple assis deux tables plus loin. Ils échangeaient des propos si or-
duriers que je fus troublé. Je pensais qu'ils
allaient en venir aux mains. Pourtant, leurs propos mis à part, ils ne paraissaient nullement en
colère. Ils s'insultaient calmement, lui en man-
geant sa pâtisserie, elle en buvant son café. Je
finis par remarquer que la femme avait une
brochure sur ses genoux, à moitié dissimulée
par la table. Je n'ai pas poussé la curiosité
jusqu'à les interroger sur la pièce qu'ils étaient
en train de répéter. D'après ce que j'ai entendu
elle ne devait pas être très intéressante. Plus
d'une fois je me suis demandé si les comédiens
sont davantage eux-mêmes quand ils jouent ou
quand ils cessent de jouer la comédie. Je fis la
connaissance d'une actrice qui interprétait au
théâtre un personnage affreusement dur, et qui
était en réalité d'une douceur exquise. Telle fut
néanmoins ma première impression. Mais je l'ai

revue plusieurs fois par la suite, et j'ai commencé à soupçonner que sa douceur n'était qu'apparente, qu'elle ressemblait pas mal en vérité au personnage qu'elle incarnait. Je suis bien obligé de jouer la comédie moi aussi. J'énonce des paradoxes, fais de l'esprit. Le succès obtenu en Grèce par un de mes romans — celui précisément que j'écrivis en grec —, le fait que la plupart de mes livres soient d'abord publiés à Paris, ainsi que ma collaboration occasionnelle au *Monde* me valent une certaine estime. On s'imagine peut-être que je suis célèbre à Paris ? Une fois sur deux les gardiens du *Monde* me demandent, méfiants, qui je viens voir et si j'ai pris rendez-vous. Le plaisir que j'ai à rêvasser, à deviser à la terrasse du Dolce s'interrompt parfois de façon inattendue. Je vois l'entrée sombre de l'immeuble où j'habite à Paris. Un pan de mur est occupé par les boîtes aux lettres. Un ami m'a fait remarquer que l'une d'elles porte le nom « M. (pour monsieur) Proust ». Une certaine odeur d'humidité me monte au nez. Je regarde fixement mes mains. « L'idée que je me fais d'Athènes est fausse, pensé-je. L'idée que je me fais de Paris est fausse également. Où ai-je donc passé toutes ces années ? Où ai-je donc vieilli ? »

Nous déjeunons à cinq ou six chez Le Guérisseur de la faim, chez Philippou ou au Vrakhos (le rocher), une taverne en sous-sol où il fait frais. On commence par visiter la cuisine, au fond de la salle, par regarder ce qu'il y a dans les marmites. Tout me fait envie. Je considère vraisemblablement que je n'ai pas mangé suffisamment de boulettes au cours de ma vie, que je n'ai pas bu assez de résiné. Je considère surtout que je n'ai pas suffisamment parlé le grec. C'est probablement ce qui me rend la compagnie des autres si nécessaire. Je n'aime pas beaucoup rencontrer des Français en Grèce, je ne me réjouis pas quand j'entends parler français à la table d'à côté. Cela me gêne moins en ce moment, car je passe une bonne partie de ma journée à écrire en français. Je garde un contact quasi permanent avec la langue à travers mon propre texte. J'avais pensé que je pourrais avoir envie d'en écrire une partie en grec. Ce n'est pas le cas. Je dois simplement avouer que je me suis inspiré, pour le début de ce chapitre, d'un texte que j'avais rédigé en grec lors d'un précédent séjour. Je ne vois pas, à vrai dire, l'intérêt de changer de langue en cours de route. Je suis en train de construire un livre français. J'essaie de voir jusqu'à quel point je peux me reconnaître dans la langue française. Le changement de langue annulerait cette petite expérience et donnerait en même temps un sérieux coup de frein à mon entreprise. Il me faudrait quelque temps pour me remettre pleinement au grec, il me faudrait d'abord me détacher du français, et donc de ce récit. Si je passais au grec, je commencerais probablement un autre livre.

J'oublie parfois que je me trouve à Athènes et je suis surpris d'entendre le concierge ou l'épicier parler en grec. Comment donc des gens sans grande culture peuvent-ils connaître une langue aussi difficile ? Je suppose que les touristes se posent parfois la même question. Les odeurs de l'épicerie éveillent ma mémoire. Je n'éprouve nulle émotion quand je fais mes courses à Paris, dans le XVe. Je ne tutoierai sans doute jamais la caissière de chez Félix-Potin. Je crois même qu'elle ne cessera jamais de me surveiller à travers la grande glace ronde fixée au plafond du magasin. J'ai souvent entendu les Parisiens évoquer avec nostalgie les conversations qu'ils eurent avec des inconnus en mai 1968. Quand je suis arrivé à Paris les échanges n'étaient déjà plus que des silences déguisés. Cela fait vingt ans que je fréquente la même banque. Un jour où j'observais un peu plus attentivement que d'habitude ses employés je me suis posé cette question : « Est-ce que je les reconnaîtrais si je les croisais un été en Grèce ? » Ils m'ont paru, ce jour-là, singulièrement pâles, à moitié irréels, à cause d'un ouvrier en bleu de travail qui lavait à grandes eaux les vitres de la succursale. Il avait un mégot au coin des lèvres, s'agitait beaucoup, marmonnait tout le temps, jurait chaque fois qu'il manquait de glisser sur le sol mouillé. Lui seul dans cet établissement avait l'air d'exister réellement. Une autre image me revient à l'esprit, recueillie dans une autre succursale bancaire, où je vis un employé, en costume trois-pièces, la mine légèrement dégoûtée, en train d'effacer avec une gomme le mot *merde* écrit en tout petits caractères sur un mur.

Je ne prétends certes pas que je fraternise avec les employés de banque en Grèce. Je remarque cependant que les distributeurs automatiques de billets me tutoient : « Introduis ta carte », disent-ils. J'ai tout de même l'impression que les contacts s'établissent plus facilement en Grèce. L'homme que j'eus au bout du fil en appelant les réclamations téléphoniques, croyant que j'étais crétois à cause de la terminaison de mon nom en -akis, m'apprit qu'il était né en Crète et se mit à me raconter son village natal. Si je me faisais surprendre sans titre de transport par un contrôleur grec, j'inventerais une histoire pour me justifier. Je ne dis pas qu'il en tiendrait compte, mais je pense qu'il m'écouterait. En France, je ne me donnerais pas cette peine. Je présenterais ma carte de séjour sans dire un mot.

À Paris, je mesure mes propos, mes gestes. Je vis en faisant attention. J'avais nettement le sentiment de jouer la comédie quand j'allais jadis au *Monde*. Je ne prenais jamais l'ascenseur, comme si j'étais persuadé qu'un modeste pigiste comme moi, immigré de surcroît, n'avait pas droit à cette facilité. Je montais les marches deux par deux et rapidement, de sorte que j'arrivais au cinquième étage hors d'haleine. Quel besoin avais-je de me présenter dans cet état au service littéraire, où l'atmosphère était généralement plutôt paisible ? Entendais-je faire la preuve que j'étais capable de toutes sortes de performances ? Espérais-je dissimuler ainsi mon anxiété, ma timidité ? J'étais convaincu que mon avenir professionnel dépendait de ces visites. Chacune d'elles constituait un obstacle qu'il me fallait à tout prix surmonter. Il y avait cinq ou six personnes dans la pièce. Devais-je serrer la main à tout le monde, ou simplement à la personne que je venais voir ? En Grèce, on n'a guère l'habitude de se serrer la main.

Je serrais la main à tout le monde. Fallait-il renouveler l'opération en prenant congé ? Combien de temps devait durer chaque poignée de main ? Était-ce à moi de lâcher le premier la main de l'autre ? Une fois je serrai si fort la main d'une journaliste qu'elle poussa un cri. Je me sentis affreusement coupable.

Il y a bien un endroit à Paris qui me rappelle mon enfance : c'est la place des Vosges. Ses arcades ressuscitent immanquablement mes héros favoris de naguère, Athos, Cyrano, et du même coup l'époque où je lisais leurs aventures. La place des Vosges me renvoie à Callithéa. Mais c'est, hélas, le seul lieu qui me touche de la sorte. Parfois, Paris se plaît à tourner ma mémoire en dérision : le cabaret du Moulin-Rouge me fait fatalement songer au cimetière de *Kokkinos mylos* (moulin rouge) à Athènes, où se trouve la tombe d'Alécos.

Ma femme n'aimait pas Athènes. Elle était pressée de la quitter. Comment aurais-je pu lui faire partager le plaisir que je prenais à entendre le brocanteur ambulant annoncer son passage de la même voix chantante que les brocanteurs d'antan ?

— *O paliadzis ! O paliadzis !*

Nous ne restions à Athènes que le temps de dire bonjour à mes parents et à quelques amis. Je traduisais à ma femme ce que disaient mes amis, je leur traduisais ce qu'elle disait, elle. J'ai passé beaucoup de soirées dans ma vie à traduire. Ces conversations m'attristaient un peu, elles restaient forcément très limitées. Ma femme n'apprit que le grec dont elle avait besoin pour pouvoir se déplacer toute seule dans les îles, louer une chambre, faire des courses. Elle éprouva la même passion que moi pour Tinos. Elle était néanmoins contente de rentrer à Paris. Nos sentiments étaient fort différents quand nous roulions en voiture vers Patras, où nous prenions le bateau pour l'Italie. Elle rentrait, tandis que je m'en allais, une fois de plus. Nous ne parlions guère dans la voiture. Le bruit infernal du moteur de la 4 L nous servait d'excuse.

Le soir, l'air d'Athènes devient plus respirable. Sur les petites places on sent l'odeur épicée des brochettes grillées. Certaines rues sentent le jasmin. On a parfois la surprise, dans une ruelle déserte, d'entendre le clairon qui sonne la charge, des chevaux qui galopent, un dialogue en américain. Tout cela résonne beaucoup plus fort que les télévisions du voisinage. Cela vient d'un cinéma en plein air, sans doute assez proche. Jadis, quand nous n'avions pas d'argent, nous allions regarder les photos du film, puis nous nous asseyions sur le trottoir à proximité du cinéma et nous écoutions la bande-son. Chacun faisait son propre film. Parfois, en nous dressant sur la pointe des pieds, nous apercevions le coin supérieur droit de l'écran. Mais il ne se passait jamais rien dans ce coin de l'écran. Les rues montent et descendent inlassablement dans le quartier du Lycabette où j'habite. Elles sont inclinées même dans le sens de la largeur. Je me sens toujours un peu ivre quand je me promène dans ce quartier, le soir.

La soirée ne commence véritablement que vers minuit et demi, après la fermeture des cinémas et des théâtres. À la fin de la dictature, d'innombrables bars se sont ouverts à Athènes, qui eut envie de fêter l'événement. Depuis, ils ne désemplissent pas. L'un d'eux est décoré d'une immense publicité pour les vins de Bordeaux que je vis autrefois dans le métro. Ils se sont installés dans des endroits agréables : cours intérieures revêtues de marbre blanc, jardins d'hôtels particuliers. La musique est étrangère, les prix très élevés. On y sert des cocktails exotiques, parfois aussi des plats chinois, italiens, français. Seul le vin est grec. Bien que leur cuisine ne me convienne pas, je les fréquente assidûment. Ils ont l'énorme avantage de rester ouverts tard et d'attirer les jolies femmes. J'ai du mal à entrer seul dans ce genre d'établissement. J'ai l'impression de passer une inspection. J'ai hâte de m'asseoir, de devenir spectateur. J'inspecte à mon tour les femmes qui arrivent. Je préfère qu'elles soient seules, ou, si elles sont accompagnées, qu'elles aient l'air profondément mélancolique. Les samedis après-midi la population de Néa Philadelphia se promenait sur la route des cyprès. On faisait plusieurs fois le même chemin dans les deux sens. On croisait les mêmes bandes de filles. Elles riaient. On n'était pas assez entreprenants pour leur parler. Cependant nos regards suffisaient à établir des complicités. On devenait amoureux d'une silhouette, d'une queue-de-cheval. On était bien malheureux si la fille ne venait pas à la promenade le samedi suivant ou, pire encore, si elle regardait quelqu'un d'autre. On vivait des amours sans paroles, des amours qui n'avaient pas lieu. Mais la peine, elle, était bien réelle. Ici non plus je ne tente pas d'engager des conversations. Je ne me sens pas capable de cet effort. Je ne suis pas assez motivé, peut-être ? Je me

sens sûrement un peu fatigué. Quand j'étais enfant, je demandais régulièrement à ma mère :

— Tu ne trouves pas que je suis fatigué ?

Je me souviens de mes sommeils les plus pro-
fonds, un après-midi chez tante Efi, une autre fois
à Tinos, ou encore dans un hôtel à Zagreb. Mon
frère, à qui j'ai fait lire les premiers chapitres du
manuscrit, me signale que nous avons dormi à
Zagreb non pas à l'aller comme je l'avais écrit,
mais au retour de ce voyage scolaire et que le
tremblement de terre à Santorin n'eut pas lieu
en 1957 mais en 1956 (j'ai déjà fait ces correc-
tions). Il me corrigea également quelques fautes
de français : j'avais écrit que mes compatriotes
seraient fondés à me classer « chez » — au lieu
de *parmi* — les auteurs étrangers. Il a étudié lui
aussi en France et enseigne le français à l'université de Corfou. Il n'a fait aucun commentaire sur les passages où je parle de nos parents.
Il m'arrive assez souvent à Paris de travailler
toute la journée au lit. Je dois avoir la nostalgie
du temps où je ne savais pas encore marcher.

J'aimerais qu'une de ces délicieuses jeunes
femmes m'invite sans préambule à aller dormir
chez elle. J'aimerais qu'elle dispose d'une voiture ou qu'elle se charge, elle, de trouver un
taxi. Il n'y a pas si longtemps, j'étais capable de
faire bien du chemin, même à des heures tardives, pour retrouver une femme. Je m'engouf-
frais hardiment dans le métro, je prenais sans
rechigner les correspondances et, si je devais

encore monter dans un train de banlieue, eh bien, je le faisais. Je suis bien moins courageux aujourd'hui. J'ai exclu la banlieue de ma vie affective. J'ai tendance à préférer les femmes qui habitent sur ma ligne de bus.

Les jeunes Grecques ont beaucoup changé. Elles sont nettement plus grandes, plus élancées que celles qui se promenaient autrefois sur la route de Néa Philadelphia. La différence de constitution entre les gens de vingt ans et ceux de quarante est telle qu'on a du mal à croire que les uns sont les enfants des autres. Les jeunes Grecques jouissent également d'une liberté que leurs mères n'avaient pas.

— Mon père me tuerait, s'il savait, me disait-elle.

Son père était né dans le Péloponnèse, région connue pour son traditionalisme. Il était facteur. Il faut croire qu'il avait le sommeil profond car il ne s'est jamais rendu compte que sa fille quittait la maison au milieu de la nuit pour venir me rejoindre. Nous allions sur un terrain vague, nous étalions une nappe en plastique par terre et nous nous caressions. Elle enlevait son soutien-gorge, mais pas sa culotte. Elle ne me laissait pas lui toucher le sexe. Elle avait peur de perdre sa virginité. Je glissais mon bras entre ses cuisses. Elle le serrait très fort, pendant longtemps. À la fin, j'avais les doigts complètement engourdis. Nous avions seize, dix-sept ans. Je l'ai revue, des années plus tard. Elle avait épousé un avocat originaire du Péloponnèse. Nous fîmes l'amour. Elle regardait souvent sa montre, se rhabilla prestement.

— Mon mari est très jaloux, me dit-elle. Il me tuerait, s'il savait !

Il n'y a pas longtemps, dans un bar, j'ai revu la sœur de Paul. J'étais en compagnie d'un journaliste ; il fit signe à une femme qui passait, une petite femme mince, blonde, élégante. Elle ne le vit pas, il l'appela donc par son prénom, un prénom français bien rare... Je fus ému, naturellement. Je me souvins instantanément que j'avais pleuré pour elle, que je m'étais enfermé dans les toilettes de la maison de Callithéa pour pleurer. Elle vint vers nous, bavarda quelques instants avec le journaliste qui omit de faire les présentations. Son visage me rappela davantage sa mère que la petite fille de dix ans dont j'avais été amoureux. Elle avait gardé son accent, prononçait toujours les *r* à la française. Elle se tourna vers moi.

— Nous nous connaissons ? dit-elle.

— Oui, dis-je, mais il y a plus de trente ans que nous nous sommes perdus de vue !

Je lui dis mon nom, elle m'embrassa. Je lui rappelai que j'avais été amoureux d'elle. Elle s'en souvenait parfaitement. Elle affirma, ce dont j'avais toujours douté, qu'elle avait été amoureuse de moi.

— Cela fait plaisir à entendre, lui ai-je dit. Même avec trente ans de retard !

Elle me regardait attentivement, je suppose qu'elle cherchait à se souvenir de moi. Elle m'apprit qu'elle était mariée et qu'elle dirigeait avec son mari un cours d'art dramatique.

— Et Paul ? lui ai-je demandé.

— Il n'a pas changé ! Il vient draguer mes élèves !

Nous nous promîmes de nous revoir mais nous ne nous revîmes pas. Je lui téléphonai une ou deux fois sans la trouver, puis je perdis son numéro. Je remarquai, tandis qu'elle s'éloignait, qu'elle portait des chaussures à talons aiguilles.

La plupart des femmes auxquelles je me suis attaché avaient un défaut d'élocution, un accent, une voix en tout cas aisément identifiable au téléphone. L'une parlait sur un ton grave, l'autre prononçait le *l* de façon très appuyée, la Française dont je fus épris quand j'étais étudiant déformait légèrement le *s*, ma femme a également quelques difficultés avec cette lettre. Je me souviens que j'avais moi-même du mal à prononcer le *s* naguère. On s'amusait à me faire répéter mon prénom :

— Comment tu as dit que tu t'appelles ?

Il me semble que même quand je parle en grec j'ai un léger accent. Je suppose que j'ai besoin de reconnaître quelque chose de ma propre voix dans celle des femmes qui me sont très proches.

Je regarde les clientes du bar. Certaines ne sont belles que vues de face ou de profil. Il suffit qu'elles tournent la tête pour que leur charme se dissipe. Elles me font presque toutes rêver. Je suis fâché de voir leur compagnon leur caresser les cheveux, la nuque. Je me sens vaguement trahi — très vaguement, bien sûr. Les rêves qu'elles m'inspirent ne durent pas : ils sont continuellement interrompus par l'arrivée d'autres femmes qui me fascinent à leur tour. Je m'impatiente si les suivantes tardent à se manifester, exactement comme si j'avais rendez-vous avec elles. Je tourne les yeux vers l'entrée du bar. Je ne suis plus amoureux que des femmes qui ne sont pas encore venues et qui, peut-être, ne viendront pas ce soir.

Même pendant l'amour il m'est difficile de me concentrer. Mon esprit fuit vers d'autres femmes, d'autres lieux... Ai-je trop rêvé des femmes pour que la présence d'une seule puisse me combler ? Je continue à me raconter des histoires, comme je le faisais dans mon lit d'enfant. J'ai mis longtemps à m'accommoder de la présence de l'autre, à l'accepter. J'étais incapable d'imaginer à quoi servent les miroirs placés au niveau du matelas dans les hôtels. Ma femme m'apprit à considérer l'amour de façon plus naturelle. Mais est-ce qu'on se défait jamais des convictions de sa jeunesse ? Disons que je suis presque certain que l'acte sexuel ne constitue pas une faute. En ce qui concerne le plaisir solitaire, je suis moins sûr. Un cinéaste me confiait qu'il pensait uniquement à des femmes imaginaires quand il se faisait plaisir. Je lui avouai à mon tour que je n'avais jamais songé qu'à des femmes réelles, voire à des femmes que j'avais déjà séduites ou que j'avais quelque chance de séduire.

— Mais tu es un branleur réaliste ! s'est-il exclamé.

— Sans doute, ai-je reconnu. Tu trouves que c'est moins bien ?

J'éprouve quelque gêne à satisfaire mes désirs, y compris les plus bénins. Quand je le fais, je prétends agir par obligation, ou pour faire plaisir à quelqu'un d'autre, comme mon père qui affirmait construire ses maquettes de bateaux pour mes enfants. Je ne me réjouis jamais qu'à moitié.

Les maîtresses trop bavardes m'incommodent, un peu à la manière des gens qui parlent pendant les séances de cinéma. J'ai toujours besoin d'un peu de solitude pendant l'amour. Même quand je me trouve avec une femme qui m'a beaucoup fait rêver, je continue à rêver en sa présence. Les femmes me manquent quand elles sont absentes, et quand elles sont présentes elles me manquent encore.

Je reste au bar jusqu'au moment où il n'y a plus sur la nappe blanche que des verres vides, des miettes de pain, un couteau taché de beurre et plusieurs serviettes blanches froissées qui me rappellent le mont Blanc tel que je le vois de la lucarne de l'avion. La musique s'arrête. On fait baisser les lumières. Alors je rentre. J'essaie de me souvenir de la dernière page du manuscrit, de la dernière phrase. Il est trois heures et demie du matin. Qu'est-ce que je vais faire, quand j'aurai fini ce récit ? Comment aurait évolué ma vie si je n'avais pas eu cette bourse pour partir en France à dix-sept ans, si je n'étais jamais parti ? Il y a une cabine téléphonique sur mon chemin, je me dis que le téléphone va sonner quand je serai à la hauteur de la cabine. Je n'ai pas essayé de faire du cinéma à Paris, je n'y ai même pas pensé. Je crois qu'il faut être amoureux d'une ville pour avoir envie de tourner dans ses rues, dans ses cafés, dans ses maisons. Il faut être amoureux de ses moindres détails, de ses poubelles, des plaques de revêtement de ses trottoirs. Est-ce qu'ils existent encore, les bordels d'autrefois ? J'y suis allé pour la dernière fois pendant mon service militaire. Je mets le réveil à huit heures.

Par moments, c'est rare mais cela arrive, je trouve que j'écris trop vite. Je ne me fais pas entièrement confiance. Je sais que je peux être très mauvais, encore plus mauvais que quelqu'un qui n'a pas la prétention d'écrire.

Curieusement, c'est grâce à l'armée grecque que j'ai découvert le cinéma. Juste à l'époque où je commençais mon service, l'été 1966, l'armée entreprit de créer la première chaîne de télévision du pays. Tous les techniciens du cinéma qui se trouvaient sous les drapeaux furent affectés à cette chaîne, qui eut également besoin des services de quelques journalistes. Je crois bien que je n'ai jamais montré mon diplôme de l'École de Lille qu'à un colonel grec qui ne connaissait pas le français. Je vis une table de montage. Elle me fit penser à une machine à écrire, à cause du film qui défilait comme un ruban et de l'écran qui n'était pas beaucoup plus grand qu'une feuille de papier machine. Nous passions surtout des documentaires fournis gracieusement par les ambassades, et la série américaine *Mission impossible*, que les futurs putschistes suivaient sans doute avec attention. Nous réalisâmes un conte de Noël dont le personnage principal était une dinde. Il fallut la trouver, l'acheter, la convaincre de faire un certain itinéraire dans les rues d'Athènes, arrêter la circulation. J'eus ainsi un premier aperçu des problèmes posés par ce type de narration. J'appris le mot *hyposulfite*. Le laboratoire, où nous nous planquions pour prendre quelque repos supplémentaire, empestait ce produit. Son odeur est intimement liée dans mon esprit à l'armée et aux colonels qui prirent le pouvoir en avril 1967.

Nous fûmes réveillés un matin par le bruit des chars d'assaut qui roulaient dans les rues. Nous étions dans le dortoir qui jouxtait le bâtiment de la télévision. Je me souviens du camarade qui me dit :

— Regarde !

Les officiers qui dirigeaient la télévision furent remplacés. Les nouveaux venus ne firent plus appel à nos services. Les soldats qui avaient milité dans des organisations de gauche furent envoyés à la frontière. Je pris la décision de retourner à Paris aussitôt après mon service. La Grèce était devenue une caserne. Les journaux ne publiaient que les informations dictées par le régime. Il fallait capter une radio étrangère pour avoir une idée de ce qui se passait réellement sur place, ou bien avoir des liens avec les milieux de gauche. Ces liens me faisaient défaut. Les aurais-je établis si j'avais étudié à l'université d'Athènes ? Je n'en suis pas certain. J'aurais probablement vécu de manière moins solitaire qu'à Lille, mais je ne pense pas que j'aurais adhéré à un groupe. Je l'ai dit, je ne me sens guère à l'aise au milieu des autres. J'ai l'impression de porter le poids de leur nombre sur les épaules. Je respire mal. Il ne m'est pas facile de m'exprimer en public. Chaque fois que j'ai dû m'adresser à un auditoire, j'ai eu toutes les peines du monde à lever les yeux plus haut que les chaussures des personnes assises au premier rang. Dans un pays comme la Grèce, où tout le monde ou presque est engagé politiquement, je me fais l'effet d'une faute d'orthographe dans un texte de loi ! J'ai rêvé, il y a longtemps, qu'une femme m'attendait devant un stade de football, sur le trottoir. J'étais à deux, trois cents mètres d'elle, j'ai couru la rejoindre. Soudain, les portes du stade se sont ouvertes, une foule immense a surgi et a emporté la femme loin de moi.

Suis-je en train de changer ? Le fait est que j'ai participé à la grande manifestation des lycéens de décembre 86 contre la réforme de l'enseignement, l'assujettissement, si j'ai bien compris, de l'éducation au pouvoir économique. J'étais curieux de voir cette jeunesse dont mes enfants font partie. Je fus content de découvrir qu'elle n'était pas aussi bête ni aussi méchante que la présentaient les médias.

Mon premier souci, les rares fois où je suis parti en vacances avec des amis, fut de préserver ma liberté de mouvement. La cohabitation ne me divertit qu'un moment. Le deuxième jour, je commence à me sentir abruti et, le troisième, vers midi, je suis complètement excédé. La moindre atteinte à mon indépendance, à mon espace, m'émeut exagérément. Je fus très contrarié par l'initiative d'un ami, qui séjourna quelque temps dans mon studio parisien, de fixer sur le mur un de ses dessins. Sans doute entendait-il me remercier ainsi de mon hospitalité ? L'avouerai-je ? Je me suis emporté une fois contre une mouche. Je venais d'acheter le studio en question, j'y étais depuis à peine un quart d'heure, quand je la vis entrer par la fenêtre ouverte. Je fus indigné par son intrusion, par son sans-gêne aussi, car elle se mit à explorer mon local exactement comme si c'était le sien.

Je n'ai vraiment pris conscience de l'étendue des crimes commis par les colonels que lors de leur procès. Je me trouvais à Athènes. Ma carte de presse me donna le terrible privilège d'assister à certaines séances, de voir et d'entendre ceux que le régime s'était appliqué à briser. Je me souviens du silence qui s'installa dans la salle quand on vit s'avancer vers la barre des témoins un homme assis dans une voiture de handicapé. Les colonels refusaient de répondre aux questions.

— L'Histoire nous jugera, déclaraient-ils.

— Vous avez le sentiment qu'elle est absente de cette salle ? leur demanda le président de la Cour criminelle d'Athènes.

À l'époque où ils détenaient le pouvoir, les colonels me paraissaient surtout grotesques. J'ai conservé une photo, prise au stade d'Athènes au cours de la fête qu'ils créèrent pour célébrer la *vertu martiale des Grecs* : on y voit un cheval de Troie en carton-pâte, entouré de jeunes gens, probablement des soldats du contingent, les uns déguisés en anciens Grecs, les autres en Troyens, en train de se battre avec des épées de bois. Je ne cherchais pas vraiment à savoir ce qui se passait autour de moi. Les informations ne venaient pas toutes seules. On se méfiait, on parlait peu. On disait que les agents du régime étaient partout. On se dévisageait avec suspicion. Un peu pour passer le temps, j'écrivis un petit scénario qui fut réalisé par un ami cinéaste,

Yorgos Panoussopoulos, affecté lui aussi à la télévision, avec de la pellicule que nous avions volée à l'armée. Cela s'appelait *Abraham engendra Isaac, Isaac engendra Jacob, Jacob engendra* et durait vingt minutes. Un homme en smoking, assis devant une lourde table de salle à manger installée au milieu d'une carrière à ciel ouvert, se lave les dents, s'impatiente. Une femme en tenue de mariée arrive, elle tient un poste à transistors à la main. L'homme lui reproche son retard, il prétend qu'elle lui a fait rater un match de football. Elle pose le poste sur la table et s'en va. Lui, écoute la retransmission du match, puis il se suicide avec un pistolet à eau. Le visa d'exploitation nous fut refusé, peut-être parce que nous avions accompagné certains plans d'une marche militaire américaine. Nous envoyâmes le film en cachette à un festival à l'étranger, mais je n'ai pas eu connaissance qu'il ait fait grand bruit.

Je n'avais pas étudié l'histoire contemporaine de la Grèce. Quand un éditeur français me proposa d'écrire un livre sur mon pays, j'acceptai de le faire non parce que je considérais que je le connaissais mieux qu'un autre, mais parce que j'avais besoin, plus qu'un autre peut-être, de mieux le connaître. Enfant et adolescent, j'avais subi la propagande de la droite au pouvoir, qui s'acharnait à ternir l'image du parti communiste, qu'elle avait fait interdire. L'école reproduisait le même discours. Elle faisait l'impasse sur la résistance parce qu'elle avait été menée par la gauche. Elle niait tout bonnement la guerre civile, qu'elle présentait comme une opération de police menée contre des bandits. Nos livres d'histoire étaient amputés de deux chapitres essentiels. J'avais cinq ans en 1949 quand la guerre civile prit fin. Je me demande à quel âge j'ai su qu'elle avait eu lieu. J'étais loin de soupçonner, quand j'allais à Santorin, que certaines îles abritaient des camps de détenus politiques. Ces merveilleuses îles de l'Égée que j'aime tant, que les touristes aiment tant, furent pour beaucoup de Grecs des paysages de cauchemar. Dans mon entourage familial, personne ne s'inscrivait en faux contre les informations que je recevais par ailleurs. Mes parents se défiaient de la politique, peut-être justement à cause de la guerre civile. Ils s'en désintéressaient.

Le seul parent proche qui avait le goût de la politique était l'oncle Pétros, le mari d'Efi, la sœur de ma mère. C'était un homme renfermé. Il ne participait pas aux conversations quand il venait à la maison. Il prenait un volume de l'encyclopédie Ilios, il se mettait dans un coin et lisait jusqu'à la fin de la visite. Il avait horreur des gens qui parlent de choses qu'ils connaissent à moitié. Bien plus tard, quand la responsable du service littéraire du *Monde* me demandait si j'avais vérifié mes informations, si j'étais absolument sûr de ce que j'avançais, elle me faisait un peu penser à oncle Pétros. Je n'osais pas dire grand-chose devant lui. Je me contentais de lui poser des questions, auxquelles il répondait avec parcimonie. Il consentit une fois à m'expliquer le fonctionnement de la loi électorale qui était alors en vigueur, la proportionnelle renforcée *(éniskhiméni analoghiki)*. Ma mère le trouvait beaucoup trop modeste, elle disait qu'il aurait fait une carrière brillante s'il avait été moins perfectionniste et plus audacieux. En fait, il était importateur de pièces détachées pour voitures. Il occupait un petit bureau qui donnait de plain-pied sur la rue Chateaubriand, rue étroite au trafic intense. Il le partageait avec son associé, un homme à la santé fragile qui, au dire de ma famille, ne s'occupait que de sa santé. Oncle Pétros est mort il y a quelques années. Je l'ai vu peu avant sa mort, un été, à l'hôpital. Il n'arrivait plus tellement ni à bouger ni à parler. Il a quand même réussi à me faire remarquer qu'il était mal rasé, ça avait l'air de l'ennuyer beaucoup. Je suis revenu le lendemain avec mon rasoir électrique. J'eus les larmes aux yeux pendant que je le rasais. Je me suis sûrement très mal acquitté de ce travail. On a caché sa mort à Efi, qui était également malade. Elle est morte peu de temps après son mari.

Pétros était adhérent d'un minuscule parti de droite, fondé par Spyros Markézinis, qui avait été ministre de la Coordination économique au début des années cinquante. Je fus séduit à mon tour par cette formation, plus exactement par la personnalité de son fondateur, excellent orateur, en désaccord sur certains points avec les thèses de la droite traditionnelle. Je crois me souvenir qu'il était favorable à la légalisation du parti communiste et hostile au protectorat américain sur la Grèce — c'est lors d'un de ses discours que j'entendis pour la première fois le mot *protectorato*. Je l'aimais parce qu'il avait l'air bien seul sur la scène politique, parce qu'il était petit et plutôt laid, parce qu'il était originaire (natif, peut-être ?) de Santorin. *Hestia*, où je fis mon premier stage de journaliste, était le seul quotidien qui le soutenait. Ce journal approuva le coup d'État de 1967 et Markézinis accepta de devenir Premier ministre sous les colonels, à l'époque où ils tentèrent de se réconcilier avec le monde politique. Après le rétablissement de la démocratie, j'eus l'occasion de rencontrer un des vieux leaders de la gauche, Ilias Iliou, qui me dit quelque bien de la gestion économique de Markézinis dans les années cinquante. Son appréciation m'a apaisé, je devais probablement me sentir un peu honteux de mes choix politiques d'adolescent.

Il y a juste vingt ans que je me suis installé à Paris. Il me semble que c'était en septembre. Nous sommes en octobre, le 3 octobre 1988, fête de la Saint-Gérard. Je n'ai pas de calendrier grec. J'habitais chez des cousins de ma future femme, square de Clignancourt. Je prononçais *square* à l'anglaise. Je me souviens du téléphone de cet appartement, c'était un vieil appareil. Mes recherches de travail passaient par ce téléphone. Je le considérais avec crainte et respect. J'appris le mot *coordonnées* :

— Laissez-nous vos coordonnées, me disait-on.

Mes coordonnées ont dû figurer à cette époque sur pas mal de bouts de papier à travers Paris. En dehors de ma future femme, de quelques amis et de certains journalistes de *La Croix*, où j'avais travaillé lors de mon premier séjour à Paris, je ne connaissais pas grand monde. Sans doute devrais-je parler d'abord de ce premier séjour ?

J'avais commencé à apprécier la France. Pas à l'aimer — il était entendu que je n'aimerais jamais que la Grèce —, mais à l'apprécier. J'appréciais Prévert et Charles Cros. J'appréciais l'émission télévisée *Les Raisins verts* de Jean-Christophe Averty, *Hara-Kiri*, plusieurs dessinateurs : Chaval, Sempé, André François, Topor. Je prenais de plus en plus goût à l'humour, avec une certaine préférence toutefois pour les humoristes américains, Mark Twain, Steinberg, Thurber, Benchley. Je venais de terminer mes études, cependant je n'avais pas le sentiment que j'étais arrivé au bout de mon voyage. Je ne connaissais que très peu Paris. On nous avait tant de fois répété à l'École de journalisme que c'était presque impossible d'y trouver du travail que cela donnait envie d'essayer. Lille m'avait blessé, humilié même. Je ne voulais pas quitter la France sans avoir marqué quelques points (à mon sens, les points marqués à Paris compteraient double). Je n'avais pas envie non plus de me séparer du français. Je me rendais bien compte que l'acquisition la plus importante que j'avais faite à Lille, c'était cette langue. J'avais déjà subi son charme, en étais-je devenu amoureux ? Ce qui est sûr, c'est que j'étais devenu amoureux d'une Française. C'est aussi pour elle que je retardai mon retour en Grèce. J'habitais encore Lille quand je l'ai connue. Elle n'habitait pas Lille, ni Paris. Je devins amoureux de son écriture ronde. Elle avait des joues d'enfant. Je devins amoureux de ses joues. Je me souviens parfaitement de son manteau bleu, je crois le toucher encore, mes doigts ont conservé le souvenir de son manteau. Je lui écrivais tous les jours des lettres interminables, en français bien sûr. Avec la complicité de cette femme qui prononçait mal les *s*, le français acheva de faire ma conquête. Quand notre liaison prit fin (c'est au sujet de cette femme que mon père me parla avec une sincérité à laquelle il ne m'avait pas habitué), le dépit amoureux m'inspira une trentaine de pages écrites également en français. Je les envoyai à un éditeur parisien qui les refusa, mais m'encouragea à faire une autre tentative.

Je mis très longtemps à me remettre de la fin de cette liaison. Je me sentais incapable de faire quoi que ce soit, sauf naturellement de parler d'elle, de rêver d'elle, etc. Je finis par me révolter. Depuis, je me méfie des grands sentiments. J'eus la chance de trouver un emploi de secrétaire de rédaction à *La Croix*. Il était dit que chaque étape de ma vie serait marquée par la fréquentation d'une congrégation religieuse : celle des frères maristes à Athènes, des jésuites à Lille, des assomptionnistes à Paris. Leur présence dans le journal était plutôt discrète. On me confia la maquette de la deuxième page. Malgré mes demandes réitérées, on ne me permettait pas d'écrire. On pensait peut-être que je ne connaissais pas suffisamment la langue ? J'écrivis un petit article, le signai et le publiai au beau milieu de la « deux », sans l'avoir montré à personne. Cela faillit faire un drame. J'aurais dû me douter qu'ayant débuté par une faute professionnelle, je ne ferais pas long feu dans ce métier. Par la suite, on me laissa écrire de petites chroniques. J'envisageais de séduire la presse parisienne par l'humour. Considérais-je qu'elle en manquait ? Les textes que j'écrivais pour moi-même n'étaient pas particulièrement joyeux. Où puisais-je la certitude que j'étais doué pour le comique ? Dans le seul fait que je faisais rire jadis mes petits camarades grecs ? La rubrique qui m'intéressait le plus c'était le billet. Je lisais régulièrement Escarpit et Frossard. Je trouvais qu'ils s'inspiraient trop de l'actualité. Je persistais à penser qu'on peut écrire dans la presse sans faire vraiment du journalisme. Je me lançais parallèlement dans le dessin d'humour. Je réussis à placer quelques caricatures dans diverses revues. Quand je les vis publiées, ma joie ne fut pas moindre que celle que j'avais ressentie à Callithéa en feuilletant ce magazine pour jeunes. J'avais pris goût à l'aventure parisienne. Je m'étais lié avec Tomislav, avec Maxime. Juste avant de repartir, comme si je craignais de manquer d'attaches avec la France, je me liai de nouveau avec une Française, celle qui allait devenir ma femme. J'emportai Céline, que je venais de découvrir, et Proust, que je n'avais pas encore lu, dans mes bagages.

Dès mon arrivée à Athènes j'achetai deux machines à écrire, l'une française, l'autre grecque. Je tenais à garder le contact avec le français. Mais, rapidement, le grec reprit dans mon esprit sa place naturelle. J'avais de plus en plus de mal à rédiger les articles que j'envoyais occasionnellement à *La Croix*. Je consultais sans arrêt le dictionnaire, je doutais de la correction de mes phrases, je devenais maladroit. Je pensais en grec. Je donnais aussi des articles à des journaux athéniens : ils furent si bien accueillis que j'ai été presque déçu. Je m'étais préparé à un rude combat, et voilà que l'adversaire m'ouvrait les bras ! J'écrivais en grec avec beaucoup de plaisir et une certaine facilité que je n'avais jamais eue en français. Je suppose que j'aurais écrit plus tôt mon premier roman si je l'avais composé en grec. Serais-je retourné en France si le coup d'État n'avait pas eu lieu ? J'aurais sûrement été tenté de le faire. J'aurais probablement tenu compte du fait que le français jouit d'une audience bien plus importante que le grec. J'ai eu une liaison avec une Grecque pendant mon service, mais je ne suis pas devenu amoureux d'elle.

L'esprit de Mai 68 était encore dans l'air. La presse parisienne m'a semblé bien plus cordiale que par le passé. *La Croix* me chargea d'écrire son billet deux ou trois fois par semaine. Je fis ce travail pendant cinq ans. Je travaillais pour d'autres publications. Ma nationalité suscitait des réactions plutôt bienveillantes. Plusieurs responsables de la presse parisienne ayant fait du grec dans leur jeunesse, je n'étais pas loin de la considérer comme un avantage. Je regrettais simplement de ne pas porter un prénom plus classique, Ulysse, Achille ou Socrate par exemple. Je ne devais pas manquer d'un certain culot car, peu de temps après mon arrivée, je téléphonai au *Monde*, où je ne connaissais personne. On m'orienta vers le service étranger, à cause de mon nom probablement. J'eus au bout du fil un homme affable, qui exécrait le régime des colonels. Je lui avouai mon intérêt pour la littérature. Il demanda à voir un échantillon de mon travail et accepta, en fin de compte, de m'arranger un rendez-vous avec la responsable du service littéraire. Elle avait une vague ressemblance avec la mère de Paul. Elle me fit parler un peu. Je répondis « oui » à la plupart de ses questions. Par chance, elle ne m'en posa aucune sur le nouveau roman, que je connaissais peu et n'estimais pas énormément. Elle me demanda si j'avais lu *Don Quichotte*, ce qui me surprit. « Ce n'est quand même pas normal que je prétende avoir tout lu », ai-je pensé, et répondis que non.

— Il faut que vous le lisiez, dit-elle. Toute la littérature moderne part de là.

Elle était pressée. Il y avait plusieurs livres sur son bureau. Elle m'en remit un :

— Essayez de me faire un compte rendu de vingt lignes, dit-elle.

C'était un roman de Roger Frison-Roche, *Les Montagnards de la nuit*, de plus de trois cents pages. On aura rarement sué autant pour écrire un texte de vingt lignes. Je fis d'innombrables brouillons. Je réussis finalement à le rédiger et à le conclure, ce dont je n'étais pas peu fier, par une citation de Platon. J'ai conservé la coupure de presse de ce compte rendu, qui parut quelques semaines plus tard. J'ai gardé tous les articles que j'ai publiés. Ils occupent cinq gros classeurs gris.

Mon principal objectif était bien entendu d'écrire un roman. Je ne savais pas si j'en étais capable, je n'avais aucune idée de roman en tête, mais j'avais hâte d'essayer. Paris me donnait la possibilité de le faire en toute liberté. Je rêvais déjà de sa publication, à Paris naturellement. Pas un instant je n'ai songé à l'écrire en grec. Mon métier m'obligeait à m'exprimer quotidiennement en français. J'ai probablement eu une relation plus intime avec la langue que la plupart des écrivains étrangers vivant en France.

Je n'ai exercé le journalisme que comme pigiste, je ne souhaitais pas m'enfermer dans une rédaction. Je jouissais d'une certaine liberté, mais elle m'obligeait en fait à travailler énormément car les piges étaient bien mal rétribuées. C'était une liberté qui ne me laissait aucun répit, qui me prenait tout mon temps. Je travaillais la nuit, je travaillais les jours fériés, je n'ai fait que cela pendant des années. Le français s'est substitué à ma langue maternelle. Je n'ai nullement eu le sentiment de transgresser une loi ou d'accomplir une performance en écrivant ce roman directement en français.

Le journalisme m'a permis également de me familiariser avec le pays lui-même. Un écrivain étranger, qui est resté fidèle à sa langue maternelle, me disait qu'il lui arrivait encore de se perdre dans les rues de Paris, qu'il n'avait jamais adhéré à cette ville. Il m'a rappelé l'époque où je refusais d'admettre que je vivais à Lille. Moi je me suis laissé emporter et par la langue et par la vie de ce pays. Car j'ai dû, bien sûr, me soumettre aux impératifs de ma profession, m'intéresser à toutes sortes de problèmes, interviewer une foule de gens. J'ai fréquenté les ministères et voyagé en province. J'ai souvent dîné seul dans des hôtels-restaurants de villes de moins de dix mille habitants. J'ai visité l'usine d'incinération des ordures ménagères d'Ivry et failli m'éprendre d'une cascadeuse. Un plongeur de la Marine nationale me parla de l'ivresse des profondeurs, on me montra, à la morgue de Lyon, un cadavre disséqué. J'ai dû me renseigner sur les affaissements de terrains dans les régions minières, sur divers trafics illicites, ainsi que sur la vie de l'édition. Il ne me reste de tout cela qu'un seul mauvais souvenir : la lettre, pleine de méchantes allusions sur mon compte, qu'un grand éditeur parisien, mécontent d'un de mes articles, envoya au *Monde*. On m'en a remis une photocopie. Le moment est peut-être venu de la jeter ? Je n'ai pas rencontré beaucoup de personnages connus. Deux d'entre eux seulement, tous deux des acteurs, m'ont séduit : Michel Simon et Jacques Dufilho. Je n'ai pas d'anecdotes sur le métier à raconter. Une seule, peut-être... Au début des années soixante-dix c'était bien difficile d'avoir le téléphone. Dans un billet publié dans *La Croix*, je demandais à Georges Pompidou, alors président de la République, de me téléphoner à la maison un soir où j'aurais des amis. Vous me flatteriez énormément, lui disais-je, et vous donneriez en même temps une preuve irréfutable de votre humour. Je le priais enfin d'intervenir auprès du service du téléphone pour qu'il installe enfin une ligne chez moi. Eh bien, il le fit. J'ai exercé ce métier pendant une quinzaine d'années. J'ai connu la France bien mieux que je ne connaissais la Grèce.

Je me suis éloigné du journalisme sans drame. Je dois certainement beaucoup à ce métier. Il m'a empêché de me replier exagérément sur moi-même, m'a fait prendre l'air. Il m'a donné le goût de la description des lieux, des gens, que je n'avais pas auparavant. Il m'a permis d'acquérir certaines connaissances... J'ai appris par exemple que les numéros des Boeing commencent et se terminent par un sept parce que leur constructeur considère que ce chiffre lui porte chance. Il m'a fatigué aussi... Il m'a souvent obligé à suivre d'interminables déclarations sur des questions qui ne me passionnaient pas. Ce n'est pas seulement difficile de faire parler les autres, mais aussi, parfois, de les faire taire. Quand je me préparais pour un rendez-vous professionnel, j'avais vaguement le sentiment de me travestir. Mes interlocuteurs étaient presque toujours revêtus d'un masque. Le reportage que j'ai fait avec le plus de plaisir portait sur les gens qui parlent tout seuls dans la rue, dans le métro, ces espèces de ténors de la solitude. Je me souviens d'un clochard qui expliquait à la station Auber du RER comment on attrape le grizzly, le grand ours brun, et d'une femme d'un certain âge habillée et coiffée comme une petite fille qui se promenait sur le boulevard du Montparnasse. J'essayai d'engager la conversation avec elle, commis l'erreur de l'appeler « madame ».

— Mais je ne suis pas une dame ! me dit-elle. Je suis la petite fille !

Ses jambes étaient marquées par une multitude de plaies, de boutons. Les personnages qui me touchent ne sont pas appelés à faire la « une » des journaux. Ceux que j'ai écoutés le plus attentivement n'avaient pas forcément grand-chose à dire. L'innocence que je discernais dans leurs propos me suffisait.

Les premiers temps à Paris j'enregistrais en cachette les conversations dans les cafés, à la poste, au marché. Je collectais toutes sortes de documents, catalogues de vente par correspondance, de livres érotiques, brochures exposant les bienfaits d'un talisman, les mérites d'une voyante. Je me suis servi de tout cela pour écrire mon premier roman. C'était une parodie de divers genres de discours. Je me suis largement inspiré des faits divers de *France-Soir* pour raconter une scène de meurtre. Sa publication fut un grand événement pour moi. Je me suis souvenu de cette fête de l'Institut français d'Athènes où j'avais récité un poème déguisé en perroquet. Je me suis souvenu de Mme Aspromali, mon premier professeur de français, et de M. Philippe, qui se lavait *énergiquement* les dents sur les panneaux de l'Institut. Je me suis souvenu de mon départ pour Lille. Je fus suffisamment ému, une fois de plus, pour ne pas pouvoir articuler un mot.

Je vécus avec un certain entrain, à Paris, les premières années. J'appris le mot *foule*. J'aimais bien prendre le métro. C'est ce Paris que j'avais envie d'explorer, le Paris des self-services et des supermarchés, des voies express et des rues *embouteillées* (le mot embouteillage n'avait pas encore fait son apparition dans le vocabulaire grec), des cinémas pornos de Strasbourg-Saint-Denis, des cafés sinistres du samedi soir et des bals ratés du 14 Juillet. Malgré mon allergie à la promiscuité, je fus bien content d'habiter un grand immeuble dont la population s'élevait à environ mille personnes. Je pensais que ce Paris-là préfigurait l'avenir d'Athènes. J'étais content d'avoir pris pas mal d'années d'avance sur l'évolution de la vie en Grèce. En fait, une heure seulement sépare les deux pays, il est une heure plus tôt en France. Au cours de cette pénible période où je n'avais pas encore commencé ce récit, où je n'arrivais pas à l'écrire, je me disais que j'avais sacrifié vingt ans de ma vie juste pour gagner une heure.

J'avais oublié l'enthousiasme de mes débuts parisiens. Il a fallu que j'aille à New York pour m'en souvenir. Je fus là-bas aussi curieux des choses et des gens que je l'avais été à Paris. J'y ai passé une semaine, à la suite du voyage à Québec. Je n'ai dormi que très peu d'heures. Un matin, je trouvai un vieux Chinois en pyjama bleu dans ma salle de bains. Il me sourit. J'avais bien remarqué qu'il y avait une seconde porte dans cette pièce, sans penser toutefois qu'elle pouvait donner sur une autre chambre. Cet incident m'a réjoui. Je l'ai noté dans mon carnet. Je voulais tout voir, courais sans cesse à travers la ville. J'ai traversé une avenue sans faire attention aux voitures, sans penser aux voitures. Je n'ai pris conscience du danger qu'au milieu de la chaussée. Sur le trottoir d'en face, une grande horloge soutenue par une colonne en fer indiquait 1 h 20 de l'après-midi. « Ce n'est pas possible que je me fasse écraser à 1 h 20 », ai-je pensé. Le temps me manquait de prendre toutes les notes que je souhaitais. Les Grecs de New York sont suffisamment nombreux pour faire paraître deux quotidiens. Ils ont leurs propres bureaux de pompes funèbres. Je vis une quinzaine de Noirs en train de transporter une immense vitre, sans doute très lourde. Je me suis demandé pourquoi les tulipes plaisent tant aux New-Yorkais. Elles ont l'air de défier la nature, tant elles ressemblent à des fleurs artificielles. Je fus impressionné par la richesse du lieu. Par son sens des affaires aussi : je notai qu'on trouve pratiquement tout dans le magasin du musée d'Art moderne, y compris des balais pour les W.-C. Les entrées des immeubles étaient aussi bien gardées que des commissariats de police. Les instructions à suivre en cas d'incendie commençaient par la recommandation DO NOT PANIC. J'eus un début de vertige en regardant un gratte-ciel dans une flaque d'eau. « Les immeubles commencent comme tous les immeubles du monde, ai-je pensé, seulement ici ils ne s'arrêtent pas. » Il m'a semblé que beaucoup de gens avaient des mâchoires puissantes, carrées, magnifiques. Akoumba vint lui aussi à New York, nous déjeunâmes à Harlem, au coin de la 158ᵉ Rue et de l'avenue d'Amsterdam.

J'ai relevé le nom du restaurant : *Wilson's and Bakery*. Des écoliers noirs passèrent devant nous, conduits par des institutrices blanches. Au beau milieu de la nuit j'étais encore dans les rues. Des rayons de projecteurs traversaient le ciel. J'écoutai Jerry Lee Lewis dans un café. Tout son corps tremblait quand il jouait, ses mains ne faisaient que suivre le mouvement de son corps. Un des musiciens noirs de l'orchestre de Lionel Hampton fit le signe de croix avant d'attaquer un solo à la trompette. J'ai trouvé cette pensée imprimée sur un petit bout de papier à l'intérieur d'un gâteau sec chinois : *One cannot hide any secrets*. Au milieu des gratte-ciel, à l'extrémité de Manhattan, j'ai découvert un minuscule cube en béton surmonté du drapeau grec : c'était une église, Saint-Nicolas, construite, m'a-t-on dit, par des marins grecs. Elle m'a fait penser à la pitoyable baraque de Karaguiozis, le personnage principal du théâtre d'ombres, qui est située en face du palais du sultan.

Paris me fit oublier Athènes. La machine à écrire grecque restait enfermée dans sa boîte. La poussière s'accumulait dessus. Je n'aurais peut-être pas pu écrire en français si je n'avais pris tant de distance avec la Grèce. Avais-je conscience de cet éloignement ? J'essayais de ne pas y penser. Je ne voyais guère de Grecs à Paris, et en Grèce même je n'en voyais pas beaucoup. Je traversais mon pays en touriste. À Paris je répugnais à fréquenter les endroits touristiques. Je ne connais presque pas la butte Montmartre, au sujet de laquelle ma femme a pourtant écrit un livre. J'ai certes visité le Louvre deux ou trois fois, mais c'était surtout pour voir, ou pour montrer à mes enfants, *La Victoire de Samothrace*. Avec ma femme, nous fîmes le tour du Péloponnèse en voiture. Nous visitâmes le temple de Poséidon au cap Sounion (je le trouve bien plus beau vu du côté de la mer, depuis le bateau qui va à Tinos : ces minuscules traits blancs au sommet d'une colline

238

lointaine attirent irrésistiblement le regard ; on les voit à peine et pourtant on ne voit qu'eux). Au retour de cette excursion, nous fîmes du stop. Le Grec qui s'arrêta fut si content de rencontrer un couple de Français — il connaissait Paris et parlait assez bien le français —, que je n'ai pas voulu le décevoir. Je n'ai eu aucun mal bien sûr à me faire passer pour un vrai Français. Une fois arrivés à Athènes, il nous invita au restaurant avec tant d'insistance que ce fut impossible de refuser. J'ai dû continuer à parler en français pendant toute la soirée, et à écouter les renseignements qu'il nous donnait sur la cuisine grecque. Peut-être, pour lui faire plaisir, lui ai-je même posé quelques questions sur le tarama ou le dzadziki ? À Paris, je m'étais si bien installé dans la peau de mon personnage que la plupart du temps je n'avais pas l'impression de simuler. Cependant, chaque fois que mes parents me rendaient visite, je devenais très maladroit. Leur présence suffisait à ressusciter mon double. Je ne savais plus comment me comporter, quoi dire. J'étais capable de jouer un rôle, mais pas deux à la fois. Je m'encombrais.

— Tu trouves qu'on n'est pas assez bien pour toi, disait ma mère.

Et elle ajoutait :

— C'est vrai qu'on n'est pas assez bien, ni pour toi ni pour ton frère.

Je la vois, assise sur le canapé, la tête légèrement baissée, les mains croisées sur sa jupe. J'avais beau lui dire qu'elle se trompait, je voyais bien qu'elle ne changerait pas d'avis. Me serais-je aussi bien adapté à Paris si je ne m'étais habitué depuis mon enfance, depuis presque le commencement de ma vie, à paraître autre que je n'étais ?

La Grèce était quasiment absente de mes premiers livres. Mes personnages vivaient en France et s'exprimaient en français. Ce n'était pas nécessairement leur langue maternelle. Je préférais emprunter les mille et un détails dont j'avais besoin pour écrire mes récits à la réalité qui était sous mes yeux, plutôt qu'à celle que j'avais en mémoire et dont le souvenir commençait à s'estomper. Je n'avais pas appris encore à me souvenir. J'ai raconté plusieurs histoires d'amnésiques. À dire vrai, je n'ai remarqué que beaucoup plus tard que je parlais peu de la Grèce.

Mon premier fils était si décharné à la naissance qu'il me fit l'effet d'un vieil homme. « Il ressemblera à ce nouveau-né quand il sera vieux », ai-je pensé. Puis j'ai réalisé que je ne saurai jamais de quoi il aura l'air quand il sera vieux. C'était un matin d'août, j'ai pris un grand crème et mangé des tartines beurrées à la terrasse d'un café de Montparnasse. Je me suis rarement accordé ce plaisir, de manger des tartines beurrées à la terrasse d'un café. Le boulevard était désert. Il me semble que la chaussée était mouillée. Le ciel était d'un bleu si limpide qu'il me rappela le ciel attique. Je suis allé à la mairie pour me renseigner sur la situation des enfants d'immigrés de mère française : où font-ils leur service militaire ?

— Il choisira, quand il aura dix-huit ans, me dit la dame. Quel âge a-t-il ?

Je dus avouer qu'il venait de naître.

— Mais vous avez le temps ! dit-elle.

On se trompe toujours quand on pense avoir le temps : mon fils aîné a déjà dix-sept ans.

J'avais pris goût aux tartines beurrées, aux baguettes bien cuites, au beaujolais nouveau. J'avais pris goût aux brandades de morue, aux tartes au citron, à la mousse au chocolat. La voix pourtant aiguë de la serveuse d'un restaurant populaire résonnait agréablement à mes oreilles :

— Et une brandade pour le six, une !

Je dois avoir un peu faim. Il est treize heures dix. Je suis de nouveau à Paris. J'ai passé énormément de temps à faire et à défaire mes bagages. Combien de bouteilles d'ouzo ai-je portées d'Athènes à Paris ? Et combien de crêpes, de Paris à Athènes ? J'en achète toujours quelques-unes pour des amis, la veille de mon départ, à une crêperie du boulevard de Grenelle. Elle est tenue par des Grecs. Ils me font penser à ces Crétois du Canada qui vendent des mocassins habillés en Indiens.

Nous passions les vacances d'hiver à Cardaillac, un village du Lot, dans la maison de mes beaux-parents. J'ai le souvenir de routes enneigées, éclairées par les phares de la 4 L. On n'a jamais réussi à bien régler ces phares. La plupart du temps, ils éclairaient le sommet des arbres, comme si la voiture allait s'envoler. Les lits, dans cette maison, étaient très grands. J'appris que le mot *moine* désignait un ustensile qui servait jadis à chauffer les lits. Je réalisai une bibliothèque en trompe-l'œil, profonde de deux centimètres, au fond de laquelle je collai des dos de vrais livres. Je me servis des livres de mon beau-père, qui ne protesta pas. Je pris goût aux cèpes, aux haricots de la région et au vin de Cahors.

Le temps s'écoulait plutôt agréablement. Nous invitions beaucoup de monde à la maison. Je faisais partie de l'équipe de football formée par les locataires de l'immeuble. Nous jouions à Vincennes, le dimanche. Je suivais passionnément à la télévision les matches de l'équipe de France dont les résultats commençaient à s'améliorer sensiblement. J'aurais été bien embarrassé si elle avait eu à affronter l'équipe de Grèce en compétition officielle. Je connaissais beaucoup mieux les joueurs français que les joueurs grecs. Heureusement, cela ne se produisit pas. Je vis Platini jouer au Parc des Princes avec l'équipe de Nancy. Je profitais de l'activité culturelle de la capitale : je vis *XX* de Ronconi à l'Odéon, *La Classe morte* de Kantor au TNP, plusieurs spectacles de Peter Brook, Brassens à Bobino, tous les Buster Keaton à la Cinémathèque. Je lisais moins. Il faut croire que je cherchais dans les livres des autres les phrases que j'avais envie d'écrire, car à partir du moment où j'entrepris de les rédiger moi-même, mon intérêt pour la lecture diminua. Je lus néanmoins Georges Perec et la plupart des San-Antonio.

Par moments, je portais sur moi un curieux regard. Était-ce le regard de l'étudiant que j'avais été à Lille ? Je me trouvais décidément bien changé. Je pensais que j'imitais trop bien le comportement des Français, que je disais trop souvent « pardon ». Je remarquais que j'avais tendance, quand je parlais en grec, à jurer beaucoup. « Je dis en grec les gros mots que je n'ose pas dire en français », pensais-je. De temps en temps, j'envisageais de contacter les organisations qui combattaient le régime des colonels. « Ils vont se demander d'où je sors, qui je suis. » J'avais surtout peur d'être fiché et de ne plus pouvoir rentrer en Grèce. Chaque fois que mon regard se posait sur la machine à écrire grecque enfermée dans sa boîte, sous la table, j'avais le cafard. Je ne parlais, n'écrivais, ne pensais plus qu'en français. Je pris la décision de traduire certains de mes articles et de les envoyer à divers journaux d'Athènes. J'entendais renouer ainsi avec ma langue, assurer en quelque sorte la survie de mon double. Le journal qui les acheta le premier fut le quotidien le plus proche du pouvoir, *Eleuthéros cosmos*. « Tous les journaux publient les mêmes informations, pensais-je. Quelle différence y a-t-il entre eux ? » J'envoyai d'autres articles — ils n'étaient pas censurés car il n'y avait aucune raison qu'ils le soient : je parlais de Michel Simon, de la réédition de *Pardaillan*, etc. — jusqu'au moment où je commençai à recevoir le journal en question et à le lire... Je ne crois pas avoir vécu de pires moments. « Mais tu ne savais pas ! me disais-je. Tu ne t'en rendais pas compte ! — Comment, je ne savais pas ? » Je me souvins de mon enfance : ah, comme j'avais raison de m'exécrer ! Je songeais à ce personnage de Cavafis, disposé à servir aussi bien son pays, la Syrie, que les ennemis de son pays. Le décor de la cuisine — c'est dans la cuisine que je lus la première fois attentivement ce journal — se brouilla. Je fis part de mes sentiments au directeur de la publication et retirai mes articles. C'était en 71, peu avant la naissance de mon premier fils. Cette affaire m'a donné l'idée d'un roman policier, que j'écrivis quelques années plus tard, en français. Je n'ai plus rien écrit en grec pendant longtemps. C'est par une série de dessins politiques que je pris, enfin, position contre la dictature : ils furent publiés dans les premiers numéros de *Politika thémata*, principal organe de l'opposition lancé en 1973, et dans

To Vima. La junte tomba l'année suivante, après avoir essayé d'exporter ses méthodes à Chypre, ce qui provoqua le débarquement de l'armée turque dans l'île. Je n'ai pas pu quitter Paris à temps pour assister aux grandes manifestations populaires que déclencha la fin de la dictature. J'ai dû me contenter d'afficher dans la salle de séjour la « une » de *France-Soir*, qui annonçait l'événement sous le titre ATHÈNES EN LIESSE. J'appris le mot *liesse*.

7

Le nuage

On a soulevé une dalle de pierre au milieu de la cour de la petite église de Cardiani, et c'est par là qu'on a fait passer le mort. J'ai jeté un coup d'œil dans le trou : je vis une chambre en ciment assez vaste, vide, haute d'environ deux mètres. L'ouverture faisait moins d'un mètre carré. On a sorti le mort du cercueil pour le descendre, deux hommes le prirent par les bras, un troisième le précéda dans le trou et le tint par les pieds. On commença donc tout doucement à le descendre. Il était habillé en costume et cravate, comme les gens qui le portaient, comme tous les hommes qui assistaient à la cérémonie. Ils avaient tous un brassard de deuil. Seul le mort n'en avait pas. Les femmes, elles, étaient entièrement vêtues de noir, comme si elles avaient davantage de chagrin que les hommes, comme si la mort les frappait plus durement, elles, qui ont le privilège de donner la vie. Alors que le mort avait déjà à moitié disparu, ses mains, qui étaient restées

posées sur le bord du trou, bougèrent légèrement, entraînées par la manœuvre. On aurait
dit qu'il caressait une dernière fois la terre.
Ceux qui le soutenaient prenaient également
appui sur le bord de l'ouverture. Il y avait plusieurs mains là, si bien emmêlées qu'il était impossible de distinguer du premier coup d'œil
celles du mort. Je remarquai qu'il avait toujours sa montre.

Enfants, nous discutions de la manière dont
nous ne voulions pas mourir. Nous voulions
surtout éviter d'être mangés par les requins. Mais
je pensais que c'était presque pire de mourir
pendant son sommeil, à son insu. Je pensais
que je mourrais plutôt dans mon lit, là où je
m'étais tant fait plaisir. Mes péchés avaient le
mérite de donner un sens à ma mort, puisqu'elle
en était la sanction.

Je suis mort d'innombrables fois pendant mon
enfance. Je mourais en hiver à Callithéa et en
été à Santorin. Quand je regardais en bas de notre
terrasse, j'avais un peu l'impression d'être hors
du monde, en route vers le ciel. Lors de mon
départ pour la France, je mourus une fois de
plus. À Lille, je fis l'apprentissage de mon absence. Je mourus encore quand ma liaison avec
la femme au manteau bleu prit fin. Je n'ai cessé
depuis cette époque de m'en aller des lieux où
je vis et de prendre congé de ceux que j'aime. Je
suis pourtant incapable de penser sereinement

au voyage que je ferai sans porter ni bouteilles d'ouzo ni crêpes.

J'ai quelque difficulté à supporter l'enthousiasme inaltérable, sans faille, de certaines personnes, qu'aucune idée noire ne semble effleurer jamais. Le silence est une musique qui me convient mieux. Elle sonne plus juste à mes oreilles. En grec, la mort est du genre masculin. Il me semble que le genre féminin lui sied mieux. Je l'imagine volontiers sous les traits d'une femme relativement jeune, mais très laide de visage et extrêmement bavarde. Elle vient vers sept heures du soir pour une brève visite, mais à minuit elle est encore là, assise par terre, à parler et à fumer sans arrêt. « Elle n'a pas de mari, cette femme, pas d'enfants ? » je me demande. Je préfère les femmes mariées aux célibataires car il arrive un moment où elles sont bien obligées de rentrer chez elles. Ma visiteuse n'a apparemment personne dans sa vie : elle ouvre un nouveau paquet de cigarettes. Je suis incapable de suivre son discours, de lui trouver le moindre intérêt. Je suis incapable en même temps de réfléchir. Curieusement, je n'ai aucune envie de toucher ses seins, qui sont gros. Je sais que je ne dois pas m'endormir, que je dois absolument éviter de m'endormir en sa présence, mais je résiste de plus en plus difficilement au sommeil. Je me lève une fois de plus pour vider le cendrier, puis je reprends ma place sur le canapé. Mes yeux se ferment.

— Tu ne veux pas des spaghettis ? dis-je. Je n'ai que des spaghettis et du jambon.

Elle ne veut qu'une tranche de jambon.

— Tu as de la moutarde ? dit-elle.

Il me faut énormément de temps pour réussir à articuler ma réponse.

— Oui.

Aussitôt après je m'endors.

« C'est un lieu de mort », ai-je pensé la première fois que je me rendis chez elle. Elle me laissa seul dans le salon et disparut dans la cuisine pour préparer le dîner. Je regardai autour de moi pour essayer de comprendre d'où venait mon malaise. Il venait des murs. Ils étaient entièrement couverts, depuis le plafond jusqu'au sol, de tableaux, tableautins, affichettes, autocollants, publicités, photos, étiquettes de bouteilles, masques, vieilles cuillères, assiettes, boîtes, jouets, poupées. On ne voyait pas les murs. Il n'y avait pas un centimètre carré où le regard pût se reposer. Il était impossible d'échapper au discours de ce bric-à-brac, qui vous intimait l'ordre de vous taire, de cesser de penser, qui vous annihilait. Je voulus ouvrir la fenêtre, mais des plantes vertes en grand nombre la rendaient inaccessible. Comme il faisait nuit noire dehors, les vitres reflétaient le salon. Je connaissais peu cette femme. Elle n'était pas laide à vrai dire, et n'avait pas de gros seins. J'eus peur d'elle. J'aurais dû partir à ce moment-là. Le matin fut long à venir.

Je songe à la mort aussi souvent que quand j'étais enfant. Je crois la tenir ainsi à distance. Je m'imagine probablement qu'elle serait mécontente si je n'avais plus peur d'elle. Elle a déjà rayé pas mal de noms dans mon carnet d'adresses. Elle a emporté l'autre grand ami de mon adolescence, Yannis. Il est mort, lui, d'une overdose. Il réussissait brillamment à l'école, réussit brillamment son entrée à l'université, mais ne suivait pas les cours, ne voulut jamais s'atteler à une profession, ce genre de vie lui paraissait dépourvu d'intérêt. Ses nombreux succès féminins ne le réjouissaient pas énormément. Il partit en Allemagne et je perdis sa trace pendant de longues années. Quand je sus qu'il était rentré à Athènes, je lui écrivis. Il m'envoya une page de calendrier vierge, sur laquelle il avait simplement écrit son nom au crayon. Notre amitié nous paraissait scellée par le destin, car nous étions nés le même jour de la même année, à quelques heures d'intervalle seulement. Il me semble que j'étais de trois heures plus vieux que lui.

J'ai noté ce cauchemar dans mon carnet, un an environ avant le commencement de ce récit, il y a donc près de trois ans (nous sommes le 26 octobre, un mercredi) : nous nous trouvons dans le salon d'un magnifique hôtel particulier, revêtu d'un tapis rouge, près d'un escalier aux marches très larges, en bois sombre. Le maître de maison, un homme d'un certain âge, paraît content de nous voir d'aussi bonne humeur. Je ne distingue pas ses traits. Nous sommes quatre, deux femmes — l'une d'elles vient d'arriver — et un autre homme, dont je ne distingue pas les traits non plus (la première idée qui me vint à l'esprit quand je me suis réveillé, c'est qu'il était mon double). Je me sens parfaitement bien, je chante même, j'ai l'impression que je plais beaucoup à l'une des femmes. Nous avons envie de danser, nous descendons au rez-de-chaussée, nous espérons trouver là une chaîne hi-fi, peut-être un véritable orchestre. Je descends les marches quatre à quatre. Nous entrons dans une vaste pièce déserte, amplement éclairée, aux murs blancs. Le sol à carreaux noirs et blancs, disposés en biais, se prête bien à la danse. Tout au long du mur qui fait face aux portes-fenêtres sont placées des tables couvertes de nappes blanches, sur lesquelles il n'y a que des verres à pied posés à l'envers, des dizaines, peut-être des centaines de verres qui brillent. Il n'y a rien à boire ni à manger, ce qui me surprend un peu car j'ai nettement le sentiment que notre incursion était prévue, attendue. Nous nous approchons des portes-fenêtres fermées : elles donnent sur un jardin où beaucoup de gens sont en train de se promener. Ils se déplacent avec une extrême lenteur. Il y a des gens de tout âge, des vieillards, mais aussi des enfants. Leurs visages sont blancs, ils portent tous le même masque blanc. Nous ne les

voyons pas très bien, d'une part parce qu'il fait
sombre, d'autre part parce qu'ils évitent de s'approcher des portes-fenêtres. Ils sont persuadés
qu'ils nous font peur, que nous n'avons pas
envie de les voir de plus près. Ils nous regar-
dent furtivement. Nous devinons bien sûr qu'ils
sont morts, nous ne sommes pas effrayés cependant, nous sommes tristes, et fascinés par
cette étrange assemblée qui se meut avec grâce.

C'était vraisemblablement un hôtel particulier parisien. Je n'ai jamais vu de construction
semblable en Grèce. J'ai l'impression que Paris
est aussi présent dans mes rêves que dans ma
vie. Un seul des cauchemars dont je me souviens
se situe de toute évidence en Grèce : il commence par la visite d'un temple en ruine, qui
se trouve, bizarrement, à l'intérieur d'une immense grotte. Elle est inondée de lumière. Je
suis accompagné par une jeune femme qui me
sert de guide. Au seuil de la grotte, il y a la mer,
profonde, pleine de requins. La femme me fait
comprendre que je dois partir à la nage, jusqu'au
rivage d'en face, qui se trouve à cinq cents mètres. Je lui fais remarquer que les poissons sont
des requins, elle maintient qu'il n'y a aucun
danger. Elle me montre les gens sur le rivage,
il y a en effet du monde là-bas, elle me dit
qu'ils sont tous passés à la nage. Son argu-
ment m'ébranle, j'hésite pourtant à plonger.
« C'est quand même des requins », je ne cesse
de me répéter.

Est-ce à Paris que la mort viendra me cueillir ? Je serai peut-être à Athènes, à ce moment-là. Je sais qu'elle est capable de faire le voyage, mais avec un peu de chance, je serai déjà parti quand elle arrivera. Mes déplacements n'ont peut-être d'autre but que de la semer. J'espère secrètement qu'elle se lassera de frapper à ma porte, qu'elle jugera superflu de s'occuper de quelqu'un qui, de toute façon, n'est jamais là.

Je n'aimerais pas que la mort me surprenne à Paris : je serais bien malheureux si je ne pouvais plus jamais rentrer en Grèce. Je serais un mort bien malheureux. Peu d'enterrements m'ont autant peiné que ceux d'amis grecs morts ici : Marina, Pétros, Ionas... À l'enterrement de Marina, quelqu'un eut le mauvais goût de distribuer des tracts pour la projection d'un film sur les Cyclades. Le cercueil était en bois clair. Marina habitait la même rue que moi, je la voyais parfois le soir en train de promener son chien. Elle avait écrit une étude sur Cavafis. Je n'étais pas à Paris quand Ionas est mort, j'ai assisté à la cérémonie qui eut lieu, selon la tradition, quarante jours plus tard, à l'église grecque de la rue Georges-Bizet, un édifice prétentieux et froid. On nous servit des *koliva*, pâtisserie confectionnée pour ce genre de circonstance. Je n'avais pas envie de manger.

— Mais mange ! m'a dit quelqu'un. Ça te rappellera ton enfance !

On nous servit aussi du café. Sur le visage de sa femme je retrouvai certaines de ses expressions à lui. Il n'y avait que des amis très proches.

— J'ai l'impression que je vais le voir, m'a dit sa fille.

Personne ne pleurait. On parlait de tout, de lui, du travail de sa femme, de l'avenir de ses enfants qui sont déjà grands. Cependant son fils ne participait pas aux conversations. Il se tenait à l'écart, dans un recoin que la lumière n'atteignait pas, immobile.

Quelques années après la fin de la dictature, j'eus à nouveau la nostalgie de ma langue maternelle. Après avoir écouté l'enregistrement d'une interview que j'avais donnée en français, ma mère me dit :

— *Ma essi issé Gallos !*

« Mais toi, tu es français ! » J'ai raconté cette scène dans le livre que j'écrivis en grec. Comment aurais-je pu la raconter en français ? Et comment aurais-je pu ne pas la raconter ?

Je ne sais pas si j'écrivais le français avec bonheur, j'étais en tout cas assez heureux d'écrire en français. Les histoires que je racontais me ressemblaient. C'est à travers le français que j'avais trouvé ma façon de m'exprimer, que je m'étais trouvé. Je n'étais pas sûr de ne pas me trahir, faute d'une expérience suffisante, en écrivant en grec. Je n'écrivais même plus de lettres à mes parents. Le téléphone avait déjà mis fin à notre correspondance. Il avait appauvri notre dialogue, il nous avait rendus, en dépit des apparences, plus silencieux.

Je m'étais trouvé à travers le français et en même temps je m'étais un peu perdu. Je me reconnaissais dans mes personnages, cependant aucun d'entre eux n'était un immigré. J'avais presque oublié que je l'étais moi-même — après la naissance de mes enfants, la validité de ma carte de séjour passa de trois à dix ans. Le mot *immigré* ne me plaisait pas trop, *étranger* me paraissait plus élégant, plus rare, plus digne de moi en somme. Le français m'avait fait oublier une partie de mon histoire, il m'avait entraîné à la frontière de moi-même. Je n'écrivais en français que des histoires fondées sur le présent, ou imaginaires.

J'avais trente-cinq ans. J'eus besoin de me souvenir, de revenir au cœur de moi-même, de me raconter une histoire grecque. De parler enfin de ces objets qui n'avaient cessé de m'accompagner tout au long de mon existence et sur lesquels je n'avais rien écrit : mes valises. J'étais honteux des fautes que je commettais en grec. Influencé par le français, j'appelais les colonnes des journaux κολῶνες *(colonès)*, alors qu'elles se nomment *stèles* (στῆλες) en réalité.

J'ai essayé de me rappeler la liste des prépositions, telle qu'on nous l'apprenait à l'école, comme un poème : *ène, isse, ek i ex...* Je n'ai pas réussi à aller jusqu'au bout. J'ai téléphoné à mon frère, qui a bien meilleure mémoire que moi, il m'a dicté la liste.

J'étais curieux de voir quel genre de livre naîtrait des retrouvailles avec ma langue. Serait-il semblable à ceux que j'avais écrits en français ? Je n'ai pas l'impression qu'il soit très différent. Il doit certainement davantage à ma mémoire qu'à mon imagination. Le personnage principal masculin est un immigré grec vivant à Paris, gagné par la nostalgie. Il devient amoureux d'une femme grecque : j'eus aussi une liaison. C'est la femme qui raconte l'histoire. J'ai attribué à la narratrice bon nombre de mes souvenirs. Il me semble que ce roman porte la trace de l'émotion que j'ai ressentie quand, après tant d'années, j'ai sorti la machine à écrire grecque de sa boîte. Il ressemble pas mal, en fait, à ce récit. Je suis peut-être en train d'écrire en français un livre grec. Je découvre que je peux me souvenir en français aussi.

J'ai dû me préparer longtemps avant d'affronter la machine à écrire. Non seulement je m'étais beaucoup éloigné de ma langue, mais elle s'était elle-même éloignée de celle que j'avais apprise à l'école et pratiquée un peu pendant mon service militaire. Je devins attentif à son évolution, enregistrai les gens dans les cafés comme je l'avais fait à Paris. Je constatai, non sans agacement, qu'elle avait adopté beaucoup de mots étrangers : *botiliarisma* (embouteillage),

257

riskaro (risquer), *brossoura* (brochure), *provokat-sia* (provocation). Je ne lui pardonnais pas d'avoir eu des faiblesses pour ces mots, moi qui n'avais cessé de la tromper avec une autre langue. J'ai lu plusieurs écrivains contemporains et le général Macriyannis, héros de la guerre d'Indépendance, dont on nous avait assez peu parlé à l'école, probablement parce qu'il s'était opposé au roi en réclamant une Constitution démocratique. Cet homme qui savait à peine écrire laissa des *Mémoires* superbes de vivacité, d'ironie et de passion. Peu de Grecs ont aimé la Grèce comme lui. Je regrettais de ne pas l'avoir lu à l'époque de la dictature : son texte aurait suffi à me sortir de ma léthargie. Sur le mur de droite de mon studio parisien, à côté de la cuisinière, j'ai installé le portrait de Macriyannis, reproduction d'un dessin au crayon réalisé d'après nature : il regarde en direction de la fenêtre, d'où l'on voit la tour Eiffel. Sur le mur opposé j'ai accroché une gravure populaire qu'on trouvait jadis chez les commerçants grecs : elle est divisée en deux parties, à gauche on aperçoit l'homme qui accepte de faire crédit, à droite celui qui n'en fait pas. Le premier est maigre, mal habillé et se trouve dans un local sordide, plein de rats, éclairé par une lampe à pétrole. Le second est gros, dispose d'un coffre-fort plein, de l'électricité, du téléphone et d'une jolie peinture représentant un bateau qui vogue. On voit la même peinture sur la partie gauche de la gravure, à cette différence près que le bateau représenté est en train de couler. Je me trouve une certaine ressemblance avec l'homme qui fait crédit. C'est au cours de cette période que j'ai découvert les chansons *rébétika*. Je m'y étais déjà intéressé un peu pendant mon service militaire, j'avais rendu visite à Vamvakaris, un des chefs de file de cette musique. Il m'avait reçu en caleçon, il était en train de faire la sieste sur un canapé, dans la cuisine. À côté du frigidaire, il y avait une pile de disques 78 tours, plus haute que l'appareil, exposée à la poussière. Vamvakaris vivait très modestement, les *rébétika* et la culture populaire ne sont revenus à la mode qu'après la dictature, quand la Grèce voulut retrouver, à travers les influences qu'elle avait subies, son vrai visage. Il se servait d'un carton rigide en guise d'éventail, sur lequel il avait noté, au crayon, les paroles d'une chanson. Il est mort en 1972, on l'a enterré avec son bouzouki. Les *rébétika* de Vamvakaris, comme les écrits de Macriyannis, vont droit à l'essentiel, répondent à un besoin urgent. Sa manière de chanter est sèche et dure, on dirait qu'il prononce une sentence plus qu'il ne chante.

Je me souviens de plusieurs soirées nostalgiques passées à Paris en compagnie de musiciens grecs : Syros, Dzordzis, Moraïtis, Evghéniadis. Les verres de résiné se vidaient vite. « C'est la musique qui boit le vin, pensais-je, c'est elle qui vide les verres. » J'appris qu'on peut accorder le bouzouki en se basant sur le son produit par un *komboloï* (ce chapelet orange qui occupe les doigts des Grecs au café) quand on le heurte sur les bords d'un verre d'eau à moitié plein. Nous mangions avec délectation la soupe de haricots traditionnelle. Quelquefois notre nostalgie me paraissait excessive : « Nous rêvons de la Grèce comme si elle était à l'autre bout du monde... Si nous vivions là-bas, nous serions probablement en train de nous plaindre de la mauvaise qualité de ses tavernes, de l'incapacité de son administration, de la médiocrité de ses journaux et de sa télévision, de la difficulté de trouver dans le commerce du bois au détail et du plâtre fin. »

Les articles sur la littérature grecque que me demandait *Le Monde*, le livre sur la Grèce contemporaine qu'on me commanda, la liaison que j'ai évoquée plus haut, la traduction que fit ma mère d'un de mes livres me rapprochèrent encore de mon pays. Ma mère laissa en blanc certains passages qu'elle avait jugés scabreux :

— Tu les traduiras tout seul, me dit-elle.

J'ai pensé que le français m'avait libéré de la crainte de la choquer. Certes, elle comprenait bien ce que j'écrivais, mais elle en était sûrement moins rebutée que si elle l'avait lu en grec. En travaillant sur sa traduction j'ai senti que le moment était enfin venu d'écrire un roman en grec. Est-ce en hommage à ma mère que je l'ai fait en me mettant dans la peau d'un personnage féminin ?

Ce roman, *Talgo*, parut d'abord à Athènes. Il m'a réconcilié avec la Grèce et avec moi-même. Il m'a rendu mon identité grecque. Je pouvais désormais me regarder sereinement dans la glace.

Nous avons pris, ma femme et moi, la décision de nous quitter. C'est par courrier qu'elle m'annonça ses intentions, alors que nous habitions encore le même appartement. Les derniers temps furent difficiles : l'énervement me gagnait dès la sortie du métro ; en ouvrant la porte de l'appartement j'étais déjà hors de moi. Peut-être avons-nous commencé à nous séparer à l'époque où j'ai éprouvé le besoin de me rapprocher de la Grèce ? Si j'avais toujours préféré la présenter par son nom, au lieu de dire qu'elle était ma femme, c'est vraisemblablement parce que je tenais à préserver mon autonomie, et non par respect de la sienne. Je n'ai jamais porté d'alliance. J'étais extrêmement avare de mon temps, n'en donnais à ma famille que les rares moments où j'étais incapable de travailler, mes temps morts. J'étais presque continuellement à la maison, car je travaillais là, mais je n'étais presque jamais présent. Je ne sortais de ma chambre que pour réclamer du silence. Je me suis très vite habitué à vivre seul.

Je garde un très beau souvenir de mon mariage, qui eut lieu dans ce village du Lot. Ma grand-mère Irini, qui avait plus de quatre-vingt-dix ans, y assista. Les premières années passèrent agréablement. Puis, petit à petit, le quotidien prit le dessus, comme il sait si bien le faire. La libération des mœurs dans les années soixante-dix nous laissa quelques blessures. Il m'est arrivé de lui téléphoner en fin de journée pour lui annoncer qu'une réunion... — le genre de choses qu'on dit dans ces cas-là. Ces coups de téléphone comptent parmi mes plus mauvais souvenirs — parmi ses plus mauvais aussi, je suppose. Elle aimait suffisamment la littérature pour ne pas s'offusquer du mauvais sort que je réservais souvent aux épouses (j'en ai décapité une). Elle m'offrit comme cadeau de séparation un pot de confiture « La Solitude » — c'est le nom de la marque. Je n'ai que très rarement revisité cet appartement depuis notre séparation. J'avais l'impression que le robinet de la cuisine qui fuyait me reprochait à sa façon d'être parti — c'est moi qui changeais les rondelles en caoutchouc des robinets. La bibliothèque en trompé-l'œil était restée à sa place, en revanche le bout de baguette de pain en forme de sexe que j'avais fixé sur un mur avait disparu, ainsi que le beau cadre doré, au milieu duquel j'avais exposé, suspendues à un fil de fer, mes chaussettes. Je ne sais pas comment mes enfants vécurent cette séparation, qui se déroula, en fin de compte, sans drame apparent. Le plus jeune, qui ressemble à sa mère, me demanda de lui garder mes tickets de métro : il lui en fallait beaucoup pour confectionner je ne sais quel objet. « Il a peut-être besoin que je pense souvent à lui », ai-je écrit dans mon carnet. Ce sera à eux de raconter comment ils vécurent cela, s'ils en ont envie, un jour.

J'avais décidé d'assumer mes deux identités, d'utiliser à tour de rôle les deux langues, de partager ma vie entre Paris et Athènes. La vie solitaire me convenait pour cette raison supplémentaire qu'elle me permettait d'échapper à l'influence permanente du français. Je ne disais plus « bonjour » en me réveillant. C'était à moi de décider dans quelle langue je vivrais ma journée. Je notais en grec les courses que j'avais à faire. C'est à cette époque je crois que je pris la décision de répondre « *Embros ?* » au téléphone. Le grec m'attendrissait, me rappelait qui j'étais. Le français me permettait de prendre plus facilement congé de la réalité, de m'égarer. La possibilité qu'offre le grec d'ajouter un suffixe diminutif à chaque substantif (*psomi*, le pain, devient *psomaki* ; *paréa*, la compagnie, *paréoula*) me manquait en français, de même que me manquait en grec la construction interrogative française (l'interrogation n'est marquée en grec que par un changement d'intonation, *mange-t-il* et *il mange* se dit *troï*). J'ai traduit en français *Talgo* et traduit en grec un de mes romans français. J'ai l'impression que ce sont les passages les plus réussis qui m'ont donné le moins de mal. Il est certes fastidieux de se relire à travers une autre langue, mais pas inutile. Telle métaphore qui passe relativement bien dans l'une, l'autre la juge plus sévèrement. On finit par se rendre compte que la métaphore est tout simplement médiocre, qu'il faut la changer, ou la supprimer. J'ai beaucoup modifié le livre traduit par ma mère à l'occasion de sa réédition en Grèce, six ou sept ans après sa première sortie. Ce n'est pas la traduction qui me déplaisait, mais certains passages du texte original français. J'ai réécrit en grec à peu près le cinquième de ce livre. S'il devait être réédité en français, je le corrigerais en traduisant du grec les pages modifiées. Je finirai peut-être par ne plus savoir dans quelle langue j'ai composé certains de mes romans. Je ne faisais pas un bien grand voyage en allant d'une langue à l'autre. J'avais plutôt l'impression de me promener à l'intérieur de moi-même. Je ne considérais pas le roman que j'avais écrit en grec comme une œuvre à part, mais comme un pas de plus dans mon travail. Ainsi, quand je suis revenu au français, je ne me suis pas senti dérouté. J'ai imaginé un dîner réunissant les principaux personnages que j'ai été au cours de ma vie, et celui que je serai peut-être plus tard. C'est à Paris que j'ai situé ce dîner, c'est Paris, bien plus qu'Athènes, qui fut le théâtre de mes petites comédies. Les personnages en question sont plus ou moins tous des étrangers — je dis plus ou moins car certains d'entre eux ne se souviennent pas très bien de leur passé. Il m'était plus naturel de raconter l'oubli en français qu'en grec. Ce sont donc quelques réactions enregistrées à l'occasion de la publication de ce livre qui m'ont empêché d'écrire pendant un an et ont failli me brouiller avec le français.

Je n'ai nulle envie de me brouiller avec le français. Tant pis si certains Français ne comprennent pas qu'on puisse écrire dans une langue étrangère par goût, délibérément. Tant pis s'ils considèrent que les ouvrages écrits par des étrangers en français ne méritent l'attention que s'ils garantissent le dépaysement. Tant pis si je dois m'entendre poser, jusqu'à la fin de mes jours, la question :

— Ah bon ? Vous écrivez en français ?

Même chez mon éditeur, on m'a déjà demandé, après lecture d'un manuscrit, à l'abri des oreilles indiscrètes :

— Tu ne t'es fait aider par personne ?

Tant pis si l'on désapprouve mes allées et venues entre deux langues, si l'on y voit le signe d'une déplorable légèreté. Je continuerai à écrire en français tant que j'en aurai envie — tant que je vivrai dans ce pays, probablement. Il se peut que je doive un jour me séparer de cette langue, il se peut que ce jour soit proche. Mais il n'y a aucune raison qu'on se sépare en mauvais termes. Je suis incapable de dire après toutes ces années où j'ai vu défiler devant mes yeux tant de mots français, souvent écrits de ma propre main, où j'ai entendu tant de mots français, ce que le français m'a apporté exactement. Je pense que c'est beaucoup. Je lui dois mes romans — mais il me les doit aussi. Je sais bien qu'ils ne représentent rien au sein de cette formidable montagne de livres qui sont produits tous les ans en France. Ce rien c'est cependant ce que je pouvais faire de mieux.

Aucun de mes textes n'a jamais été traduit en français par un autre que moi : c'est la seule expérience qui me manque dans ce domaine. Dois-je me mettre en quête d'une traductrice ? À quoi ressemblerait un texte français signé par moi mais écrit par quelqu'un d'autre ? J'ai vécu l'expérience inverse : un de mes romans, le dernier, a été traduit en grec par une traductrice professionnelle. J'eus un sentiment étrange en lisant la version grecque : elle était très fidèle, et en même temps tout était légèrement différent. Je reconnaissais chaque phrase, mais je ne reconnaissais pas ma main. C'est probablement ma lassitude qui vient d'engendrer cette question : si j'avais deux traductrices, l'une en Grèce, l'autre en France, serait-il encore nécessaire que je continue à écrire ? Ne pourraient-elles pas s'arranger entre elles ?

Une fois de plus, je me sens, en effet, un peu fatigué. Il est huit heures vingt du matin, le 6 novembre. J'espérais avoir terminé pour le 2 novembre, qui était, si je puis dire, le deuxième anniversaire de ce récit. Je ne sors presque pas de mon studio, depuis deux mois environ, sauf pour faire les courses et aller une fois par semaine à la Maison de la radio. L'émission à laquelle je suis convié est animée par Bertrand Jérôme et Françoise Treussard : je trouve qu'on ne profite pas assez de ses écrits pour dire du bien de ses amis. Au sein de leur équipe, sur laquelle plane l'esprit de Georges Perec, je retrouve certains de ceux qui m'ont fait apprécier la France quand j'étais encore étudiant : Jean-Christophe Averty par exemple, et Gébé, l'ancien rédacteur en chef de *Hara-Kiri*. J'allume régulièrement la télévision pour me détendre. Que vois-je ? Un flic, une blonde, un flic, une blonde, voilà ce que proposent les chaînes, un flic, une blonde, le bâton et la carotte, en somme. Il m'est arrivé de regarder cinq journaux télévisés dans la même journée, alors qu'il ne s'était rien passé d'important dans le monde. En Grèce, le journal télévisé me choque plus que le reste du programme : on sent que les présentateurs ont peur de déplaire au pouvoir, qu'ils ont conscience qu'un mot de travers pourrait leur coûter leur place. Ils parlent faux. Le français artificiel qui résulte du doublage des séries américaines (« Cette affaire s'est avérée très

enrichissante pour moi », déclare un personnage) m'agace presque autant que la mention
LIGHTS sur les paquets de cigarettes grecques.
La plupart des marchands de tabac ne connaissent pas le sens de ce mot et sont très étonnés
quand on leur demande, en grec, des cigarettes
légères *(élafria)*. Dans le meilleur des cas, ils
questionnent :

— Vous voulez dire des *lights* ?

Les mots s'agitent dans mon esprit à la manière des boules dans la sphère transparente du
Loto. J'ai des maux de tête de plus en plus fréquents. J'ai relevé cette phrase dans un film de
guerre américain vu à la télé : « La résistance du
corps humain a ses limites, même chez un gars
du Minnesota. » Je me distrais également en faisant des réussites. Je note chaque fois le résultat
sur une ardoise : j'ai joué deux cent une parties
en deux mois, et gagné quatre-vingt-dix-huit
fois. J'ai mis longtemps à remarquer que la plupart des figures, tous les rois notamment, regar-
dent de côté, et que seuls le valet de pique, la
dame de pique et la dame de cœur me dévisa-
gent. Ce jeu de cartes vient d'Allemagne, mes
multiples voyages dans ce pays ont abouti à la
publication d'un de mes livres chez un petit
éditeur de Cologne spécialisé dans la littérature
grecque. Je lui rendis visite à la Foire de Francfort où il tenait un stand, je m'assis à côté d'un
grand portrait de Cavafis. Une photographe ex-

trêmement pressée passa par là, jeta un coup d'œil au portrait puis à moi, elle remarqua que je portais le même genre de lunettes à monture noire que le poète car elle me demanda :

— Monsieur Cavafis ?

Avant que j'aie eu le temps de lui répondre — le poète est mort en 1933 — elle m'avait photographié et avait disparu. J'imagine qu'une agence de photo possède désormais mon portrait avec la mention « M. Cavafis à la Foire de Francfort ».

J'appris la victoire de Mitterrand aux dernières présidentielles en revenant d'un autre voyage en Allemagne, dans l'avion. La France égoïste, méfiante et dure que représentait son rival n'était donc plus majoritaire dans le pays. J'ai célébré l'événement en buvant plusieurs coupes de champagne. Je fus ravi de constater que l'hôtesse de l'air partageait ma joie. J'ai pensé à cette femme maghrébine que j'avais vue au journal télévisé en train de hurler :

— La France m'a trahie ! La France m'a trahie !

Le CRS qui avait tué son fils venait d'être condamné à six mois de prison par la cour d'assises des Bouches-du-Rhône. J'ai commencé ce texte peu après l'expulsion par charter de cent un Maliens, je suis content de le finir sous un autre gouvernement.

Il m'est extrêmement difficile de parler de politique. Les mots adéquats me font défaut. Malgré mes efforts (j'ai lu ces dernières années trois ou quatre ouvrages sur le capitalisme), mon esprit refuse de s'intéresser *réellement* à ces questions. Un rien le dissipe. Quand je me hasarde à parler de politique, j'ai l'impression d'entendre un enfant, tant mes phrases sont naïves. Il est une autre raison qui m'empêche d'exprimer les vagues idées que j'ai dans ce domaine : je suis désireux d'éviter les conflits avec les autres. Pour la même raison, j'évite habituellement de les juger. Je ne suis pas assez convaincu de mon innocence pour m'ériger en juge, ni suffisamment en paix avec moi-même pour déclencher des hostilités.

Ma mémoire a parfaitement retenu mes lâchetés. Mon souci de bien me faire voir était tel, quand j'étais enfant, que je dénonçai à un frère mariste deux camarades qui fumaient :

— Ils fument ! lui ai-je dit.

Je fus très déçu, d'une part parce qu'il le savait, d'autre part parce qu'il n'a pas eu l'air d'apprécier mon attitude. J'ai eu honte, bien sûr, sinon l'incident n'aurait pas survécu à tant de décennies. Je me souviens également que j'ai enregistré sans broncher les propos royalistes d'un chauffeur de taxi athénien qui me conduisait chez mes parents, les déclarations racistes du gardien de l'immeuble parisien où j'habitais auparavant, un alcoolique, ancien gendarme, aujourd'hui décédé, et les réflexions xénophobes que fit le syndic de l'immeuble où j'habite aujourd'hui lors d'une réunion de copropriétaires. J'ai parfois l'impression que ma mémoire est contre moi. Chaque fois que j'évite d'exprimer une opinion opposée à celle de mon interlocuteur, je suis sûr qu'elle prend note de ma couardise, qu'elle va me la rappeler plus tard. Je dois admettre qu'elle a également enregistré mes colères, mais je ne suis pas très fier de ce genre de réaction non plus. Mes cris résultent de mes silences, ce ne sont que des silences bruyants ! Du reste, je ne me mets généralement en colère que contre mes parents et mes enfants.

Toutefois, les discussions sur le cinéma ou la littérature me font facilement perdre mon calme. Je me souviens d'un débat houleux avec des cinéastes grecs à qui j'avais reproché de puiser systématiquement leurs sujets dans le passé, de l'Antiquité jusqu'à la guerre civile. Le passé de la Grèce est tel que le présent paraît forcément un peu fade. Je préfère pour ma part la moindre œuvrette ou se reflète quelque chose de la vie actuelle à n'importe quel film d'inspiration historique ou mythologique. Je préfère le spectacle que m'offre le Dolce à la énième mise en scène d'*Antigone*. Hélas, les marchés étrangers, sans lesquels le cinéma grec ne peut survivre, attendent justement de la Grèce des personnages forts, mêlés à des drames exceptionnels. C'est dire que les cinéastes sont puissamment incités à se désintéresser d'eux-mêmes. Je me souviens que certains membres du jury du festival des Trois Continents de Nantes s'étaient opposés à l'attribution du premier prix à un film de Taiwan parce qu'ils jugeaient que son caractère chinois n'était pas assez évident ! Il n'y avait en effet aucun folklore dans ce film, qui racontait plaisamment les péripéties de trois jeunes gens en milieu urbain. Je me battis comme un diable pour lui obtenir le prix, ne réussis qu'à moitié, mais le film ne fut pas distribué (cela s'appelait *Les Garçons de Feng-Kuei*, et le réalisateur Hou Hsiao-hsien).

Plus jeune, je m'emportais fréquemment contre les serveurs des grands restaurants. Je les soupçonnais de me traiter moins bien que leurs clients habituels, de me considérer comme un intrus. Ai-je souffert de ne pas appartenir à une classe plus aisée ? J'ai détesté un camarade de Callithéa qui refusa de me prêter son vélo, un autre de Lille qui ne me prit pas dans sa voiture. Je faisais de mon mieux, quand j'étais invité chez des amis fortunés, pour séduire l'ensemble de la famille. Ma grand-mère paternelle eut les mêmes difficultés que ma grand-mère maternelle à élever ses enfants après la mort de son mari.

— Quand nous habitions en Grèce du Nord, me dit mon père, elle transforma notre appartement en magasin et mit en vente toutes nos affaires.

Mes parents ont choisi une bien mauvaise période pour mettre au monde leurs enfants : mon frère est né le jour même où l'Italie déclara la guerre à la Grèce, moi pendant l'Occupation. Plusieurs dizaines de milliers de personnes sont mortes de faim à Athènes au cours de ces années. Je ne me souviens pas d'avoir eu faim, je me souviens par contre que nous mangions des choses que nous n'aimions pas. Nous nous mettions à table à contrecœur. Nos vêtements étaient confectionnés par ma mère à partir de tissus de récupération, vieux rideaux de théâtre, vieux draps. Elle confectionnait également nos sous-vêtements, des caleçons larges, bouffants, serrés aux cuisses par des élastiques, dépourvus d'ouverture. Vers dix ans j'ai mis pour la première fois un vrai caleçon. J'ai pensé que l'ouverture qu'il avait sur le devant était sûrement une invention de Satan. Nous avions pourtant une bonne, Maroulio, une des filles de Katérina, cette femme qui s'occupait de mon frère et de moi à Santorin et nous racontait des histoires. Katérina était encore plus pauvre que nous, toutes ses filles ont dû travailler comme bonnes à tout faire à Athènes. Maroulio vivait à la maison, elle était un peu plus âgée que mon frère. Il faut croire que c'est le sort des Cyclades de toujours servir les autres : avant-hier ses enfants travaillaient chez les riches

Grecs d'Istanbul, hier chez les petits bourgeois d'Athènes, aujourd'hui ils servent les touristes.

On croit volontiers en Grèce que tous ceux qui sont partis à l'étranger ont commencé leur carrière en faisant la vaisselle. En ce qui me concerne, c'est un peu vrai : j'ai fait pendant un an la vaisselle au restaurant universitaire de Lille. Je crois que le salaire horaire était de l'ordre de deux ou trois francs — peut-être d'un franc soixante-dix ? En fait, la vaisselle se faisait toute seule, les plateaux et les couverts passaient sous une pluie d'eau bouillante. Nous n'avions qu'à les essuyer. Les vapeurs étaient si denses que nous nous voyions à peine les uns les autres. Une femme d'un certain âge travaillait en soutien-gorge, elle avait de très gros seins. Il y avait une autre femme, plus jeune, avec laquelle je fis l'amour. Elle m'annonça qu'elle allait se marier le lendemain, je ne sais pas si c'était vrai ; en tout cas elle ne revint pas au restaurant universitaire. L'homme s'appelait Roger, son crâne nu était couvert de croûtes jaunâtres. Il y avait aussi une étudiante, elle était issue d'une famille très riche, elle venait là juste pour s'endurcir.

Certains amis s'étonnent que je vive à Paris dans un studio aussi exigu.

— À ton âge ! disent-ils.

De combien de mètres carrés doit-on disposer à mon âge ? De quarante-quatre ? J'aurai bientôt quarante-cinq ans. Mon studio me rajeunit à peu près de moitié. Quelquefois je rêve d'un appartement où je pourrais installer une table de ping-pong et un billard. D'un appartement où je pourrais faire les cent pas. Ici, je suis obligé de tourner en rond. Si j'avais effectué en ligne droite tous les pas que j'ai faits autour de ma table depuis le commencement de ce travail, j'aurais sûrement passé une frontière, je serais en Suisse, peut-être même en Italie du Nord ! Dans *Citizen Kane* un personnage affirme qu'il n'est guère difficile de gagner de l'argent quand on le veut vraiment, quand on a cet objectif. Je n'ai jamais eu cet objectif. Le genre de vie que j'ai mené m'a donné le goût des petites économies : je n'utilise qu'une mesure de papier hygiénique pour nettoyer le filtre de ma pipe. Quand je jette un citron c'est qu'il n'y a vraiment plus rien à en tirer. Tous mes couverts je les ai volés au cours de diverses réceptions, ou dans des restaurants. Il m'est arrivé également d'emporter des verres, des assiettes. Dans une brasserie près de la Bastille, j'ai littéralement débarrassé la table après avoir dîné. Le goût des petites économies m'insupporte pourtant chez les autres, à commencer par mon père, qui a par exemple horreur qu'on gaspille l'eau. Je l'ai surpris un jour, dans un parc d'Athènes, en train d'essayer de fermer une fontaine publique. Il m'insupporte également chez beaucoup de Français : j'avais été atterré à Lille en voyant que les gens ne jetaient pas leur cigarette à l'entrée des cinémas, mais gardaient leur mégot pour le rallumer à la sortie. J'avoue qu'il est trop facile de se moquer de l'esprit d'économie des Français. Je voudrais juste dire deux mots des mains de Jean-Christophe... Elles étaient posées sur la table du restaurant.

— Je crois que c'est mon tour de payer, dit-il quand on nous apporta l'addition.

Je ne fis aucune objection car j'avais toujours réglé nos déjeuners. Alors je vis ses mains partir à la recherche de son portefeuille, de son chéquier. Mais elles reculaient si lentement sur la table que leur mouvement était à peine perceptible. On aurait dit deux moribondes, absolument exténuées. On aurait dit qu'elles avaient peur d'arriver au bord de la table, de s'en détacher, d'affronter le vide.

J'ai commencé à utiliser un carnet de notes vers quarante ans. Je ne notais presque rien auparavant, je me fiais à ma mémoire. J'avais tort, car en rédigeant ce texte je me suis aperçu que des périodes entières de ma vie s'étaient presque effacées. Il m'a fallu parfois plusieurs jours de réflexion pour retrouver le climat d'une époque, pas forcément très ancienne. Je ne saurai probablement jamais à quoi la bague de l'épicier de Cardiani, ornée d'une pierre rouge, a failli me faire penser. Si j'avais su que j'aurais à raconter tout cela un jour, j'aurais vécu plus attentivement.

Mon père a perdu à deux reprises la mémoire, pas longtemps, mais il l'a perdue. Ça lui est arrivé dans la rue, il ne savait plus où il habitait. Il continue de jouer au théâtre, mais il a bien du mal à apprendre ses rôles. Ma grand-mère Katina oubliait à tel point qu'elle relisait perpétuellement le même livre, sans s'en rendre compte, quand elle séjournait à la maison. C'était un roman de Jules Verne, qui l'amusait beaucoup, *Un billet de loterie*, en traduction grecque. J'ai revu récemment ce livre chez mes parents, à Athènes. Je le lirai peut-être, je suis curieux de savoir pourquoi ma grand-mère l'aimait tant. Mais peut-être l'ai-je déjà lu ? J'ai perdu aussi la mémoire, une fois, un très bref instant, l'endroit où je me trouvais m'a semblé totalement inconnu, j'étais pourtant chez moi.

J'ai puisé beaucoup de choses dans ce carnet, rédigé moitié en grec, moitié en français, notamment dans les notes prises au cours de certains voyages. Je vais le feuilleter une dernière fois. Peu de temps avant la mort de tante Efi, ma mère me dit au téléphone : « Elle est très affaiblie, très pâle, on ne voit plus que ses yeux. » Je connais plusieurs jolies blondes de trente-cinq ans qui ont eu une liaison avec un homme marié pendant sept ans. J'aime bien les lieux communs, les expressions toutes faites, les clichés : ce sont les places assises du langage. Je me demande pourquoi je prends ces notes en grec : mais n'est-ce pas ma langue ? Je crois avoir plus de plaisir à caresser une femme de la main droite que de la main gauche. Je suis fâché de voir vieillir mes parents, je leur en veux, ils m'annoncent mon visage de demain. Je me souviens d'un journaliste qui faisait des collages en découpant le magazine qui l'employait ; il passait ses dimanches à mettre en pièces son travail de la semaine. La glace est fixée au mur un peu plus bas qu'il ne faut : ce n'est qu'aujourd'hui que je me suis souvenu que je l'avais installée là pour Maria ; elle est fixée à la hauteur de Maria. Ma vie est tordue comme le fil du téléphone. Un homme qui avait l'air d'un banquier s'est assis à côté de moi dans l'avion : « Je vous dérange ? — Non, non, lui ai-je dit, vous ne pouvez pas me déranger. » Anna voudrait venir à Paris, elle aimerait qu'on dépense une fortune en une nuit : à quelle fortune fait-elle allusion ? J'espère qu'il s'agit de la sienne. Un père, excédé par l'incapacité de son fils à effectuer un calcul, lui donna une grande claque sur la tête, comme on tape sur un vieux poste de radio pour le remettre en marche. Que dire du paysage, sinon qu'il est vert ? De temps en temps, au milieu de ces plaines sans fin, surgit un bout de rocher nu, complètement nu : j'ai l'impression que la nature fait un clin d'œil au Grec que je suis. Il n'y aura qu'une seule femme au dîner, la maîtresse de maison, aucune autre ! Mais on va s'ennuyer à mourir ! Qu'est-ce qu'on va faire, on va discuter ? Je n'ai pas le courage de discuter à cette heure-ci, je n'ai rien à dire, aucune question à poser. N'y a-t-il pas moyen de retenir Erika ? C'est une magnifique blonde, elle tient sa fille dans les bras, une mignonne petite fille. Non, elle doit rentrer coucher la petite. D'accord, mais après ? Elle ne va quand même pas passer encore une soirée en tête à tête avec son mari ? Elle sera contente d'y revenir, et son mari aussi sera content de rester un peu seul, il a sûrement besoin de se retrouver seul de temps en temps. À Barcelone, j'ai découvert un appareil qui évalue le tempérament sexuel (il suffit de mettre son doigt dans un trou, une pièce dans une fente). Il comporte cinq degrés : PURO HIELO, CÁLIDO, ARDIENTE, TODO FUEGO, EXPLOSIVO SEXUAL. Je ne l'ai pas essayé. Je me demande si l'on se fatigue davantage quand on est dans un ascenseur qui monte que dans un ascenseur qui descend.

À Sifnos, les villages sont construits au sommet des montagnes, qui ne sont guère hautes. Comme ils sont tout blancs, ils ont l'air de petits nuages, qui se sont arrêtés là pour se reposer. Les objets exposés à la devanture des magasins touristiques de Tinos — fausses icônes, gourdes en plastique pour les pèlerins, bateaux et mitraillettes pour les enfants — ne présentent aucun intérêt, examinés séparément.

Cependant, tous ensemble, entassés dans des paniers ou sur des rayonnages, ils composent une image vivement colorée d'une indéniable beauté. Elle est encore plus belle la nuit, sous le puissant éclairage de plusieurs projecteurs.

Au milieu de la piste complètement déserte d'un aéroport, je vis une double échelle, à cinq ou six échelons. Il n'y avait que cette échelle, et un nuage dans le ciel, juste au-dessus. On aurait dit qu'elle avait été posée là par quelqu'un qui espérait atteindre le nuage, mais qui ne se rendait vraiment pas compte de la distance.

Depuis deux mois je ne cesse de promettre à mes enfants que je les emmènerai au restaurant aussitôt que j'aurai fini. Je vais les inviter ce soir. Ils ont suffisamment attendu, il me semble. Et moi aussi d'ailleurs.

Épilogue

Mi-novembre. Il fait un temps très doux pour la saison. Le ciel est complètement dégagé. Quatre tricots de corps blancs sèchent sur le fil tendu à travers ma fenêtre, sur fond de ciel bleu. Je regarde les toits gris et les cheminées orange. Vers la droite, j'aperçois le clocher de l'église Saint-Léon. Une dame grecque, de religion catholique, amie de mes parents, fait dire des messes pour son père disparu à un prêtre français, installé dans l'Aude. Pense-t-elle que les prêtres français bénéficient d'une meilleure écoute de la part du Seigneur ? C'est moi qui sers d'intermédiaire, qui envoie l'argent au prêtre.

Je me suis promené ce matin. Des affichettes annoncent un peu partout l'arrivée du beaujolais nouveau. J'aurais sûrement la nostalgie du beaujolais nouveau si je quittais la France. Je ne regretterais pas les croissants, car ceux du Dolce sont excellents. Les produits grecs que j'achète à Paris sont souvent meilleurs que ceux que je trouve à Athènes. C'est vrai du tarama, de la féta (on ne dit pas *le* féta), mais pas du moussaka (on ne dit pas *la* moussaka).

Il est trois heures et demie de l'après-midi. À l'Uniprix qui fait l'angle du boulevard de Grenelle et de la rue du Commerce, on vend déjà des décorations pour les arbres de Noël. J'ai songé à cet instant précis de la nuit de Noël où nous étions enfin autorisés, mon frère et moi, à pénétrer dans la cuisine. Cela se passait dans la cuisine. Tout un coin de la pièce était recouvert de papiers d'argent multicolores. Il n'était éclairé que par des bougies. Il n'y avait pas d'arbre de Noël, juste les papiers d'argent, les bougies et les cadeaux, de petits cadeaux, des images — je me souviens surtout des images imprimées sur du papier glacé. C'est mon père qui s'occupait des cadeaux, qui décorait la cuisine. J'ai acheté deux crayons-feutres noirs dont j'ai besoin pour corriger le manuscrit et je suis sorti du magasin du côté de la rue du Commerce. Je me suis souvenu que j'ai mangé pour la première fois une cervelle au beurre noir dans le restaurant Le Café du Commerce, situé dans cette rue, lors de mon premier séjour à Paris. En allant à la poste, j'ai vu dans la vitrine d'une papeterie des santons de Provence. J'en avais acheté quelques-uns lors d'un voyage dans le Midi. Ils m'ont remis en mémoire le spectacle que j'avais sous les yeux de la terrasse de Santorin, le quai, les *agoyatès*, les ânes... Il y avait justement un âne parmi les santons.

Je n'avais pas pris le métro depuis un bon mois. J'ai été content de voir du monde. J'ai jeté un coup d'œil dans le livre que tenait ma voisine. J'ai lu cette phrase, que j'ai aussitôt notée dans la marge de mon journal : « Les trois médecins à l'uniforme crasseux s'assirent autour d'une table branlante. » J'ai été surtout content de déjeuner avec cet ami qui m'avait demandé, bien avant que je ne commence ce récit :

— Dans quelle langue tu te comprends le mieux ?

Je crois que je suis plus attaché à Paris que je n'ai jamais voulu l'admettre. Si je vivais à Athènes, je prêterais probablement la même attention aux informations concernant la France données par le journal télévisé, que je prête à présent aux nouvelles de Grèce. Je serais curieux de savoir quel temps il fait à Paris, comme je suis curieux du temps à Athènes — hélas, les présentateurs de la météorologie sur les chaînes françaises ont la fâcheuse habitude de se placer sur la droite de l'écran, ce qui fait qu'ils masquent la carte de la Grèce. Comment pourrais-je être indifférent à l'évolution du chômage en France, alors qu'il risque de toucher des personnes qui me sont chères ? Depuis quelques années, certaines nuits d'hiver, une camionnette vient distribuer de la soupe sous le

pont du métro, boulevard de Grenelle. Elle at-
tire beaucoup de gens, des ombres qui sur-
gissent de partout. Je me souviens d'un jeune
chômeur, père de famille, interviewé à la télévision, qui avait une grosse verrue sur la joue.

« Il n'a pas les moyens de se la faire enlever »,
ai-je pensé. Je songe souvent à la petite foule
réunie autour d'une camionnette par une nuit
d'hiver et à l'homme au visage déformé par une
verrue. J'aimerais pouvoir décrypter ces étranges graffiti décoratifs que je vois notamment dans
le métro. J'ai l'impression de connaître mes enfants depuis que je suis né.

Je crois que je suis à la fois mieux et moins
bien en France que je ne le pensais. Il m'était
difficile d'admettre en effet que j'avais vécu
presque en étranger une aussi grande partie de
ma vie. Mais il me semble que j'ai vécu en
étranger mon adolescence aussi, et mon enfance. Il n'est pas indispensable de changer de
pays pour se sentir seul.

Je crois que le moment est enfin venu d'achever ce livre. Je ne cesse de me répéter depuis un
moment qu'aucun lecteur n'a besoin de savoir
sur moi plus de choses qu'il n'en sait sur lui-
même. Il est six heures et demie du soir. Les
tricots ne sont pas encore secs. J'ai fermé la fenêtre. Parfois j'ai l'impression qu'il n'y a aucune
distance entre Athènes et Paris. Il m'est arrivé
de rencontrer des Grecs qui me faisaient irrésis-

tiblement penser à certains Français que je connais. « Ils ont leur double sans le savoir », ai-je pensé. Je suis pour ma part mon propre sosie. Ma fatigue est peut-être due aux efforts que je fournis depuis longtemps pour conquérir une nouvelle identité sans perdre l'ancienne. Je fus extrêmement troublé en lisant à la « une » d'un journal athénien ce titre : « *Mais enfin qui est M. Alexakis ?* » Il s'agissait en fait d'un officier du Service des renseignements impliqué dans une sombre affaire. Il m'arrive de me tromper de lieu, et d'acheter à Athènes des produits — du sucre par exemple — dont j'ai besoin à Paris. Il m'a semblé quelquefois que la ligne de métro Gallieni-Levallois s'appelait Cardiani-Levallois.

J'ai du mal à conclure. J'appréhende le moment où j'aurai terminé. La distance entre les deux villes me paraît en même temps énorme. La sonnerie du téléphone est différente d'un pays à l'autre. Les tricots auraient séché depuis longtemps à Athènes. Mes allées et venues incessantes m'ont empêché de m'habituer complètement aussi bien à Paris qu'à Athènes. Il m'arrive encore de commettre des hellénismes en français, en appelant par exemple les assiettes creuses, assiettes *profondes*, ou les montures de lunettes, *squelettes* de lunettes. J'ai toujours du mal à trouver la lettre *u*, qui n'existe pas en grec, dans le dictionnaire. Aujourd'hui, Athènes me surprend un peu plus que Paris. J'écrirai probablement en grec mon prochain livre. La musique de ma langue maternelle me manque : c'est probablement pour cette raison que j'ai éprouvé le besoin de mentionner tant de mots grecs tout au long de ce récit. J'espère que le lecteur en aura retenu quelques-uns, qu'il aura au moins appris que *dèn xéro* signifie « je ne sais pas ». Cela me ferait plaisir. Oserai-je lui suggérer qu'il devrait remplacer *fast food* par *tachyphagie*, qui figure dans le Robert, mais uniquement en tant que terme médical ? Cela me ferait encore plaisir. La musique du grec me manque comme me manquerait celle du français si je ne devais plus rien écrire dans cette langue après cet épilogue.

Je ne souhaite pas me fixer. J'ai aussi la nostalgie des pays que je n'ai pas visités, des villes que je n'ai pas traversées, des femmes que je n'ai pas connues. Hélas, je me sens bien incapable d'apprendre une troisième langue. Le français a absorbé toutes mes capacités dans ce domaine. J'ai même oublié le peu d'anglais que je savais.

C'est un autre jour. Le ciel est gris. Les tricots sont presque secs. Je crois que j'éprouverai le besoin d'acheter des vêtements neufs aussitôt que j'aurai terminé — j'ai repéré dans une vitrine une chemise très colorée — et de passer une nouvelle couche de blanc sur les murs de ce studio. Puis j'irai à Athènes pour essayer de un film. C'est vraisemblablement le dessin d'humour qui m'a conduit au cinéma, comme il a conduit d'autres à la bande dessinée.

Que pourrais-je ajouter ? Katérina est morte. C'est ma mère qui me l'a appris il y a quelques jours par téléphone.

— Tu te rends compte ? a-t-elle dit. Katérina !

— Oui, ai-je dit. Je me rends compte.

Le Belge est sorti de l'hôpital de Namur, il s'est installé à Lorient, en compagnie d'une femme. Je voulais me renseigner sur Philarète, qui croisait Anacréon au niveau de notre maison à Callithéa, mais je n'ai pas le courage de le faire. Je n'ai nulle envie en fin de compte de lire les lettres que j'écrivais de Lille à mes parents. J'en ai emporté quelques-unes à Paris, mais je ne les lirai pas. Peu de temps après me les avoir rendues, ma mère a défait le collage qu'elle avait confectionné au fil des ans sur un mur de la cuisine, composé de divers souvenirs. Elle me les a remis également, à ma demande ; ils sont ici, dans un dossier : il y a plusieurs photos, dont une photo d'elle prise à l'époque où elle avait une vingtaine d'années, un télégramme qu'elle reçut lors de sa fête, des fleurs séchées que lui envoya ma femme, un billet du Théâtre de la Madeleine, une boucle de cheveux d'un de mes enfants attachée à un ticket de métro avec une épingle, le col d'une chemise rouge que j'ai portée adolescent, une image pieuse, quelques lignes écrites par mon fils aîné (« *Madame*

Pinkerson arriva en retard à la messe »), un message plein de fautes d'orthographe rédigé par la femme de ménage, une cuillère en plastique d'Olympic Airways, des coupures de presse, une photo du square de Clignancourt, des pages de calendrier sur lesquelles elle a noté des réflexions plutôt amères. Je comprends qu'elle se soit lassée de regarder tout cela, qu'elle ait eu envie de tourner la page.

C'est à Athènes que j'ai su comment je finirais ce récit. J'étais dans mon studio. Je comptais travailler mais les idées ne venaient pas. Je marchais dans la pièce, qui est à peine plus grande que celle de Paris. C'était la nuit. La porte-fenêtre était ouverte. J'avais disposé sur le bureau un petit tas de feuilles blanches, éclairé par une lampe modèle architecte. Aucune autre lumière n'était allumée. J'ai préparé un café dans la cuisine, puis je suis revenu dans la pièce. J'ai failli lâcher la tasse de café : la feuille blanche du dessus était entièrement rédigée ! Elle était couverte de signes noirs. Je me suis approché de la table, j'ai posé la tasse, je me suis assis. C'étaient des insectes, des centaines de minuscules insectes que la lumière avait attirés là. Ma présence, ma respiration, dut les alarmer, car ils commencèrent à descendre du tas de feuilles pour se disperser sur la table. Ils avaient des ailes, mais se déplaçaient sur leurs pattes, sans se presser. Ils me firent penser à

des acteurs qui quittent la scène après la représentation.

Assez rapidement, la feuille redevint blanche.
Je n'avais plus aucune envie de travailler. Je me
suis contenté d'éteindre la lampe.

20 novembre 1988.

DU MÊME AUTEUR

Aux Éditions Stock

LE CŒUR DE MARGUERITE, *roman*, 1999 (Le Livre de Poche)

CONTRÔLE D'IDENTITÉ, *roman*, Le Seuil, 1985 ; nouvelle édition, Stock, 2000

LES MOTS ÉTRANGERS, 2002 (Folio n° 3971)

AVANT, Le Seuil, 1992. Prix Albert-Camus ; nouvelle édition, Stock, 2006

LA LANGUE MATERNELLE, *roman*, Fayard, 1995. Prix Médicis ; nouvelle édition, Stock, 2006 (Folio n° 4580)

PARIS-ATHÈNES, *récit*, Le Seuil, 1989 ; nouvelle édition, Stock, 2006 (Folio n° 4581)

JE T'OUBLIERAI TOUS LES JOURS, 2005 (Folio n° 4488)

Aux Éditions Fayard

TALGO, *roman*, Le Seuil, 1983 ; nouvelle édition, Fayard, 1997 ; Stock, 2003

PAPA, *nouvelles*, 1997. Prix de la Nouvelle de l'Académie française (Le Livre de Poche)

Chez d'autres éditeurs

LE SANDWICH, *roman*, Julliard, 1974

LES GIRLS DU CITY-BOUM-BOUM, *roman*, Julliard, 1975 (Points-Seuil)

LA TÊTE DU CHAT, *roman*, Le Seuil, 1978

LE FILS DU KING KONG, *aphorismes*, tirage limité, Les Yeux ouverts, Suisse, 1987

L'INVENTION DU BAISER, *aphorismes*, illustrations de Thierry Bourquin, tirage limité, Nomades, Suisse, 1997

LE COLIN D'ALASKA, *nouvelle*, illustrations de Maxime Préaud, tirage limité, Paris, 1999

POURQUOI TU PLEURES ?, nouvelle, illustrations de Jean-Marie Antenen, Quiquandquoi, Suisse, 2001

L'AVEUGLE ET LE PHILOSOPHE, *dessins humoristiques*, Quiquandquoi, Suisse, 2006

Dernières parutions

4278. Katherine Mansfield — *Mariage à la mode* précédé de *La Baie.*

4279. Pierre Michon — *Vie du père Foucault — Vie de Georges Bandy.*

4280. Flannery O'Connor — *Un heureux événement* suivi de *La Personne Déplacée.*

4281. Chantal Pelletier — *Intimités* et autres nouvelles.

4282. Léonard de Vinci — *Prophéties* précédé de *Philosophie et aphorismes.*

4283. Tonino Benacquista — *Malavita.*

4284. Clémence Boulouque — *Sujets libres.*

4285. Christian Chaix — *Nitocris, reine d'Égypte T. 1.*

4286. Christian Chaix — *Nitocris, reine d'Égypte T. 2.*

4287. Didier Daeninckx — *Le dernier guérillero.*

4288. Chahdortt Djavann — *Je viens d'ailleurs.*

4289. Marie Ferranti — *La chasse de nuit.*

4290. Michael Frayn — *Espions.*

4291. Yann Martel — *L'Histoire de Pi.*

4292. Harry Mulisch — *Siegfried. Une idylle noire.*

4293. Ch. de Portzamparc/Philippe Sollers — *Voir Écrire.*

4294. J.-B. Pontalis — *Traversée des ombres.*

4295. Gilbert Sinoué — *Akhenaton, le dieu maudit.*

4296. Romain Gary — *L'affaire homme.*

4297. Sempé/Suskind — *L'histoire de Monsieur Sommer.*

4298. Sempé/Modiano — *Catherine Certitude.*

4299. Pouchkine — *La Fille du capitaine.*

4300. Jacques Drillon — *Face à face.*

4301. Pascale Kramer — *Retour d'Uruguay.*

4302. Yukio Mishima — *Une matinée d'amour pur.*

4303. Michel Schneider — *Maman.*

4304. Hitonari Tsuji — *L'arbre du voyageur.*

4305. George Eliot — *Middlemarch.*

4306. Jeanne Benameur — *Les mains libres.*

4307. Henri Bosco — *Le sanglier.*

4308. Françoise Chandernagor — *Couleur du temps.*

4309. Colette — *Lettres à sa fille.*

4310. Nicolas Fargues — *Rade Terminus*

4311. Christian Garcin — *L'embarquement.*

4312. Iegor Gran — *Ipso facto.*

4313. Alain Jaubert — *Val Paradis.*

4427.	Isabelle Jarry	*J'ai nom sans bruit.*
4428.	Guillaume Apollinaire	*Lettres à Madeleine.*
4429.	Frédéric Beigbeder	*L'Égoïste romantique.*
4430.	Patrick Chamoiseau	*À bout d'enfance.*
4431.	Colette Fellous	*Aujourd'hui.*
4432.	Jens Christian Grøndhal	*Virginia.*
4433.	Angela Huth	*De toutes les couleurs.*
4434.	Cees Nooteboom	*Philippe et les autres.*
4435.	Cees Nooteboom	*Rituels.*
4436.	Zoé Valdés	*Louves de mer.*
4437.	Stephen Vizinczey	*Vérités et mensonges en littérature.*
4438.	Martin Winckler	*Les Trois Médecins.*
4439.	Françoise Chandernagor	*L'allée du Roi.*
4440.	Karen Blixen	*La ferme africaine.*
4441.	Honoré de Balzac	*Les dangers de l'inconduite.*
4442.	Collectif	*1,2,3... bonheur!*
4443.	James Crumley	*Tout le monde peut écrire une chanson triste et autres nouvelles.*
4444.	Niwa Fumio	*L'âge des méchancetés.*
4445.	William Golding	*L'envoyé extraordinaire.*
4446.	Pierre Loti	*Les trois dames de la Kasbah* suivi de *Suleïma.*
4447.	Marc Aurèle	*Pensées (Livres I-VI).*
4448.	Jean Rhys	*À septembre, Petronella* suivi de *Qu'ils appellent ça du jazz.*
4449.	Gertrude Stein	*La brave Anna.*
4450.	Voltaire	*Le monde comme il va et autres contes.*
4451.	La Rochefoucauld	*Mémoires.*
4452.	Chico Buarque	*Budapest.*
4453.	Pietro Citati	*La pensée chatoyante.*
4454.	Philippe Delerm	*Enregistrements pirates.*
4455.	Philippe Fusaro	*Le colosse d'argile.*
4456.	Roger Grenier	*Andrélie.*
4457.	James Joyce	*Ulysse.*
4458.	Milan Kundera	*Le rideau.*
4459.	Henry Miller	*L'œil qui voyage.*
4460.	Kate Moses	*Froidure.*
4461.	Philip Roth	*Parlons travail.*

Composition Nord Compo
Impression Novoprint
à Barcelone le 20 juillet 2007
Dépôt légal : juillet 2007

ISBN 978-2-07-034435-2./ Imprimé en Espagne